JANINA SCHLICK

SAVING
you

SAVING YOU

you

April und Cameron

Impressum

2. Auflage, überarbeitet © / Copyright: 2022
Janina Schlick, Georgstraße 29, 86316 Friedberg
Herstellung und Verlag: BoD – Books on Demand, Norderstedt
Cover: Désirée Riechert, www.kiwibytesdesign.com
Bildnachweis: Adobe Stock, © Gisela, #241402394,
© inst:@victoria_novak
Lektorat: Astrid Töpfner, Lektorat Meerwörter
Buchsatz: Désirée Riechert, www.kiwibytesdesign.com
ISBN: 9783756821877

Triggerwarnung

Die Triggerwarnung befindet sich auf der letzten Seite, da sie Spoiler für das gesamte Buch enthält.

April und Cameron

1. KAPITEL

April

Absätze klackerten über das Laminat. April kroch noch weiter unter das Bett. So weit, dass sie mit den Füßen an die Wand stieß. Spitze braune Lederschuhe tauchten in ihrem Blickfeld auf. Sie stoppten direkt vor ihren Augen. Ihr Herz raste. Er durfte sie nicht entdecken, denn er hasste es, wenn sie sich in Moms Schlafzimmer versteckte.

„Charlie!", schrie er und April zuckte zusammen. Sie lauschte. Es blieb still.

„Charlie! Verdammt nochmal, komm sofort her, du Miststück!"

Irgendwo im Haus fiel eine Tür ins Schloss. Für ein paar Sekunden herrschte ohrenbetäubende Stille. Dann verließ Ramon mit schnellen Schritten den Raum. Dabei rief er immer wieder nach Mom und mit jedem Rufen wurde seine Stimme lauter und bedrohlicher. Es knallte, als ob jemand eine Tür an die Wand geworfen hätte. Wieder näherten sich Schritte. Neben Ramons Füßen sah April die ihrer Mom, die in blauen Flip-Flops steckten.

„Lass mich los!", schrie sie. Das Klatschen von Haut auf Haut folgte. April rollte sich zusammen. Stumme Tränen liefen über ihr Gesicht. Ramon machte ihr Angst. Sein schwarzer stechender Blick war gruselig und seine

Stimme kalt wie Eis. Aber wenn er Mom schlug, hasste sie ihn. Da wünschte sie sich größer und stärker zu sein. Am besten ein Junge. Dann würde sie ihm eine verpassen, damit er Mom in Ruhe ließ. Leider war sie nur ein kleines ängstliches Mädchen, das sich unter dem Bett versteckte.

„Du hast mich heute schon genug geärgert", zischte Ramon.

„Wo ist April?", fragte Mom schwach. Ihr Widerstand war gebrochen. Gegen Ramon konnte sie nichts ausrichten.

Ramon lachte leise. „Sie wird sich irgendwo verstecken."

Ob er wusste, dass sie hier war? Hoffentlich fand er sie nicht.

April legte sich flach auf den Boden und atmete kaum, während Ramon Mom aufs Bett warf. Es quietschte. Ramon stöhnte und nannte Mom seine Göttin. Manchmal lachte er. Mom stöhnte auch, doch sie lachte nicht. Was Ramon mit ihr machte, gefiel ihr nicht.

Die kleinen Hände auf die Ohren gepresst, verharrte April unter dem Bett und wartete, bis es vorbei war.

Es war dunkel im Zimmer, als April aus dem Schlaf hochschreckte. Wie immer hatte sie die Rollläden ein Stück offen gelassen, aber kein Licht kam ins Zimmer. Die nächste Straßenlaterne war so weit weg, dass ihre Helligkeit nicht bis zu ihrem Fenster reichte.

Sie tippte auf das Display ihres Handys neben ihrem Bett. Die grellen Leuchtziffern zeigten ihr die Uhrzeit an. Halb sieben. Also noch viel zu früh, um aufzustehen und in die Schule zu fahren.

Mit einem Aufstöhnen ließ sie sich zurück in die weichen Kissen fallen. Das Poster an der Decke war eine dunkle verschwommene Masse, doch sie hatte es schon so oft angesehen, dass sie jedes Detail kannte. Der schlanke Stamm einer Palme, grüne Wedel, die sich im Wind bogen, die Wellen, die sich am Strand brachen, die zarten Wölkchen, die auf dem strahlend blauen Himmel kaum zu sehen waren. Es war ein Strand, wie es ihn tausendmal auf der Welt gab. April wusste nicht mal, wo dieses Bild aufgenommen worden war. Auf jeden Fall weit weg von hier und all ihren Sorgen und Ängsten.

Wieder sah sie auf die Uhr. Keine fünf Minuten waren vergangen. Eigentlich könnte sie jetzt noch eine Stunde schlafen, aber sie war hellwach. Wie immer, wenn sie von früher träumte. Diese Träume waren so real. Es fühlte sich an, als würde sie das alles nochmal erleben. Als wäre sie wieder in jenem Haus. Ein kalter Schauer lief durch ihren Körper. Sie schloss die Augen und stellte sich vor, wie es wäre, an dem Strand auf ihrem Poster zu sein. Oder einfach nur am Strand von Blue Water. Mit warmem Sand unter den Füßen und einer leichten Brise, die über ihr Gesicht strich. Fast hörte sie das Rauschen der Wellen. Außer ihr war niemand am Strand. Trotzdem fühlte sie sich plötzlich unwohl.

„Ich bin noch da", dröhnte seine dunkle Stimme in ihrem Kopf.

April riss die Augen auf und knipste die Nachttischlampe an. Die Wand und das Bett wurden in dämmriges Licht getaucht. Niemand war hier. Der Druck auf ihrer Brust ließ nach. Aber ein ungutes Gefühl blieb. Wie immer, wenn sich Ramon in ihre Gedanken schlich. Ramon. Das war er für sie. Nicht mal in Gedanken nannte sie ihn Dad. Ein Mensch wie er verdiente diese Bezeichnung nicht.

Eine halbe Stunde früher als sonst stand sie im Bad und wühlte in ihrem Schminktäschchen. Routiniert trug sie Make-up, Mascara und Eyeliner auf. Schüchtern lächelte sie ihrem Spiegelbild zu. Heute sollte das ängstliche Mädchen zu Hause bleiben. Das nahm sie sich ganz fest vor.

„April?" Mom kam aus der Küche. In der Hand hielt sie ihre minzgrüne Lieblingstasse, aus der Dampf aufstieg.

April stockte mitten in der Bewegung. Eigentlich hatte sie heute einfach unbemerkt das Haus verlassen wollen, aber Mom entging nichts. Wie auch, nachdem sie fast zehn Jahre lang auf jedes Geräusch gelauscht und sich lautlos durch Ramons Haus bewegt hatte.

Der Blick ihrer Mutter fiel auf Aprils Hände, die die Träger des Rucksacks krampfhaft umklammerten, wanderte dann über ihr Gesicht. Ihre Augenbrauen zogen sich sorgenvoll zusammen. Mom ließ sich nicht von einer Schicht Make-up darüber hinwegtäuschen wie es April wirklich ging.

„Wieder schlecht geträumt?"

„Das Übliche", murmelte sie abweisend.

Mom legte vorsichtig die Hand auf ihren Ellbogen. „Du sagst das so, als wäre es normal."

„Ist es das nicht?"

Energisch schüttelte Mom den Kopf. Eine Locke löste sich aus ihrem Pferdeschwanz. „Da siehst du, was er angerichtet hat. Du glaubst, es wäre normal mit diesen Albträumen zu leben?"

April trat einen Schritt zurück. „Ich hab keine Lust, darüber zu reden."

„April …"

„Ich muss jetzt in die Schule." Sie wartete Moms Antwort gar nicht ab, sondern flüchtete nach draußen, ließ die Wohnungstür hinter sich zufallen und polterte durchs Treppenhaus in die Tiefgarage.

Stolz lächelnd ließ sie sich auf den Fahrersitz ihres Wagens fallen, den Mom ihr zum siebzehnten Geburtstag letzten Monat geschenkt hatte. Endlich ein neues Auto und nicht mehr den klapprigen hässlichen Oldtimer, den sie sich vor zwei Jahren hart mit Putzen und Kellnern erarbeitet hatte.

Eine Weile saß sie mit geschlossenen Türen da und betrachtete die kleinen Deckenleuchten, von denen eine unaufhörlich flackerte. Die massive Metalltür fiel mit einem dumpfen Krachen ins Schloss und Schritte näherten sich. Dann lief der Nachbar aus dem Stock über ihnen an ihrem Auto vorbei. Einem ersten Impuls folgend duckte sie sich hinter dem Lenkrad und schüttelte dann den Kopf über sich selbst. So viel dazu, das ängstliche Mädchen zu Hause zu lassen. Es war nur der Nachbar, verdammt nochmal. Dieses schreckhafte Verhalten musste aufhören.

***

„Hi Süße." Addy zog sie in eine kurze Umarmung. Strahlend hielt sie ihr einen braunen Kaffeebecher mit einem Berg Sahne hin. „Dunkle Schokolade mit extra viel Sahne und wenig Zucker. So wie du sie liebst."

„Danke." April nahm ihr den Becher ab und nippte an der heißen bitteren Flüssigkeit. Addy dachte wirklich immer an alles.

„Ich seh dich eben gerne glücklich", sagte Addy.

Sie trank ihren Becher leer und stellte ihn in den Spind, der fast überquoll von leeren Kaffeebechern.

„So ein Vollidiot." Katy zwängte sich zwischen Addy und April.

„Wer?", fragte April.

Mit dem Kinn deutete Katy auf drei Jungs, die gerade den Gang hinaufschlenderten.

„Du meinst Cameron?" Ein Grinsen erschien auf Addys Gesicht.

„Er hat mich abblitzen lassen. Hält sich wohl für was Besseres."

„Cam kann jede haben", entgegnete Addy, „Aber ich kann dir nicht verübeln, dass du es versucht hast." Ihre Augen blitzten, als sie April ansah. „Du bist die Einzige, die ihm widerstehen kann. Wie machst du das?"

„Ganz einfach." Mit energischen Bewegungen öffnete sie ihren Spind, holte ein paar Bücher heraus und schlug ihn wieder zu. „Er interessiert mich nicht."

Katy riss erstaunt die Augen auf. „Das glaub ich dir nicht."

„Ich weiß nicht, was an ihm so toll sein soll." Demonstrativ schlug April ihr Englischbuch auf und blätterte darin, als würde sie etwas suchen. Trotzdem konnte sie nicht anders, als kurz einen Blick auf Cameron zu werfen, als er mit seinen beiden Kumpels im Schlepptau vorbeiging. Ein paar Strähnen seiner kaffeebraunen dicken Haare fielen ihm ins Gesicht. Der Wuschellook war typisch für ihn und lenkte den Blick direkt auf seine ozeanblauen Augen. April verstand, was Katy, Addy und hundert andere Mädchen an ihm so sehr faszinierte. Cameron sah gut aus. Sehr sogar. Aber die Geschichte ihrer Mom, und das Leid, das sie beide zehn Jahre lang hatten ertragen müssen, hatte sie gelehrt, sich nicht von Äußerlichkeiten beeindrucken zu lassen.

Cameron sah nur kurz in ihre Richtung. Katy lächelte breit. Addy winkte. Cameron hob nur ganz leicht einen Mundwinkel. Er lächelte selten. Wahrscheinlich schadete das seinem Image als Bad Boy. Meistens lief er mit einem düster-nachdenklichen Ausdruck im Gesicht herum, den viele Mädchen wohl heiß fanden. Für April hingegen verkörperte er die Art Männer, die sie hasste. Die Männer, die dachten, sie hätten das Recht, sich alles zu nehmen, was sie wollten. Wen sie wollten. Und dann alles und jeden zerstörten.

Addy stieß ihr den Ellbogen in die Seite. „Du starrst ihn an", flüsterte sie.

„Das bedeutet nichts", behauptete April. Lieber würde sie sich die Zunge abbeißen, bevor sie zugab, dass sie Cameron attraktiv fand. Katy und Addy würden unermüdlich darauf herumreiten. Ihr war es am liebsten, wenn sie nichts mit Cameron oder irgendwelchen anderen Typen zu tun haben musste. Besonders nicht mit Camcron. Dem wollte sie unter allen Umständen aus dem Weg gehen.

„Und ob das was bedeutet." Katys blaue Augen leuchteten. „Sag mir nicht, dass du ihn hässlich findest."

April lehnte den Kopf an ihre Spindtür und seufzte. „Katy."

„Na los, sag mir ins Gesicht, dass du Cam hässlich findest."

„Lass uns gehen. Der Unterricht fängt bald an."

„Du weichst aus. Ich weiß, was das bedeutet."

„Lass sie doch." Addy nahm Katy am Arm und zog sie von April weg. „Vielleicht schrecken sie die Gerüchte ab."

Eilig packte April die Bücher in ihren Rucksack und warf ihn sich über die Schulter. „Wir reden später", sagte sie und wandte sich zum Gehen. Es war ihr egal, ob Addy und Katy ihr folgten. Solange sie nur aufhörten, über Cameron zu reden.

April legte das Englischbuch aufgeschlagen vor sich auf den Tisch und gab vor, darin zu lesen. In Wirklichkeit verstand sie den Sinn der Worte nicht. Was Mr. Beckett erzählte, war nur ein Rauschen im Hintergrund. Immer wieder hob sie den Blick, direkt auf Camerons Rücken vor ihr, und wandte ihn gleich wieder ab. Bisher hatte es sie nie gestört, dass sie denselben Englischkurs besuchten. Er war einfach nur irgendein Typ gewesen, für den sie sich nicht interessierte.

Zum gefühlt hundertsten Mal starrte sie auf seinen breiten Rücken. Das schwarze T-Shirt spannte über seinen Schultern. In seinem Nacken prangte ein Tattoo, das zur Hälfte verdeckt wurde. Es war ein seltsam verschnörkelter Kreis mit einem kleinen Schriftzug darin. Mit zusammengekniffenen Augen versuchte April die Schrift zu entziffern. Sie glaubte, das Wort Fighter zu erkennen. Dabei beugte sie sich so weit nach vorne, dass sie ihr Englischbuch an die Tischkante schob. Mit einem dumpfen Laut fiel es auf den Boden.

Mr. Beckett sah sie streng an. Zu allem Überfluss drehte sich auch noch Cameron zu ihr um. Seine

Augen scannten ihr Gesicht ab.

„Sorry", murmelte sie und schob den Stuhl zurück, um das Buch aufzuheben. Bevor sie unter den Tisch kriechen konnte, griff Cameron nach dem Buch und legte es mit einem kaum erkennbaren Lächeln auf ihren Tisch. Dann drehte er ihr wieder den Rücken zu.

Die restliche Stunde hielt sie das Buch auf dem Schoß. Nur zur Sicherheit. Angestrengt schaute sie nach vorne auf die Tafel, sorgfältig darauf bedacht, Mr. Becketts Blick auszuweichen. Vielleicht bildete sie sich auch nur ein, dass er sie ständig prüfend ansah. Zwischenfälle wie dieser verunsicherten sie eben.

Als es klingelte, packte sie eilig ihre Tasche und verließ das Klassenzimmer, bevor Cameron aufstehen oder Mr. Beckett sie ansprechen konnte. Sie wusste, dass ihre Flucht lächerlich war, aber sollte er doch denken, was er wollte. Es konnte ihr egal sein, was andere über sie dachten. Schließlich war es Cameron auch egal, was andere von ihm hielten. Die Gerüchte schienen ihn nicht zu interessieren. Angeblich war er in einer Gang und verkaufte an der Schule Drogen. April schüttelte sich bei dem Gedanken daran. Cameron war zwar ruhig und unauffällig. Er war nie in Schlägereien oder sonstige Streitcreien verwickelt. Aber von jemandem, über den solche Gerüchte im Umlauf waren, sollte sie sich besser fernhalten. Es war dumm genug gewesen, sich sein Tattoo anzusehen, das vielleicht etwas mit dieser Gang zu tun hatte.

„Hey, Vorsicht", raunte jemand. Erschrocken riss April den Blick vom Boden und stieß in diesem Moment schon gegen Cameron. Was machte er hier? War er vorhin nicht in die andere Richtung gelaufen?

Sie schlang die Arme um ihren Körper und wich einen Schritt zurück. „Tut mir leid."

„Heute ist wohl unser Tag, was?" Cameron grinste. Der Blick seiner dunkelblauen Augen lag auf ihr.

„Ich denke nicht", wich sie aus und stolzierte an ihm vorbei. So ein arroganter Idiot. Zum Flirten sollte er sich gefälligst jemand anders suchen. Katy hätte sich gefreut, wäre sie mit ihm zusammengestoßen.

***

„Kommst du noch mit zu Mr. Percy?" Addy hackte sich bei ihr ein.

„Ich hab gehört, Cam ist heute auch dort." Katy zwinkerte ihr zu. Ein Glück, dass sie nichts von Aprils Zusammenstoß mit Cameron wusste. Sonst würde sie einen richtigen Aufstand machen.

„Hör auf, Katy. Ich bin wirklich kein bisschen an diesem blöden, arroganten …"

„Du findest Cam arrogant?" Entsetzt riss Katy die Augen auf.

April atmete heftig aus. „Klar, schau ihn dir doch an, wie er durch die Schule stolziert. Als würde sie ihm gehören."

„Jetzt übertreibst du aber", wandte Addy ein.

Ja, vielleicht machte sie das, aber anscheinend musste sie so deutlich werden, um Addy und besonders Katy klarzumachen, dass sie nichts von Cameron wissen wollte.

Ein diebisches Grinsen erschien auf Katys Gesicht. „Ich weiß, was hier gespielt wird. Du tust so, als würdest du Cam schrecklich finden, weil du auf ihn stehst."

„Verdammt noch mal, Katy! Ich stehe nicht auf CAM." Sie spuckte seinen Spitznamen aus, als wäre er ein Schimpfwort, und sie bereute schon, ihn in den Mund genommen zu haben. Nie und nimmer würde sie diesen Kerl Cam nennen, als wäre er ein Freund.

„Lass gut sein." Addy legte Katy eine Hand auf den Arm. „Gehen wir einfach."

Genervt rollte April mit den Augen. „Zu Mr. Percy, wo ER ist? Ihr werdet nur über ihn reden."

„Werden wir nicht", versprach Addy.

April seufzte. „Aber Katy wird es."

Katy legte den Kopf in den Nacken und atmete laut aus. „Das war doch nur Spaß. Sei nicht immer so empfindlich."

Empfindlich. War sie das? Wollte sie wirklich die Beleidigte spielen und davonlaufen? Dann würde sie Katy recht geben. Wenn Cameron ihr egal war, konnte sie auch zu Mr. Percy gehen. Egal, ob er da war oder nicht.

„Ok, gehen wir."

Das Café war um diese Zeit voll mit Schülern und Schülerinnen der Blue Water High School. In den letzten Jahren war das Mr. Percy ein beliebter Treffpunkt für Jugendliche geworden. Eine gestresste Kellnerin stellte ein Tablett auf den Tisch, an dem April mit Addy und Katy saß. Der verführerische Duft von heißem Kaffee stieg ihr in die Nase. Sie liebte die dunkle Schokolade, aber hin und wieder brauchte sie einen Kaffee mit Karamell und Sahne.

„Die werden immer besser." Addy biss in ihren Bagel, der dick belegt mit Salat, Tomaten und Eiern war. „Der ist sogar noch warm", verkündete sie mit leuchtenden Augen.

April nahm einen Schluck Kaffee und widmete sich dann ihrem Donut mit Erdbeerfüllung. Ihre Lieblingssorte. Im ganzen Café roch es nach frischgebackenem Kuchen, Salatdressing, Kaffee und Schokolade. Am Nachbartisch aß jemand einen Bagel mit Avocado und Kräutern. In Gedanken machte April sich eine Notiz. Am Wochenende würde sie ihre Mom mit frischgebackenen Bagels überraschen. Sie arbeitete so viel, dass sie oft unterwegs einfach Fastfood aß. Zum Kochen blieb ihr kaum Zeit. Das übernahm April.

„Du grinst schon wieder so", neckte Katy sie. Von ihrem Muffin hatte sie bisher nur die Schokostückchen heruntergepflückt.

„Bevor du irgendwas sagst, ich hab nicht an ihn gedacht."

Die Art, wie Katy nickte und den Mund verzog, machte klar, dass sie ihr kein Wort glaubte. April warf ihr einen vernichtenden Blick zu.

„Er sitzt übrigens am Nebentisch", raunte Katy.

„Katy", warnte Addy und schüttelte den Kopf.

Fast hätte April Katy ihre Besessenheit von Cameron unter die Nase gerieben, aber im letzten Moment wurde ihr klar, dass sie die Diskussion damit weiter befeuern würde.

„Kommt ihr morgen zu Allisons Party?", fragte Addy.

Ihre Erleichterung über den Themenwechsel versteckte April in ihrem Kaffeebecher. „Sicher. Ich kann mich gar nicht mehr an die letzte Party erinnern, so lange ist das schon her." Sie lächelte. Spaß war die beste Ablenkung von unerwünschten Gedanken.

Katy schaute zum Nachbartisch und biss sich auf die Unterlippe.

„Bevor du fragst", sagte Addy. „Ich hab keine Ahnung, ob er auch kommt."

Hoffentlich nicht. Wenn Cameron auf der Party war, würde er das Thema Nummer eins sein. Und wenn Katy dann auch noch betrunken war …

Katys Schultern waren angespannt. Es fiel ihr sichtlich schwer, nicht zum Nebentisch zu schauen. April riskierte einen kurzen Blick und stellte erleichtert fest, dass weder Cameron noch seine Freunde das geringste Interesse an ihnen zeigten.

„Vergiss ihn. Er hat dich heute Morgen erst abblitzen lassen", erinnerte Addy sie.

„Er ist ein Arschloch", fügte April hinzu. Das hatte sie sich nicht verkneifen können.

„Vielleicht mag ich Arschlöcher", murmelte Katy kaum hörbar.

Addy und April sahen sich kopfschüttelnd an. „Wie auch immer. Wir sollten hingehen. Wir gehen morgen nach der Schule in die Mall, kaufen uns was Heißes zum Anziehen und zeigen denen dann, wie man richtig feiert", bestimmte Addy und sah Katy fragend an.

„Ja, na klar", antwortete sie viel zu schnell.

„Dann wird morgen gefeiert", rief April. Sie stießen mit ihren Kaffeebechern an.

***

Die Wohnung war dunkel, als April nach Hause kam. Wie immer machte sie als Erstes die große helle Lampe an, um die Erinnerungen zu vertreiben, die sich in den Schatten versteckten. Moms schwarze Pumps standen nicht im Flur. Auch ihre Arbeitstasche hing nicht an der Garderobe.

Obwohl sie wusste, dass sie allein war, schlich sie auf Socken durch die Wohnung. Selbst nach sieben Jahren fühlte es sich noch komisch an, abends allein zu sein, da half selbst das Licht nichts. Bis Mom nach Hause kam, schloss sie sich in ihrem Zimmer ein und schaute sich eine Serie an. Mit einem Ohr lauschte sie auf Geräusche im Haus. Schritte polterten durchs Treppenhaus. Dann wurde im Stockwerk unter ihr eine Tür aufgesperrt und zugeschlagen. Erst gegen acht fiel die Wohnungstür ins Schloss. Moms Absätze klackerten auf dem Laminat im Flur. April fuhr den Laptop herunter und gesellte sich zu ihr in die Küche.

„April." Mit einem warmen Lächeln küsste Mom sie auf die Wange. Erleichtert schloss April sie kurz in die Arme. Die Angst, ihrer Mutter könnte etwas passieren, war allgegenwärtig.

„Wie war die Schule?", fragte Mom, während sie eine Packung Scheibenkäse aus dem Kühlschrank zog. Sie bereitete sich aus Käse, Salat und Toast ein Sandwich zu. Wieder nichts Richtiges zum Essen. Vielleicht hätte sie die Bagels heute machen sollen, anstatt vor dem Laptop zu sitzen.

„Eigentlich wie immer. Wir waren danach noch bei Mr. Percy." Die Schule war das Letzte, worüber sie jetzt reden wollte. Ihren Zusammenstoß mit Cameron oder den peinlichen Vorfall im Englischunterricht wollte sie am liebsten vergessen.

„Morgen Abend ist eine Party bei Allison", erwähnte sie beiläufig. Sie akzeptierte, dass Mom regelmäßig Überstunden machte, um nicht so viel Zeit zum Nachdenken zu haben, und Mom akzeptierte, dass April Partys brauchte, um sich abzulenken.

„Komm aber nicht zu spät heim." Mom stellte den Teller mit ihrem Sandwich auf die Arbeitsplatte und strich April über die Wange. „Und sei vorsichtig."

„Das bin ich doch immer."

Über das Thema Alkohol sprachen sie schon lange nicht mehr. Mom wusste, dass April niemals zu Drogen, egal welcher Art, greifen würde. Nicht, nachdem sie gesehen hatte, was Drogen anrichten konnten und wie gewissenlos diejenigen waren, die damit reich wurden.

2. KAPITEL

Cameron

Cameron stand auf und brachte den nervigen Wecker zum Schweigen. Seit einer Stunde lag er wach im Bett und hörte über sein Handy leise Musik. Er war noch nie ein Langschläfer gewesen. Eigentlich brauchte er den Wecker nicht.

In der Küche roch es nach billigem Filterkaffee. Chase saß auf dem Tisch, die Füße auf den Stuhl vor sich gestellt, und kaute an einem dick mit Schokocreme bestrichenen Toast. Im letzten Moment verkniff Cameron sich den Kommentar, dass er nicht so verschwenderisch sein sollte. Obwohl Chase der Ältere war, konnte er nicht mit Geld umgehen, doch er war unbelehrbar. Diskussionen über dieses Thema endeten meistens im Streit.

„Hey Chase."

Ein mürrisches Brummen war die Antwort.

„Du bist schon wach?"

Chase hob die Schultern und schluckte den Rest von seinem Toast runter. „Heute ist ein wichtiger Deal. Da darf ich nicht zu spät kommen."

Es ging also um einen wichtigen Kunden. Jemand, der große Mengen bestellte und ein Vermögen dafür bezahlte. Solche Geschäfte machten selbst Chase noch nervös, obwohl das alles Routine für ihn war. Cameron war selbst schon dabei gewesen und wusste, was auf dem Spiel stand.

„Ich hab nichts mehr von Derek gehört seit Dienstag. Bin ich gefeuert?" Grinsend schenkte Cameron sich eine Tasse schwachen Kaffee ein.

„Vielleicht braucht er dich am Wochenende. Er wird sich schon melden." Ächzend, als wäre er ein alter Mann, stand Chase vom Tisch auf und klopfte Cameron im Vorbeigehen auf die Schulter. „Viel Spaß in der Schule. Lern was Vernünftiges." Lachend verließ er die Küche. Als wäre das alles nur ein Witz. Als hätte das Leben, das sie führten, nicht schon genug Schaden angerichtet. Aber es schien die einzige Möglichkeit zu sein, hier zu überleben.

Mit der Kaffeetasse in der Hand setzte Cameron sich auf den Tisch und ließ den Blick durch den kleinen Raum schweifen, in dem außer der kleinen Küchenzeile mit dem undichten Wasserhahn nur noch ein winziger viereckiger Tisch mit zwei Stühlen Platz hatte. Die Wohnung war klein, aber seit nur noch er und Chase hier wohnten, kam sie ihm nicht mehr so beengend vor.

Mit zwei großen Schlucken schüttete er den ekligen Kaffee runter und riss den Kühlschrank auf. Gähnende Leere starrte ihm entgegen. Chase hatte wieder nichts eingekauft. Aus einer Packung abgelaufenem Käse und einem Energydrink ließ sich kein Pausenbrot machen. Seufzend warf er den Kühlschrank wieder zu. Dann musste er sich eben auf dem Weg zur Schule etwas kaufen.

Aus dem Geldtopf im Flur nahm er sich zwanzig Dollar. Das musste für ein Sandwich und einen Kaffee reichen. Für den Einkauf am Nachmittag war dann immer noch genug übrig. Dabei warf er einen flüchtigen Blick auf das eingerahmte Foto auf dem Flurschrank. Ein fröhlich lächelndes Mädchen sah ihm entgegen. Schnell wandte Cameron den Blick von dem Lächeln ab, das viel zu früh erloschen war, und verließ die Wohnung.

***

Das klapprige alte Fahrrad stellte er neben die anderen Fahrräder, ohne es abzusperren. Niemand würde so ein hässliches Gestell klauen. Ein schwarzer Pick-up hielt neben ihm. Das Fenster wurde heruntergelassen und Colin grinste ihn an. Eine große schwarze Sonnenbrille verdeckte sein halbes Gesicht.

„Was hältst du von dem Baby?" Sein Grinsen wurde breiter. Ungläubig betrachtete Cameron das nagelneue Auto. Colin war fast genauso pleite wie er selbst. Das bisschen Geld, das er für seine kleinen Deals und Lieferungen bekam, konnte niemals für so einen Wagen reichen. Er musste sich hoch verschuldet haben. Nur mit Mühe verkniff Cameron sich eine bissige Bemerkung.

„Sieht cool aus. Du hast gar nichts erzählt."

„Natürlich nicht. Dann wäre mir ja dein dämlicher Gesichtsausdruck entgangen."

Cameron stieß ein Lachen aus. Es war anstrengend, von verschwenderischen Menschen umgeben zu sein, doch Colin war sein bester Freund. Auch wenn Colin sich selten etwas anmerken ließ, wusste Cameron, dass er versuchte, irgendetwas zu verdrängen. Diese demonstrative Lockerheit war nichts weiter als ein Schutzmechanismus.

„Wow, Colin", rief Lucas quer über den Parkplatz. Mit wenigen Schritten war er bei ihnen und betrachtete bewundernd den Wagen. „Ich hätte nicht gedacht, dass du dir so was leisten kannst."

Colin hob lachend die Schultern, als wäre das alles kein Problem. Jetzt würde er sich um die großen Aufträge reißen, die viel Geld einbrachten. Dabei brauchten sie alle Geld.

„Lass uns reingehen. Wir haben nur noch zehn Minuten", sagte Cameron.

„Cam, der Korrekte", spottete Lucas, „Du kannst wohl nicht anders."

„Los, komm." Cameron zog Lucas an der Kapuze von Colins Pick-up weg.

„Wir sehen uns später." Colin fuhr das Fenster nach oben und setzte das riesige Auto in Bewegung. Betont langsam fuhr er über den Parkplatz, um von jedem gesehen zu werden. Kopfschüttelnd wandte Cameron sich ab.

Um kurz vor neun strömten Massen von Schülern über den Schulhof ins Gebäude. Jemand stieß Cameron in den Rücken.

„O nein, das tut mir leid", flötete eine hohe Stimme. Cameron drehte sich um und schaute in Katys himmelblaue Augen. „Ich wollte das nicht", plapperte sie weiter. „Ich dachte nur, wir könnten vielleicht …" Abwartend sah sie ihn an und senkte dann demonstrativ die Lider. Sie hatte schon öfter versucht, mit ihm zu flirten. Dass er kaum darauf einging, schien sie nicht abzuschrecken. Im Gegenteil.

„Sag doch einfach, was du willst", entgegnete er trocken.

Katy blinzelte verwirrt, bevor sie wieder ein strahlendes Lächeln aufsetzte. „Na ja, eigentlich ist es ganz einfach." Ihre Hand lag auf seinem Arm. Auch, dass er sein Tempo beschleunigte, störte sie scheinbar nicht. Sie hüpfte neben ihm her wie ein kleines Mädchen.

„Katy." Er sah sie eindringlich an. „Falls du mit mir ausgehen willst, vergiss es."

Das Lächeln verschwand aus ihrem Gesicht. „Aber … ich dachte …"

„Bemüh dich nicht. Ich werde nicht mit dir ausgehen. Auch mit sonst keiner. Sag das deinen Freundinnen."

Ihr Blick verdunkelte sich. Sie schob die Unterlippe vor und zeigte ihm den Mittelfinger. „Arschloch", zischte sie und war im nächsten Moment durch die Tür verschwunden.

Lucas stieß ihn an. „Sie ist doch süß. Was ist dein Problem?"

„Sie will nur mit mir ins Bett."

„Na und?" Lucas verzog das Gesicht, als hätte Cameron etwas unglaublich Dummes gesagt.

„Ich bin nicht der Typ für One-Night-Stands. Das weißt du doch." Er war es mal gewesen. Vor ein paar Monaten hätte er sich sofort auf Katy eingelassen. Aber inzwischen war er es leid, von den meisten Mädchen nur als Sexobjekt betrachtet und benutzt zu werden. Und Katys Absichten waren eindeutig.

Colin holte sie ein. „Da ist die Kleine, die dich so scharf findet", raunte er Cameron zu.

„Halt die Klappe." Cameron warf einen kurzen Blick auf die Dreiergruppe, die vor einem Spind herumstand. Katy tuschelte mit zwei anderen Mädchen, die beide einen Kaffeebecher in der Hand hielten. Er starrte auf die dicken schwarzen Locken. April drehte ihm demonstrativ den Rücken zu. Erst als er fast an ihr vorbei war, drehte sie sich um und sah ihn an, ein wütendes Funkeln in den dunklen Augen. Katy winkte fröhlich, als hätte es die Diskussion auf dem Pausenhof gar nicht gegeben. Ihre Freundin Addy lächelte. Cameron ließ sich zu einem angedeuteten Lächeln herab und wandte den Blick ab. Kurz fragte er sich, warum April ihn so böse angesehen hatte. Sonst schenkte sie ihm keine Beachtung. So wie sie den meisten Typen kaum Beachtung schenkte. An ihr konnte man sich nur die Zähne ausbeißen. Laut Gerüchten war sie nur an One-Night-Stands interessiert. Hin und wieder war ihr also einer gut genug fürs Bett. Im Gegensatz zu Katy stellte sie es aber so diskret an, dass niemand etwas mitbekam. April war die Geheimnisvolle. Die Unnahbare, an die niemand herankam. Unter anderen Umständen hätte er sie vielleicht sogar interessant gefunden.

Im Englischunterricht saß sie direkt hinter ihm. Er spürte ihren Blick im Nacken und fragte sich, ob er vielleicht der Nächste war, den sie ins Bett bekommen wollte. Cameron entspannte sich so gut wie möglich und ignorierte auch die Blicke der anderen. Na toll. Bald würde die ganze Schule wissen, dass ausgerechnet April es auf ihn abgesehen hätte. Aber diesmal würde sie sich eben die Zähne ausbeißen müssen. Nie wieder wollte er einfach nur ein abgehakter Punkt auf einer Liste sein.

Umso mehr wunderte es ihn, dass sie ihn kaum ansah, als er ihr das Englischbuch auf den Tisch legte, das ihr hinuntergefallen war. Nach der Stunde flüchtete sie aus dem Klassenzimmer. Als sie kurz darauf im Flur zusammenstießen, hatte sie auch nur einen kühlen Blick für ihn übrig.

„Heute ist wohl unser Tag, was?", sagte er, in dem Versuch, die ganze Situation so normal wie möglich wirken zu lassen.

„Ich denke nicht", zischte sie und ließ ihn stehen. Verwirrt sah er ihr nach, wie sie mit erhobenem Kopf den Flur entlang stolzierte. Es war fast, als hätte er etwas verbrochen und sie hätte das Recht, auf ihn wütend zu sein. Dass ihr abweisendes Verhalten nicht zu den Geschichten über die angeblichen One-Night-Stands passte, verwirrte ihn noch mehr. So benahm sich kein Mädchen, das nur an Sex interessiert war. Dafür war sie zu distanziert. Zu wenig freizügig. Was auch immer mit diesem Mädchen nicht stimmte, er würde es sowieso nicht herausfinden. Warum sollte er sich also weiter den Kopf darüber zerbrechen?

„Wir sollten mit meinem neuen Baby bei Mr. Percy vorfahren", schlug Colin vor.

„Willst du vor der Tür parken?" Lucas lachte.

„Nein, nur angeben."

Cameron schnaubte. „Krieg dich mal wieder ein. Du hast keinen Porsche und das Mr. Percy ist kein

Countryclub." Das neue teure Auto schien Colins Selbstwertgefühl erheblich zu pushen. Eigentlich wollte Cameron sich für ihn freuen, solange er sich nicht überschätzte.

„Früh übt sich, oder?"

Jetzt brach Lucas in schallendes Gelächter aus. „Träum weiter."

Das Handy in Camerons Hosentasche vibrierte. Da Colin und Lucas weiter diskutierten, holte er es raus und las die Nachricht von Derek.

Morgen Abend um zehn beim Treffpunkt.

„Scheiße", fluchte Colin, ebenfalls mit dem Handy in der Hand. Er zeigte Lucas und Cameron das Display mit der Nachricht. „Das war's dann wohl mit der Party."

„Wieso, die Party bei Alison fängt um acht an. Wir gönnen uns eine Stunde Spaß, bevor es ernst wird." Lässig lehnte Lucas sich an Colins Jeep. Colins bösen Blick ignorierte er.

Schweigend sahen sie sich an. Dass dieses Treffen kommen würde, war klar gewesen. Die Spannungen zwischen Derek und Jackson, dem Boss der Blue Killers, waren unübersehbar.

„Ich bin gespannt, wann Derek dieses Arschloch endlich umlegt." Lucas hielt sich zwei Fingern an die Schläfe.

„Nicht hier", raunte Cameron. „Wir besprechen das später."

„Da gibt es nichts zu besprechen. Wir gehen einfach hin und überlassen Derek das Reden."

„Tolle Idee. Jetzt lasst uns fahren", drängte Colin und riss die Fahrertür seines Pick-ups auf. „Wer will mitfahren?"

Cameron sperrte sein Fahrrad an eine Straßenlaterne und betrat das Mr. Percy. Es war voll und laut und roch nach Kaffee. Er zwängte sich an der Warteschlange vorbei. An einem Tisch mitten im Raum saßen Colin und Lucas. Beide schauten in Colins Handy und lachten. Sie sahen nicht mal auf, als Cameron sich ihnen gegenüber auf einen Stuhl setzte.

„Hey."

„Hast du schon bestellt?", fragte Lucas, ohne den Blick vom Display loszureißen."

„Ihr wart doch vor mir da."

„Colin hatte keine Lust, sich anzustellen."

„Was?" Erst jetzt schien Colin zu merken, dass Cameron da war. „Hey Cam." Colin deutete auf sein Handy, auf dem ein Video lief. Er lächelte entschuldigend. „Wir sind beschäftigt."

„Ich versteh schon." Cameron stand auf und stöhnte, als er die Schlange sah, die fast bis zum Eingang reichte. „Was wollt ihr?"

***

Das Erste, was Cameron machte, als er die Wohnung betrat, war, den Bilderrahmen auf der Kommode im Flur mit dem Foto nach unten hinzulegen. Abends konnte er den Anblick noch schlechter ertragen. Es war halb sieben. Genau die Uhrzeit, zu der man sie gefunden hatte. Hätte er doch besser nicht auf die Uhr gesehen.

Die Tür zu Chases Zimmer war offen. Er war nicht da. Auch die winzige Küche und das Wohnzimmer waren leer. Cameron leerte die Einkäufe auf den kleinen Tisch. Zwei Tiefkühlpizzas, ein Sixpack Cola-dosen, eine Packung Bacon, Eier, Milch und Chips. Für mehr hatte das Geld nicht gereicht. Auch im Geldtopf im Flur lagen nur noch ein paar Münzen. Auf seinem Konto sah es nicht besser aus. Hoffentlich kam Chase heute Nacht mit Geld nach Hause.

Cameron schob sich eine Pizza in den Ofen. Sein Handy vibrierte, doch anders als erhofft war es keine weitere Nachricht von Derek oder seiner rechten Hand Wyatt, sondern ein Video von Colin, in dem zwei Lamborghinis zu Rapmusik über eine Rennstrecke bretterten. Mit einem Augenrollen klickte Cameron das Video weg. Colin hatte eine Schwäche für teure Autos. Im Gegensatz zu ihm schien er nicht zu wissen, dass kleine Dealer wie sie schlechte Aufstiegschancen hatten und wohl nie zu viel Geld kommen würden. Mal abgesehen davon, dass dealen nicht unbedingt Colins größte Stärke war. So hart er sich gab, traute er sich kaum, eine Waffe abzufeuern, wenn es sein musste.

Nie hatte Cameron es so sehr bereut wie heute, mit Lucas und Colin ins Mr. Percy zu gehen. Die ganze Zeit hatten sie sich Autos angesehen, und gefühlt jedes war Colins absolutes Traumauto. Kaum hatte er sich seinen Pick-up gekauft, jagte er schon dem nächsten Traum hinterher.

So war Colin schon immer gewesen. Seit Cameron ihn kannte, träumte er von einem besseren Leben und hatte kein Problem damit, vorzugeben, er würde zu einer anderen Gesellschaftsschicht gehören. Auf die meisten Menschen wirkte Colin oberflächlich und draufgängerisch. Nur Cameron und Lucas wussten, dass er auf diese Weise versuchte, die Vernachlässigung und bittere Armut seiner Kindheit zu verarbeiten. Irgendwann würde er sich noch in ernsthafte Schwierigkeiten bringen.

Der Ofen blinkte und Cameron holte die Pizza raus. In acht Viertel geschnitten legte er sie auf einen Teller. Er aß nur vier und stellte den Rest für Chase in den Kühlschrank.

Cameron schreckte aus dem Schlaf auf, als ein Schlüssel im Schloss umgedreht wurde. Verwirrt sah er sich im dunklen Zimmer um. Er tastete nach der Nachttischlampe und stieß den leeren Teller vom Couchtisch. Erst jetzt begriff er, dass er auf der Couch eingeschlafen war.

Im nächsten Moment war das Zimmer hell erleuchtet. Mit zusammengekniffenen Augen blinzelte Cameron gegen das weißliche Licht der Deckenlampe an. Eine dunkle Gestalt stand in der Tür.

„Cam? Was machst du hier?"

„Ich wohne hier", entgegnete Cameron. Ein lahmer Scherz.

Chase kam auf ihn zu und knallte ein Bündel Dollarscheine auf den Couchtisch. „Für die nächsten Wochen haben wir ausgesorgt." Ein stolzes Grinsen zierte sein Gesicht.

Vorsichtig nahm Cameron das Geld in die Hand. „Wie viel ist das?"

„Zweitausend Dollar." Er nahm Cameron das Bündel aus der Hand und zog einen Schein heraus.

„Hier, mach damit, was du willst. Gönn dir was Tolles."

Zögernd nahm Cameron das Geld. Hundert Dollar. „Wirklich? Ist das nicht für Miete und Essen?"

„Besteht unser Leben nur aus dieser Bude und Essen?" Chase klopfte ihm auf die Schulter. „Du bist doch noch jung. Geh mit deinen Freunden was trinken. Feier ein bisschen. Oder noch besser: feier hart."

„Ok. Danke Mann." Cameron rang sich ein Lächeln ab. Wie konnte Chase so locker mit der ganzen Situation umgehen, wenn man bedachte, woher dieses Geld kam? Warum plagten ihn keine Schuldgefühle, nach dem, was mit Mom und Dad und Casey passiert war? Vor allem Casey hätten sie retten können, wären sie nur nicht so leichtsinnig und mit sich selbst beschäftigt gewesen. Casey wäre noch da, wenn Cameron an jenem Abend bei ihr gewesen wäre.

3. KAPITEL

April

„Du siehst richtig süß aus." April zupfte an einer von Addys dunklen Locken. Fast eine Stunde hatten sie mit dem Lockenstab im Bad gestanden, bis Addy mit ihren Haaren zufrieden war.

„Will ich süß aussehen?" Kritisch beäugte Addy ihr Spiegelbild.

„Wir sind siebzehn. Da muss man nicht aussehen wie dreißig." Aufmunternd lächelte April ihr zu. Addy war streng mit sich, was ihr Aussehen betraf. Sie strich über das eng anliegende schwarze, mit Glitzerpailletten besetzte Kleid, das kaum bis zur Mitte der Oberschenkel reichte.

April sah an sich herunter. Ihr rotes schulterfreies Kleid hatte lange durchsichtige Ärmel. Der leicht ausgestellte Rock reichte bis zu den Knien. Unauffällig schielte sie hinüber zu Addy. In ihrem freizügigen Kleid würde sie die Blicke der Männer auf sich ziehen und hoffentlich von April ablenken.

„Hey Mädels, seid ihr so weit?" Katy stieß die Tür auf, drei kleine Sektflaschen in den Händen.

Addy riss ihr eine Flasche aus der Hand. „Na endlich. Ich fühl mich noch viel zu nüchtern zum Feiern."

„Die Party hat doch noch gar nicht angefangen", entgegnete April. Zögerlich nahm sie auch eine Flasche und versuchte dabei, nicht auf Katys auffallend rote Lippen und den großzügig aufgetragenen bunten Lidschatten zu starren. Sie ahnte, was Katy damit bezweckte, und wollte lieber nicht darüber nachdenken. Ob *er* da war. Obwohl das ja gar nicht wichtig war. Alisons Haus würde voll mit Menschen sein. Er würde sie gar nicht sehen. Vielleicht würde er Katy mit ihrem glitzernden Lidschatten und den langen falschen Wimpern sehen, auch wenn April bezweifelte, dass sie mit ihrem Auftritt etwas erreichen konnte. Cameron wirkte nicht, als ließe er sich leicht zu etwas überreden, das er nicht wollte. Ein Aufreißer schien er nicht zu sein. Das musste sie ihm lassen.

Kopfschüttelnd entkorkte sie die Flasche und nippte pflichtbewusst daran, wobei es ihr sogar gelang, nicht das Gesicht zu verziehen. Jetzt dachte sie sogar schon über Camerons mögliche Charakterzüge nach. Was war nur los mit ihr? Warum ließ sie sich so leicht von Katys Geschwätz beeinflussen?

April überquerte die Straße. Katy und Addy hatten sich links und rechts bei ihr eingehakt. In den Glitzerpumps mit Plateau überragte Katy sie fast um einen halben Kopf. Selbst in ihren hohen Sandalen fühlte April sich klein. Addy neben ihr kicherte, als sie über ihre hohen Absätze stolperte. Auf der kurzen Fahrt zu Alisons Haus hatte sie die ganze Flasche Sekt getrunken. April nahm sich vor, sie heute Abend nicht aus den Augen zu lassen.

Bunte Lichter zuckten in den Fenstern im Erdgeschoss. Die Musik war bis auf die Straße zu hören.

Der ganze Gehweg vor dem Haus war zugeparkt. Die kurze Auffahrt war voll mit Menschen, die sich unterhielten und tranken. April bemerkte die bewundernden Blicke, die ihnen ein paar Typen zuwarfen. Die waren sicher für Addy und Katy gedacht, redete sie sich ein. Vor allem für Katy, die in ihrem hautengen Kleid und mit den blonden Haaren, die ihr fast bis zu den Hüften reichten, eine tolle Figur machte. Es würde nicht lange dauern, bis sie sich mit irgendeinem Typen in eine Ecke verdrückte.

Die Haustür stand offen. Dicker Rauch und der Geruch nach Gras hingen in der Luft und wurde stärker, als sie den Flur und schließlich das Wohnzimmer betraten. Jugendliche saßen dicht gedrängt auf dem grauen Sofa. Der Teppich war übersät mit Flecken. Es roch nach Alkohol und Erbrochenen. Dass manche Menschen abends um halb neun schon so betrunken waren, dass sie hemmungslos auf den Boden kotzten, hatte April noch nie verstanden. Niemals wollte sie so sehr die Kontrolle über sich verlieren. Die Vorstellung, eines Morgens ohne Erinnerung an die vergangene Nacht aufzuwachen, machte ihr Angst.

„April." Addy stand neben ihr. „Lass uns zum Pool gehen. Ich ersticke hier drin."

April sah sich um. Das ganze Zimmer verschwand in einem Dunst aus Rauch und Schweiß. Die Musik dröhnte so laut, dass sie sich wie ein zweiter Herzschlag anfühlte.

„Wo ist Katy?"

Verwirrt blinzelte Addy. „Katy? Keine Ahnung. Gerade war sie noch da." Sie zuckte mit den Schultern. „Egal, ich hol mir schnell was zu trinken. Geh du schon mal raus."

Addy verschwand in der feiernden Menge. Katy war nirgends zu entdecken. Sie in diesem Chaos zu finden, war unmöglich. Wahrscheinlich war sie schon auf der Suche nach einem One-Night-Stand. In ihrem Aufzug und mit ihrer lockeren energischen Art würde das kein Problem sein.

Zögernd ging April in Richtung Terrasse und drehte sich immer wieder um. Konnte sie sich wirklich darauf verlassen, dass Addy nachher raus zum Pool kam? Sie schien heute sehr in Trinklaune zu sein. Mehr als sonst. Vielleich sollte sie zurückgehen und sie suchen. Sie drängte sich an den Leuten vorbei durchs Wohnzimmer und sah nach Addy um, konnte sie aber nirgends entdecken. Wahrscheinlich war sie in der Küche. Gerade als sie den Entschluss gefasst hatte Addy dort zu suchen, stieß sie mit jemandem zusammen.

„Hi." Alison strahlte sie an und sah sich dann suchend um. „Ist niemand hier mit dir?"

„Doch, Addy und Katy, aber…"

Alison ergriff ihr Handgelenk. „Die werden uns schon finden. Lass uns rausgehen. Da ist es viel angenehmer."

Ihr blieb nichts anderes übrig, als Alison nach draußen zu folgen. Sie zwängte sich hinter ihr durch die Terrassentür, die von einem knutschenden Pärchen blockiert wurde. Sie atmete die warme Nachtluft ein. Auch hier draußen hing ein süßlicher Rauch in der Luft, der sich aber schnell verflüchtigte. Immerhin war das Gedränge nicht ganz so groß wie im Inneren des Hauses.

Neben dem Pool war eine kleine Bar aufgebaut. Im Wasser hatten es sich einige Leute auf Luftmatratzen bequem gemacht, mit Cocktails in der Hand.

„Ich hoffe, du hast einen Bikini dabei", rief Alison ihr über die laute Musik und das Stimmengewirr zu.

April lächelte entschuldigend. „Daran hab ich nicht gedacht." Niemals würde sie sich halbnackt auf einer Liege präsentieren. Vor allem nicht auf einer Party voller besoffener Highschool-Schüler, die nur das eine im Kopf hatten. Auf solche Kerle konnte sie echt verzichten. Sie spürte jetzt schon lüsterne Blicke auf ihrem Hintern und ihrem Dekolleté. Ein Typ starrte sie aus glasigen Augen an. In der einen Hand hielt er locker einen Pappbecher. Als er ihren Blick bemerkte, grinste er anzüglich. Schnell wandte April sich ab und suchte die große Terrasse nach Alison ab. Die unterhielt sich ein paar Meter entfernt mit einem dunkelhäutigen Mädchen in einem leuchtend gelben Bikini. Alison winkte sie zu sich. Ohne sich nochmal nach dem widerlichen Kerl umzudrehen, überwand sie die kurze Distanz und stellte sich zu den beiden Mädchen, ein lockeres Lächeln auf den Lippen.

„Hey, ich bin Lauren", stellte sich das Mädchen neben Alison vor. Ihre schwarzen Augen leuchteten, als sie April ein breites Lächeln schenkte.

„Hi."

„Lauren sagt, sie kann dir einen Bikini leihen", verkündete Alison stolz. „Heute ist dein Glückstag."

„Ja, ich hab immer einen als Ersatz dabei. Er ist dunkelrot. Ich wette, er sieht richtig toll an dir aus."

Laurens Begeisterung war ansteckend und April bekam ein schlechtes Gewissen, weil sie ihre Hoffnung zerstören musste.

„Sorry, ich kann nicht ins Wasser. Ich … hab meine Tage."

Einen Moment starrten die beiden sie mit großen Augen an. Dann lachte Alison. „Natürlich gehst du nicht ins Wasser. Es geht nur darum, gesehen zu werden."

April setzte ein Lächeln auf, das vermutlich so falsch aussah, wie es sich anfühlte, doch Alison schien es nicht zu bemerken.

„Super, dann zieh ich mich um und du hältst dich einfach an Lauren." Alison wandte sich zum Gehen. „Ich bin so gespannt, wie der Bikini an dir aussieht." Erleichtert atmete April auf, als Alison wieder im Haus verschwand.

Lauren musterte sie eine Weile. „Du willst den Bikini gar nicht, oder?"

April fuhr sich mit einer Hand durch die Locken und stieß den Atem aus. „Nein. Ich will mein Kleid nicht einfach irgendwo liegen lassen." Was für eine lahme Ausrede. Wenigstens bohrte Lauren nicht weiter nach.

„Schon gut. Du musst nichts erklären. Wichtig ist, dass du dich wohlfühlst."

„Das tu ich. Wirklich." Ihr Blick wanderte zur Terrassentür. Von Alison war nichts zu sehen. Dafür stolperte Addy gerade auf die Terrasse. Ein Pappbecher fiel ihr aus der Hand, rollte höchstens einen Meter, bevor er von jemandem zertreten wurde. Addys Blick huschte unruhig hin und her. Anders als erhofft, hatte sie wohl deutlich mehr als einen Drink gehabt.

„Das ist meine Freundin, Addy. Einen Moment. Ich glaub, sie braucht Hilfe", sagte April an Lauren gewandt.

„Geh nur. Alison kommt sicher gleich wieder."

„April. Hey Süße." Addy stolperte auf sie zu, stieß mit einem Typen zusammen und fiel auf die Knie.

„Musst du dich so abschießen?", maulte er und ging weiter.

Mit wenigen Schritten war April bei ihr und kniete sich neben ihr auf den Boden. „Bist du verrückt? Ich mach mir Sorgen um dich."

„Sorry, ich … wollte das nicht, aber da … war dieser Typ."

„Welcher Typ?" Sofort schrillten sämtliche Alarmglocken.

„Dieser Typ, der… der hat mir immer nachgefüllt und gesagt … er sagte, er findet mich heiß und dann … Er wollte, aber ich nicht."

April packte Addy an den Schultern. „Was wollte er? Hat er dir wehgetan?"

Das Bild, wie Ramon ihre Mom ins Schlafzimmer gezerrt hatte, drängte sich auf. Wenn dieser Typ Addy wehgetan hatte, würde sie ihn umbringen. Oder Julian und Logan auf ihn hetzen.

„ … bin abgehauen", lallte Addy. „ … ist hier irgendwo."

„Lass uns nach Hause fahren. Wir suchen Katy und dann fahren wir."

Addy kam kaum auf die Beine und musste sich an April festhalten, um nicht wieder hinzufallen.

„Hey April, was ist los?" Alison kam auf sie zu, „Hat deine Freundin zu tief ins Glas geschaut?" Ihre Augen funkelten belustigt.

April warf ihr einen düsteren Blick zu. „Wir fahren nach Hause."

„Wieso? Sie kann sich drinnen irgendwo hinlegen und wir chillen hier draußen."

War Alison wirklich so dumm oder waren ihr die Bedürfnisse anderer Menschen tatsächlich vollkommen egal?

„Du erwartest doch nicht, dass ich Addy allein lasse. Feier mit Lauren und den notgeilen Typen, die dich in deinem Bikini begaffen wollen."

Für einen Moment weiteten sich Alisons Augen vor Überraschung. Dann schnaubte sie verächtlich. „Gut, wie du willst. Dann lass dir die Party eben verderben."

Alison stolzierte mit wackelnden Hüften davon. Erst jetzt fiel April auf, dass sie zu ihrem sehr freizügigen knallpinken Bikini rosa lackierte High Heels mit Plateau trug. Verächtlich blickte April ihr hinterher. Sie hatte gewusst, dass Alison oberflächlich war, aber nicht, dass sie so kalt und gleichgültig sein konnte. Aber nach allem, was sie erlebt hatte, dürfte sie das nicht überraschen.

Neben ihr würgte Addy und übergab sich auf den Boden. Niemand schien sich dafür zu interessieren.

„Komm, wir gehen." Mühsam richtete Addy sich auf und stöhnte. April stützte sie und führte sie über die Terrasse und den Rasen, der mit Müll übersät war, zum Gartentor. Obwohl sie die ganze Zeit draußen gewesen waren, kam ihr die Luft auf der Straße klarer und frischer vor.

Addy lehnte den Kopf an ihre Schulter. „Tut mir leid April. Hab alles versaut."

„Blödsinn. Vergiss, was Alison gesagt hat."

„Nein. Ist nicht wegen Alison. Ich bin … Ich hab … Scheiße."

„Schon gut. Lass uns fahren. Ich sag Katy Bescheid."
Sie kramte das Handy aus der kleinen schwarzen
Tasche, die über ihrer rechten Schulter hing

Wir müssen fahren. Addy geht es nicht gut. Hast du jeman-
den, der dich heimbringt?

Die Nachricht wurde versendet. Der zweite Hacken
erschien, aber Katy war nicht online. Wie gebannt
starrte April auf das Display, als könnte sie Katy so dazu
bewegen, die Nachricht zu lesen. Ewig konnte sie nicht
auf eine Antwort warten. Addy musste nach Hause.

Mit einem Schulterzucken steckte sie das Handy
wieder ein. Um Katy brauchte sie sich keine Sorgen
zu machen. Sie angelte sich auf jeder Party mindestens
einen Typen. Wahrscheinlich würde sie heute Nacht
gar nicht nach Hause fahren.

Auf der Straße vor dem Haus lungerten ein paar
Typen herum. Einer stand etwas abseits der Gruppe,
und mit Schrecken erkannte April den Kerl, der sie am
Pool so unverschämt angegrinst hatte. Eilig wandte sie
den Blick ab und ging zielstrebig auf Addys Wagen zu,
der am Straßenrand stand. Addy hing an ihrer Hand
wie ein Kleinkind und stolperte mehr, als dass sie lief.

Hinter sich hörte sie schnelle Schritte. Sie hatten
das Auto gerade erreicht, als sie jemand grob am
Handgelenk packte und herumriss.

„Was soll das?! Hau ab."

Der Kerl lachte höhnisch und blies ihr seinen säu-
erlichen Atem ins Gesicht. Mit einem widerlichen
Grinsen gaffte er in ihren Ausschnitt. Fehlte nur noch,
dass er anfing zu sabbern. Angewidert wandte sie

den Blick ab und versuchte sich loszureißen. Dadurch wurde sein Griff nur noch fester.

„Hab dich nicht so. Du wirst Spaß haben." Sein Blick wanderte zu Addy, die an der Fahrertür lehnte und sich kaum aufrecht halten konnte. „Hast ja 'ne süße Freundin."

„Wehe, du rührst sie an", fauchte April. Das Herz schlug ihr bis zum Hals.

„April", flüsterte Addy und stieß sich vom Auto ab.

„Steig ein. Ich regle das."

„Nein. Wir halten zusammen. Ich lass dich nicht …"

„Bitte steig ein."

„Ja, steig ein." Der Kerl umklammerte Aprils Arme wie ein Schraubstock und schob sie in Richtung Tür. „Und du steigst auch ein. Das wird ein toller Dreier."

„Verpiss dich!", schrie April und spuckte ihm ins Gesicht, doch er schien es gar nicht zu merken.

„Los, steig ein." Er schwankte, doch sein Griff blieb fest. Der Außenspiegel bohrte sich schmerzhaft in Aprils Rücken. Sie hatten keine Chance. Addy war sturzbetrunken, und sie war nicht stark genug, um den Kerl zu überwältigen.

Moms Schreie hallten in ihren Ohren. Schritte polterten durch den Flur. April kauerte neben der Kommode und drückte das Gesicht an die Wand. Sie wollte nicht sehen, wie Ramon sie durch den Flur schleifte. Mucksmäuschenstill saß sie da und wartete, bis die Schlafzimmertür krachend ins Schloss fiel. Sie stritten sich. Ramons Stimme wurde lauter und Moms immer leise. Das bedeutete, dass sie aufgegeben hatte. Immer gewann Ramon.

April wusste, was jetzt folgen würde. Oft genug hatte sie Moms Stöhnen und Ramons Lachen gehört, doch sie wollte nichts hören. Diesmal nicht.

Die Hände auf die Ohren gepresst rannte sie durch den Flur, die Treppen hoch. Dort huschte sie in das hinterste Zimmer. Ein leerer Raum, der nie benutzt wurde. Sie hockte sich hinter die Tür und wartete. Und wartete. Selbst als es im Haus still wurde, rührte sie sich nicht von der Stelle. Irgendwann schlief sie ein.

„Liebling." Moms Stimme. April öffnete die Augen und sah ihr zerschundenes Gesicht vor sich. Nein, sie wollte das nicht sehen. Sie vergrub den Kopf in Moms Brust und nahm sich vor, nie wieder rauszukommen.

„Rein da!" Die Stimme drang wie durch einen Nebel zu ihr durch. Erstaunt nahm sie wahr, dass die Fahrertür von Addys Wagen geöffnet war. Addy kauerte auf dem Beifahrersitz und starrte sie aus schreckgeweiteten Augen an. Jetzt spürte sie wieder den Griff um ihre Handgelenke und sah glasige gerötete Augen vor sich. Einen aufgerissenen lachenden Mund. Der Gestank nach Alkohol holte sie endgültig zurück in die Realität.

„Lass mich los!", schrie sie. Sie würde kämpfen. Wie Mom. Doch sie würde gewinnen. Dieser Kerl würde sie nicht anfassen, wie Ramon Mom angefasst hatte.

„Schlampe." Er drückte sie auf den Sitz. Verzweifelt trat sie nach ihm und erwischte nur den Oberschenkel. Sein spöttisches Lachen dröhnte ihr in den Ohren.

Im nächsten Moment ließ er so ruckartig von ihr ab, dass sie beinahe vom Sitz gefallen wäre. Sie setzte sich auf und zog sich das Kleid über die Knie. Ihr

Angreifer kauerte wimmernd auf dem Boden. Über ihm stand Cameron. Daneben einer seiner Freunde, ein großer breiter Kerl mit einem umgedrehten Basecap auf dem Kopf.

Cameron packte den betrunkenen Mistkerl am Kragen seines T-Shirts und stellte ihn auf die Füße. „Verschwinde! Oder du lernst uns richtig kennen."

Ein hasserfüllter Blick traf April, bevor er sich wieder Cameron zuwandte. „Das wirst du bereuen", drohte er und stolperte über seine eigenen Füße.

Camerons Kumpel lachte und machte einen Schritt auf ihn zu. „Tu dir selbst einen Gefallen und verpiss dich. Wir kennen nämlich ganz miese Typen, die dich gerne in deine Einzelteile zerlegen würden."

Mit einem wütenden Schnauben überquerte der Typ die Straße. Wie erstarrt saß April im Auto und schlang die Arme um ihren zitternden Körper. Sie wollte nicht darüber nachdenken, was passiert wäre, wenn Cameron und sein Kumpel nicht aufgetaucht wären. Cameron. Ausgerechnet Cameron hatte sie gerettet. Cameron, den sie doch eigentlich nicht leiden konnte.

„Hey." Er stand neben der Fahrertür. „Alles ok?"

Mehr als ein Nicken brachte sie nicht zustande. Besorgt sah er sie an. Seine Augen waren so dunkel wie das Meer bei Nacht. Sie konnte den Blick nicht abwenden. Nur im Hintergrund nahm sie Addys leises Schluchzen wahr. Camerons Kumpel war bei ihr. Colin hieß er. Jetzt fiel es ihr wieder ein.

„Danke. Und es tut mir leid, dass …"

„Nein. Es gibt nichts, wofür du dich entschuldigen musst."

„Aber ich war gestern so … blöd zu dir." April wusste, dass sie ihre Worte später bereuen würde. Cameron war immer noch ein arroganter, abweisender Mensch, mit einem zweifelhaften Tattoo im Nacken, das er sich wahrscheinlich mit sechzehn illegal hatte stechen lassen. Es war der Schock, der sie zu einer Entschuldigung trieb. Und die Tatsache, dass er im Moment kein Arschloch war. Im Gegenteil. Der Cameron, der vor ihr stand, passte nicht zu dem Cameron in ihrem Kopf.

„Und deshalb darf ich dich nicht retten?"

„Ich sollte jetzt fahren. Addy muss nach Hause." Beschämt wandte sie sich ab. Vielleicht sollte sie ihre Meinung, was ihn anging, nochmal überdenken.

„Du solltest nicht fahren", sagte Cameron.

„Ihr könnt gehen. Wir kommen schon klar." Zwar war sie sich da bei Addy nicht so sicher, aber sie konnte Camerons mitleidigen Blick keine Sekunde länger ertragen.

Colin verabschiedete sich von Addy und schlug vorsichtig die Beifahrertür zu. Ohne Cameron weiter Beachtung zu schenken, startete sie den Wagen, parkte aus und ließ Alisons Haus hinter sich. Das schlechte Gewissen quälte sie. Cameron hatte ihr und Addy den Arsch gerettet und als Dank benahm sie sich wieder abweisend. Es passierte einfach, sobald sie ihm über den Weg lief. Er war kein schlechter Mensch, Das war ihr heute klar geworden. Trotzdem musste sie Typen wie ihn auf Abstand halten.

Die Fahrt verlief schweigend. Addy sah immer wieder zu ihr rüber, sagte aber nichts. Auch ihr musste der Schreck noch in den Knochen sitzen.

Sie begleitete Addy bis zu Haustür. Im Erdgeschoss brannte Licht, und vermutlich würde Addy, so betrunken wie sie war, Riesenärger bekommen. Es war normal, dass sie auf Partys viel trank, aber so einen Absturz wie heute hatte April noch nie erlebt. Addy gab gerne vor, genauso oberflächlich wie Katy zu sein, doch das war sie nicht. Irgendetwas bedrückte sie. Doch am Montag würde sie so tun, als wäre nichts gewesen. Addy sprach nicht über ihre Probleme und April tat es auch nicht. Das Mitleid in Camerons Augen war unerträglich genug gewesen. Da musste nicht auch noch die ganze Schule wissen, was für ein armes Wrack sie war.

Wie immer, wenn sie von einer Party nach Hause kam, wartete Mom im Wohnzimmer auf sie. Oft saßen sie dann noch eine Weile zusammen und redeten, doch heute würde sie nicht vorgeben können, es wäre alles ok. Nicht vor Mom. Ihr konnte sie nichts vormachen. Es würde ihr das Herz brechen, wenn sie erfuhr, was heute Abend passiert war. Oder fast passiert wäre.

Sie verabschiedete sich gleich ins Bett. Obwohl sie todmüde war, wusste sie, dass sie nicht würde schlafen können. Das Bild der blutunterlaufenen Augen und dem hässlich verzerrten Mund geisterte in ihrem Kopf herum. Nur langsam verblasste es und wurde ersetzt von tiefblauen leuchtenden Augen, die sie so verständnisvoll ansahen, dass es wehtat. Für einen Moment wünschte sie sich die hässliche Fratze wieder zurück, doch das Letzte, was sie sah, bevor sie einschlief, war Camerons Gesicht.

4. KAPITEL

Cameron

Die Rücklichter des Wagens wurden immer kleiner, bis er schließlich um die nächste Straßenecke verschwand. Cameron drehte sich um. Der widerliche Kerl, der April und ihre Freundin Addy angegriffen hatte, stand vor dem Haus und starrte ins Leere. In der Hand hielt er einen Plastikbecher. Sollte er ruhig noch mehr trinken. So viel, dass er niemandem mehr wehtun konnte.

„Komm, Mann." Colin klopfte ihm auf die Schulter. „Du willst doch keinen Stress mit Derek."

Cameron seufzte. Fast hätte er vergessen, dass heute noch ein Deal anstand. Lieber hätte er Colin überredet, April hinterherzufahren, um sich zu versichern, dass sie gut nach Hause kam. Aber das würde ihn wie einen Stalker wirken lassen. Außerdem hatte er getan, was er konnte, um sie zu beschützen.

Lucas lehnte an Colins Auto. „Da seid ihr ja. Ich wäre fast ohne euch gefahren."

Colin schob ihn von der Fahrertür weg. „Ohne Schlüssel?"

„Pass auf dein Baby auf." Lucas lachte. Mit einem grimmigen Lächeln stieg Colin ein.

„Es macht dir doch nichts aus, hinten zu sitzen, oder, Cam?"

Ohne eine Antwort abzuwarten, ließ Lucas sich auf den Beifahrersitz fallen.

„Schon gut", brummte Cameron und stieg hinten ein. Er hatte keine Lust, mit Lucas zu diskutieren. Besser konzentrierte er sich auf den bevorstehenden Deal. Das Geld, das Chase gestern mit nach Hause gebracht hatte, würde nicht ewig reichen.

Die Straßen waren voll mit Menschen, die die warme Nacht nutzten, um auszugehen. Vergeblich versuchte er, den Gedanken an Casey zu verdrängen. Auch sie hatte nur feiern wollen. Sie war immer fröhlich gewesen. Immer auf der Suche nach dem nächsten Kick. Bis es ihr zum Verhängnis geworden war. Für sie war alles nur ein Spiel gewesen. Kein Wunder. Mom und Dad waren kein gutes Vorbild gewesen. Und er war es auch nicht. Er verdiente Geld mit den Drogen, die Casey getötet hatten. Es war seine einzige Möglichkeit, am Leben zu bleiben.

Schmuddelige Kneipen und Imbissbuden zogen am Fenster vorbei. Auf der Straße saßen heruntergekommen aussehende Menschen, die rauchten und Bier tranken. Colin hielt an einer roten Ampel. Auf dem Gehweg saß ein Mann auf einer dreckigen Decke und zog sich Kokain in die Nase. Angewidert wandte Cameron den Blick ab. Er mochte Geld damit verdienen, aber er wollte nicht sehen, wie Menschen es nahmen, wie sie ihren Körper und ihr Leben zerstörten. Und irgendwann daran starben.

Sie ließen das Kneipenviertel hinter sich und fuhren durch ausgestorbene Straßen. Zu beiden Seiten ragten schäbige Hochhäuser in den Himmel. Colin umfuhr das Gebiet der Blue Killers. Sie konnten keinen Fuß mehr in diese Straßen setzen, ohne angegriffen zu werden. Derek hatte lange Zeit gewollt, dass sie wie selbstverständlich durch die Straßen der Blue Killers spazierten. Dass sie zeigten, was ihnen gehörte. Oder gehören sollte. Cameron ahnte, dass es bei dem Streit zwischen Derek und Brandon, dem eigentlichen Boss der Blue Killers, um mehr als nur um ein paar Straßen ging, auf die beide Anspruch erhoben. Der Hass zwischen den Gangs saß tief.

„Ich versteh nicht, warum wir nicht mehr durch unser Gebiet fahren dürfen. Sollen diese Arschlöcher etwa denken, sie hätten gewonnen?" Lucas' Stimme zitterte vor Wut. Seine Schultern waren angespannt.

„Haben sie nicht", sagte Cameron und atmete tief durch. Er hatte Casey verloren. Er würde nicht zulassen, einen seiner Freunde in einer Straßenschlacht mit den Blue Killers zu verlieren. Wenn er dafür sorgen konnte, dass sie verschwanden, würde er es tun.

„Derek hat einen Plan. Er wird ihnen sein Revier nicht länger überlassen."

„Jackson wird es verteidigen", gab Colin zu bedenken.

„Was soll´s? Wir machen sie einfach alle kalt. Wenn Brandon aus dem Knast kommt und keine Leute mehr hat, muss er sich verpissen." Lucas stieß ein heiseres Lachen aus. Für ihn war alles einfach. Wenn er eine Frau wollte, verführte er sie. Wenn ihm jemand im Weg stand, schlug er zu. Lucas dachte nie über Konsequenzen nach. Er handelte einfach.

Das Gebiet der Street Fighters begann hinter einem verlassenen Firmengelände. Ein mit Unkraut überwucherter Betonplatz mit einer halb eingestürzten Lagerhalle in der Mitte. Das Bürogebäude war schon vor Jahren abgerissen worden, nur noch ein Schuttberg war davon übrig. Rings um das Grundstück waren Bauzäune aufgestellt worden. Überall hingen Schilder, die vor der Gefahr durch Bauarbeiten warnten. Viele davon waren verblichen oder halb zerbrochen. Gearbeitet wurde hier schon seit Jahren nicht mehr. Niemand wollte in ein Grundstück investieren, das direkt in der Schusslinie zweier rivalisierender Gangs lag.

Colin parkte den Pick-up in einer Seitenstraße. Die Türen knallten unnatürlich laut, als sie sie zuschlugen. Zwei Katzen verschwanden fauchend hinter einem Müllcontainer. Sonst blieb es still.

Cameron prüfte den Sitz seiner Pistole, die im Gürtel steckte. Derek bestand darauf, dass sie ihre Waffen trugen, sobald sie das Viertel betraten. Die vielen Angriffe der Blue Killers in den letzten Wochen gaben ihm Recht.

Hinter Lucas betrat Cameron das graue Haus, in dem Derek sein Quartier hatte. Im Treppenhaus war es dunkel. Im Flur hing eine Neonröhre an der Decke, die unangenehm flackerte und den Flur alle paar Sekunden in ein gespenstisches weißes Licht tauchte. Es stank durchdringend nach Urin. Wasser lief die Wände hinunter. Die meisten Wohnungen waren unbewohnt. Niemanden interessierte es, wenn Wasserrohre brachen oder Obdachlose in das Haus eindrangen, um hier ihr Lager aufzuschlagen.

Cameron ignorierte das Klackern winziger Krallen

auf dem Betonboden und drehte sich zu Colin um, der angewidert das Gesicht verzog.

„An den Gestank werde ich mich nie gewöhnen."

Irgendetwas an dem üblen Geruch erinnerte Colin an seine Kindheit. Er redete nicht darüber, aber Cameron sah das Aufflackern von Angst in seinen Augen.

Colin setzte ein Lächeln auf, wohl um sich selbst zu beruhigen. Cameron folgte Lucas nach oben und hörte Colins Schritte hinter sich.

Die Tür zu der Wohnung, die Derek notgedrungen zum Hauptquartier erklärt hatte, stand so weit offen, wie es die Absperrkette zuließ.

„Derek!", rief Lucas und schlug mit der Faust gegen den Türrahmen.

Es dauerte eine Weile, bis Schritte durch den Flur polterten, die Kette ausgehängt und die Tür aufgerissen wurde. Dereks dunkle Augen sprühten wütende Funken.

„Da seid ihr ja endlich. Los, rein mit euch." Er packte Lucas am Kragen und zog ihn grob in die Wohnung. Colin hielt sich im Hintergrund und schloss die Tür hinter Cameron.

In der Wohnung war es genauso dunkel wie im restlichen Haus. Wie immer war nur eine Stehlampe im Flur und eine im Wohnzimmer angeschaltet. Cameron fragte sich, ob Derek jemals die Deckenlampen benutzte.

Derek nahm auf seinem schwarzen durchgesessenen Ledersofa Platz und blickte sie durchdringend an. „Wo wart ihr, verdammt nochmal!"

„Auf einer Party …", antwortete Lucas, doch Derek schlug mit der flachen Hand auf den Couchtisch.

„Eure Entschuldigungen könnt ihr euch sparen. Liefert lieber vernünftige Arbeit ab." Er warf jedem Einzelnen von ihnen einen düsteren Blick zu. „Oder wollt ihr, dass diese Schweine sich auch noch den Rest von unserem Revier unter den Nagel reißen?"

Derek stand auf und schlich langsam wie eine Raubkatze durch den Raum, bevor er direkt vor Cameron stehen blieb. Cameron atmete ruhig und zuckte nicht mit der Wimper. Nicht mal als Derek ihn am T-Shirt packte und zu sich heranzog.

„Denn wenn das passiert, werdet ihr die Hölle auf Erden erleben. Ihr werdet mich anflehen, euch zu töten, aber das werde ich nicht tun. Und deshalb …" Dereks flache Hand landete klatschend auf Camerons Wange. Der Schlag riss ihn beinahe von den Füßen. Der Anflug eines Grinsens erschien auf Dereks Gesicht. Cameron hielt seinem Blick stand und widerstand dem Drang, seine brennende Wange zu berühren.

„Deshalb werdet ihr dafür sorgen, dass man uns ernst nimmt. Ab sofort gibt es keine Ausreden mehr. Wer nicht zahlt, stirbt. Dasselbe gilt für diejenigen, die unerlaubt einen Fuß in unsere Straßen setzen. Ganz egal, ob es Brandons Leute sind oder irgendwelche dämlichen Touristen. Lasst keinen Zweifel daran aufkommen, wie gefährlich wir sind. Ist das klar?"

„Kein Problem", entgegnete Lucas locker, als würde es nicht darum gehen, Menschen einfach zu erschießen. Cameron hasste Brandon für seine Habgier und Jackson, der seine neu gewonnene Macht als Anführer der Blue Killers skrupellos ausnutzte.

Trotzdem fiel es ihm nicht leicht, auf dessen Männer zu schießen. Es war eben ein Job, aber er empfand dabei keine Freude.

„Klar, Derek", sagte er.

Colin neben ihm nickte, den Blick auf den Boden gerichtet.

Sag was, du Idiot. Doch Colin blieb stumm. Wie erstarrt stand er da. Hatte er überhaupt zugehört?

Derek schlich um Colin herum. Seine Hand schnellte vor und packte ihm im Nacken. „Ich hab deine Antwort nicht verstanden."

„Ich hab Ja gesagt", krächzte Colin. Nichts erinnerte mehr an den unbekümmerten Jungen, der mit einem lässigen Grinsen im Gesicht in seinem neuen Pick-up-Truck saß.

„Tatsächlich? Dann sag es noch mal. Ich hab nichts gehört."

„Ja Derek, ich mach es."

„Was machst du?"

„Jeden töten, der unerlaubt hierherkommt oder seine Schulden nicht bezahlt."

„Genau. Braver Junge." Derek schlug Colin auf den Hinterkopf. Dann schlenderte er zurück zum Sofa, als wäre nichts gewesen. Unter dem Couchtisch zog er drei kleine Päckchen hervor und warf jedem von ihnen eins zu. „Am Grammpreis ändert sich nichts. Denn wir wollen ja keine Kunden verlieren, nicht wahr?"

Der Hass in Dereks Augen ließ Cameron das Blut in den Adern gefrieren. Derek war schon immer grausam und skrupellos gewesen, aber seit einigen Wochen war er unberechenbar. Immer kurz davor, zu explodieren. Dass die Street Fighters nicht mal mehr ein vernünftiges Hauptquartier hatten, nagte sichtlich an ihm. Er musste sich vorkommen wie der Anführer einer lächerlichen kleinen Rebellengruppe, die ihm Untergrund arbeitete. Cameron konnte Dereks Wut verstehen, doch ihm graute vor dem Tag, an dem diese Wut unkontrolliert aus ihm herausbrechen würde.

„Enttäusch mich nicht." Die Drohung war unüberhörbar, und selbst als sie unten auf der Straße standen, sah Cameron noch den Hass in Dereks Augen vor sich. Er konnte das Bild nicht abschütteln. Aber vielleicht war das gut. Wenn er vergaß, wie hasserfüllt Derek war, wurde er vielleicht leichtsinnig. Und das konnte er sich nicht erlauben.

Colin stand mit hängenden Schultern mitten auf der menschenleeren Straße, den Blick auf den Boden gerichtet.

„Was ist denn mit dir los?", rief Lucas und stürzte auf Colin zu.

Cameron holte ihn ein und schlug ihm die flache Hand vor die Brust. „Lass ihn." Mit zusammengezogenen Brauen sah Lucas ihn an. „Wir müssen den Stoff unter die Leute bringen. Und zwar schnell. Kapierst du nicht, dass Brandons Straßenköter uns die Kunden wegschnappen?"

Wie Brandon bot auch Jackson das Kokain billiger an, während Derek an seinem Preis festhielt. Solange die Kunden nicht wussten, dass es den Stoff woanders billiger gab, zahlten sie den hohen Preis. Doch schon beim letzten Mal hatte ein langjähriger Kunde ihn mit wüsten Beschimpfungen weggeschickt, da er nicht mehr bereit war, Dereks „Wucherpreise" zu bezahlen.

Das war im Block neben dem verlassenen Firmengelände gewesen. Eine Zeitlang hatten die Street Fighters Anspruch darauf erhoben, doch Cameron wusste, dass die Grenzen zwischen den Gebieten langsam verschwammen. Die Blue Killers respektierten sie nicht mehr. Noch vor wenigen Wochen hätte kein Blue Killer je einen Fuß in das Revier der Street Fighters gesetzt, doch diese Zeiten schienen vorbei zu sein. Die Frage war nur, warum gingen sie plötzlich so dreist vor? Warum fühlten sie sich so sicher?

„Dann lass uns zusammen gehen", schlug Cameron vor. „Das ist sicherer, falls uns jemand in die Quere kommt." Um Lucas machte er sich keine Sorgen. Dessen Finger wanderten ständig zu der Pistole an seinem Gürtel. Offenbar konnte er es kaum erwarten, seine Waffe auf jemanden zu richten. Doch Colin wirkte immer noch ein wenig abwesend. Cameron warf ihm einen fragenden Blick zu. Colin schüttelte nur den Kopf. Er wollte nicht darüber reden.

Lucas zuckte mit den Schultern und schnaubte abfällig. „Von mir aus könnt ihr zu zweit gehen wie kleine Schulmädchen. Ich brauche keinen Bodyguard." Fast im selben Moment war er um die nächsten Ecke verschwunden.

Colin sah Lucas nachdenklich hinterher. „Ist es eine gute Idee, ihn einfach gehen zu lassen?"

„Lucas kommt klar."

„Das meine ich nicht. Du weißt, dass er sich gerne überschätzt und dadurch in Schwierigkeiten bringt", gab Colin zu bedenken.

Lucas war schon öfter in Schlägereien verwickelt gewesen, nur weil er seine große Klappe nicht hatte halten können. Cameron konnte gar nicht zählen, wie oft er seinen Kumpel schon aus der Scheiße gezogen hatte.

„Diese Arschlöcher sollen es nur wagen, ihn anzurühren." Er prüfte den Sitz seiner Waffe und bedeutete Colin, ihm zu folgen.

Niemand begegnete ihnen auf dem Weg zu ihrem ersten Kunden. Jedes Mal wunderte Cameron sich aufs Neue, wie ausgestorben das Viertel war. Doch die meisten Junkies trafen sich entweder auf dem abgeriegelten Firmengelände oder in den Hinterzimmern irgendwelcher schmieriger Kneipen. Wer es nicht nötig hatte, schlich nachts nicht durch die schlecht beleuchteten dreckigen Straßen. Die Rollläden waren zum Großteil heruntergelassen. Hinter manchen Fenstern brannte Licht. Kurz fragte Cameron sich, was Chase wohl heute Abend trieb. Nach dem großen Auftrag diese Woche hatte er wahrscheinlich frei. Es würde ihn nicht wundern, wenn in diesem Moment eine halb nackte Blondine daheim auf dem Sofa lag. Mit einem Ehering am Finger. Chase liebte das Risiko. Und Cameron hasste seine fragwürdige Moral. Er hoffte nur, dass die Affäre verschwunden war, wenn er nach Hause kam, Denn beim letzten Mal hatte er im Keller schlafen müssen, um das schamlose Gestöhne und den Dirtytalk von Chase und seiner Begleitung nicht die ganze Nacht ertragen zu müssen.

Vor dem schmuddeligsten, heruntergekommensten Haus in der Gegend blieben sie stehen. Die hässliche graue Fassade hob sich vom klaren, sternenübersäten Himmel deutlich ab. Kurz kam Cameron der Gedanke, dass der Himmel in einer Gegend wie dieser nicht so schön sein durfte.

Er stieß die Tür auf. Wie bei den meisten Häusern hier war der Rahmen beschädigt, weshalb sie sich sowieso nicht mehr richtig schließen ließ.

Der Gestank war nicht so schlimm wie befürchtet. Nur der Geruch nach altem Fett stieg Cameron in die Nase. Die Lampe im Treppenhaus funktionierte nicht. Seufzend kramte Cameron das Handy aus seiner Hosentasche und schaltete die Taschenlampe an. Colin stand neben ihm und versuchte, sich seine Nervosität nicht anmerken zu lassen, doch selbst im Halbdunkel sah Cameron seinen angespannten Kiefer und die zusammengezogenen Augenbrauen.

„Keine Sorge. Das hier ist der einfachste Kunde." Drew zahlte immer. Lucas würde nie zu ihm gehen, da er es liebte, denen, die ihre Schulden nicht zahlten, Angst zu machen. Cameron war froh darum. Denn wenn es eine Sache gab, die er überhaupt nicht leiden konnte, war es Schulden einzutreiben. Er mochte es, wenn alles glatt lief und er die zweihundert Dollar für die Auslieferung einstecken konnte.

Wie erwartet zahlte Drew auf den Cent genau. Und wie immer sprach Drew kein Wort und streckte nur eine faltige Hand durch den Türspalt, um nach dem Tütchen zu greifen. Die meisten Kokainsüchtigen waren so sehr abgestürzt, dass sie sich nicht die Mühe machten, ihre Identität zu verheimlichen oder ihr heruntergekommenes Äußeres zu verbergen. Doch Drew schien um keinen Preis auffliegen zu wollen. Dabei hatte er nichts zu befürchten. Seit die Kämpfe zwischen den beiden Gangs so intensiv geworden waren, setzte kein Polizist mehr einen Fuß in dieses Viertel.

Nach dem reibungslosen Deal machten sie sich auf den Weg zum nächsten Kunden. Schon als sie das Haus betraten, spürte Cameron, dass etwas nicht stimmte. Es war nicht der übliche muffige Geruch, den fast alle Hausflure in dieser Gegend verströmten. Selbst eine flackernde Lampe konnte ihn nicht mehr irritieren. Aber der seltsame Druck in der Magengegend ließ sich nicht ignorieren.

Vor dem Treppenabsatz blieb er stehen und schaute am sich windenden Geländer nach oben.

Colin bremst abrupt ab. „Was ist los? Hast du´s dir anders überlegt? Doch nicht Johnson?"

„Sei mal still." Aus dem ersten Stock war leises Gemurmel zu hören. Angestrengt lauschte Cameron, konnte aber nichts verstehen.

Stirnrunzelnd sah Colin ihn an. „Du glaubst doch nicht, dass die Leute, die hier wohnen, uns verpfeifen, oder?"

„Ich glaube nicht, dass das die …"

„Dann mach mir gefälligst einen besseren Preis! Sonst nehm ich nie wieder was von euch!"

Cameron sah den Schock in Colins Augen. Sein Puls schoss in die Höhe. Das konnte doch nicht wahr sein! Diese verdammten Schweine!

Er stürzte die Treppen hinauf. Colins stampfende Schritte hinter sich nahm er kaum wahr. Dafür rauschte das Blut zu laut in seinen Ohren.

Als Cameron die letzte Stufe erreichte, richtete sich der schwarze Lauf einer Pistole auf ihn. Reflexartig griff er nach seiner eigenen und richtete sie auf den Eindringling.

Kohlrabenschwarze Augen sahen ihn feindselig an. Das restliche Gesicht war hinter einem schwarzen Tuch verborgen. „Du hast fünf Sekunden, um von hier zu verschwinden. Das hier ist mein Deal." Die tiefe Stimme klang gedämpft und dennoch kalt.

Cameron umklammerte die Waffe so fest, dass seine Finger schmerzten. Als er die blaue Armbinde des anderen bemerkte, musste er sich beherrschen, um nicht auf sein Gegenüber loszugehen und in blinder Wut auf dessen vermummtes Gesicht einzuschlagen. „Ihr kommt in unser Revier. Ihr klaut uns unsere Kunden. Ihr seid wohl lebensmüde."

Das Tuch bewegte sich, als der Kerl grinste. „Wir sind einfach nur die besseren Dealer. Und Derek weiß das. Er weiß, dass er verloren hat."

„Wag es nicht, seinen Namen in den Mund zu nehmen."

„Hey Cam!" Erst jetzt bemerkte Cameron Johnson, der in der halb geöffneten Wohnungstür stand. Die blonden schulterlangen Haare hingen dem jungen Mann in fettigen Strähnen ins Gesicht. Blutunterlaufene Augen kamen dahinter zum Vorschein. „Wie viel hast du heute dabei?"

„Zwei Gramm für hundert Dollar."

Der Blue Killer lachte höhnisch. „Das sind ja Schleuderpreise. Ihr kriegt euren gestreckten Stoff wohl nicht los."

„Jetzt ist Schluss", rief Colin. Auch er hatte seine Waffe gezogen. „Verzieh dich aus unserem Revier."

„Und nimm deinen überteuerten Stoff mit", warf

Johnson ein.

„Du hältst die Klappe", schnauzte der Maskierte. Mit zusammengekniffenen Augen fixierte er Cameron und Colin, als versuchte er sich auszurechnen, welche Chancen er gegen zwei geladene Pistolen hatte.

Demonstrativ hielt Cameron die Pistole noch ein Stückchen höher und zielte direkt auf dessen Gesicht. „Du hast jetzt die Chance, unauffällig zu verschwinden. Wenn wir hier noch mal jemanden von euch erwischen, wird es keine Vorwarnung mehr geben."

Die dunklen Augen sprühten wütende Funken. Langsam ging er rückwärts, ohne die Waffe sinken zu lassen. Am Treppenabsatz blieb er stehen. „Ihr habt verloren. Wir holen uns wieder, was uns gehört", zischte er. Dann drehte er sich um und sprang fast geräuschlos die Treppen hinunter. Die Sekunden verstrichen quälend langsam. Camerons Handgelenk brannte, so fest hielt er die Pistole umklammert. Erst als unten die Tür mit einem leisen Klacken ins Schloss fiel, ließ er sie sinken.

Stumm sahen er und Colin sich an. Colin hatte eine ausdruckslose Miene aufgesetzt, doch Cameron sah die leise Angst in seinen Augen aufflackern. Wie schon so oft kam ihm der Gedanke, dass Colin nicht für dieses Leben gemacht war. Er war nicht wie Lucas, der in den Deals und Kämpfen ein Spiel sah, bei dem man gewinnen musste. Oder wie Cameron, der das alles als eine Pflicht sah, die eben getan werden musste. Colin ließ das Elend an sich herankommen. Die Angst und die Schuldgefühle.

„Behalt die Treppe im Auge", trug er Colin auf. Der nickte nur und drehte sich um, während Cameron das Tütchen aus seiner Hosentasche holte. Johnson stand immer noch in der Tür, die Füße überkreuzt und die Arme vor der Brust verschränkt, als wäre nichts passiert. Nur das erwartungsvolle Glitzern in seinen geröteten Augen ließ vermuten, dass er nicht so entspannt war, wie er sich gab. Was wohl eher an dem bevorstehenden Rausch lag als an einer knapp verhinderten Schießerei.

„Wie viel wollte der Kerl von dir?"

Johnson schnaubte verächtlich. „Das Doppelte. Kurz hab ich's mir überlegt. Dachte, vielleicht ist das Zeug ja besser …" Er stockte, als er Camerons düstere Miene sah. „Aber ich hab ja auch keinen Geldscheißer." Er lachte nervös.

„Wenn du nicht in diese Sache verwickelt werden willst, dann mach gefälligst keine Geschäfte mit diesen Betrügern. Derek schätzt Untreue nicht." Was für ein blödes Geschwätz. Aber sollten sie Johnson als Kunden verlieren, waren sie dran. Nicht Johnson.

„Das wird Derek nicht gefallen." Cameron ballte die Hände in den Hosentaschen zu Fäusten. Die Anspannung, die normalerweise nach einem erfolgreichen Deal von ihm abfiel, lastete weiter auf seinen Schultern. Den Gedanken, Derek einfach zu verschweigen, was passiert war, verwarf er gleich wieder. Wenn ein Blue Killer durch Dereks Gebiet spazierte, würde er davon erfahren. Besser sagten sie ihm gleich die Wahrheit.

Colin nickte nur. Nachdenklich schaute er an einer schmutzigen Fassade nach oben. Wenn er Colin Dereks Wutausbruch ersparen konnte, würde er es tun.

Lucas lehnte an der Hauswand neben der Tür, ein spöttisches Grinsen im Gesicht. „Was macht ihr denn für Gesichter? Es gibt Kohle."

Cameron erzählte ihm von dem Zwischenfall. „Warum habt ihr ihn nicht abgeknallt?", frage Lucas, als würde es nicht darum gehen, ein Leben auszulöschen.

„Eine Schießerei im Treppenhaus? Spinnst du?"

„Keine Schießerei. Nur ein Schuss." Lucas richtete Zeige- und Mittelfinger auf Cameron. „Bumm. Ganz einfach."

Colin legte ihm einen Arm um die Schulter. „Wenn alles so einfach ist, warum erzählst du dann nicht Derek, du hättest diesen Mistkerl getroffen?"

Grob stieß Lucas ihn zur Seite. „Ich soll meinen Erfolg gegen euren Fehler austauschen, nur weil ihr zwei feige Hunde seid? Vergesst es." Er zog einen Hundertdollarschein aus der Hosentasche und wedelte damit in der Luft herum. „Ich werde Derek jetzt seinen Anteil geben. Wie ihr ihm beibringen wollte, dass ihr zu blöd seid, einen Blue Killer aus dem Weg zu räumen, ist euer Problem." Mit hoch erhobenem Haupt riss er die Haustür auf, verschwand im Treppenhaus und warf die Tür hinter sich zu. Zähneknirschend schaute Cameron auf die geschlossene Tür. Das war einer der Momente, in denen er Lucas für sein dämliches Verhalten am liebsten links und rechts eine verpassen wollte.

***

Schwerfällig stampfte Cameron die Treppen hinauf. Obwohl er sich körperlich nicht angestrengt hatte, fühlte er sich völlig ausgelaugt. Er starrte auf die Hand, die den Schlüssel ins Schloss steckte. Das fahle Licht im Treppenhaus ließ seine Haut grau aussehen.

Bevor er den Schlüssel umdrehte, legte er das Ohr an die Tür und lauschte. Keine Geräusche drangen aus der Wohnung. Entweder war Chase nicht zu Hause oder er schlief schon.

Cameron stieß die Tür auf, trat in den dunklen Flur und schloss die Wohnungstür leise. Er machte das Licht an und schlich zur Wohnzimmertür. Ein schwacher Lichtschein fiel durch die geöffnete Tür. Auf dem Sofa lag niemand. Erleichtert atmete Cameron auf. Keine Affäre.

Chases Zimmertür war geschlossen. Dahinter war gedämpftes Fangeschrei und die aufgeregte Stimme eines Reporters zu hören, der wahrscheinlich irgendein Baseballspiel kommentierte.

Froh, dass Chase abgelenkt war, verschwand Cameron in seinem Zimmer. Das Letzte, was er jetzt gebrauchen konnte, waren seine Fragen, ob er einen Deal gehabt hatte und wie es gelaufen war.

Erschöpft lehnte er die Stirn an die kühle Wand. Hätten sie Derek doch bloß nichts erzählt. Seine Reaktion war anderes ausgefallen als erwartet. Er war erstaunlich ruhig geblieben, doch das mordlüsterne Funkeln in seinen dunklen Augen hatte Bände gesprochen. Seine Stimme war eisig gewesen. Selbst jetzt lief es Cameron noch kalt den Rücken hinunter, als er an Dereks Worte dachte.

„Ab sofort wird jeder Eindringlich ohne Vorwarnung erschossen. Sofort! Heute habt ihr Schwäche gezeigt. Das kommt nicht wieder vor."

Natürlich nicht. Sonst hätte ihr letztes Stündlein geschlagen. Dass Derek heute so gnädig gewesen war, wunderte Cameron. Normalerweise konnte er sich schwer beherrschen, wenn es um die Blue Killers ging. Wahrscheinlich heckte er schon einen Plan aus, um Brandon und die Blue Killers zu vernichten. Ein für alle Mal. Hoffentlich war es bald so weit. Sobald ihnen und Derek das gesamte Gebiet gehörte, hatten die grausamen Kämpfe und die ständige Angst vor Angriffen vielleicht endlich ein Ende.

5. KAPITEL

April

Nach einem langen, einsamen Wochenende war April fast froh, am Montag wieder in die Schule fahren zu können. Addy hatte sich nach ihrem Absturz auf der Party die letzten beiden Tage tot gestellt. Was auch immer sie belastete, musste wirklich schlimm sein, wenn sie sich nicht mal ihren besten Freundinnen anvertrauen konnte.

Mit einem bitteren Lächeln auf den Lippen stellte April ihren Becher mit Karamell-Latte in die Mittelkonsole. Sie selbst war nicht besser. Außerhalb der Familie wussten nur Julians Frau Amy und Logans Frau Dakota und sein bester Freund Matt von den ersten schrecklichen Jahren ihrer Kindheit. Und die drei zählten gewissermaßen zur Familie. Vielleicht sollte sie sich mal wieder bei ihnen melden. Seit sie auf der Highschool war, hatte sie nur noch selten Kontakt zu ihnen gehabt. Die gemeinsamen Kochabende mit Matt fanden nur noch alle paar Wochen statt.

Ihr Handy vibrierte, als sie aus der Tiefgarage fuhr. Es blinkte die ganze Fahrt über, und jedes Mal, wenn sie an einer roten Ampel stand, schielte sie hinüber. Hoffentlich war es Addy, die ihr mitteilte, dass alles in Ordnung war.

April war früh dran und der Parkplatz noch halb leer. Erleichtert, dass heute niemand ihre bescheidenen Einparkkünste zu sehen bekommen würde, fuhr sie mit ihrem kleinen Toyota in eine große Parklücke.

Mit der linken Hand griff sie nach ihrem Kaffeebecher. Noch während sie den Becher gierig leerte, griff sie nach dem Handy. Katy hatte ihr gestern Abend eine Nachricht geschickt, als April ihr Handy schon ausgeschaltet hatte. Sie öffnete die Nachricht und sah ein Foto von einer glücklich lächelnden Katy, die den Kopf an die nackte Schulter eines Kerls mit blonden feucht-verstrubbelten Haaren gelehnt hatte. Im Hintergrund war das Meer und ein orange-roter Himmel zu sehen. Das Selfie war ab der Hälfte der Oberkörper abgeschnitten, doch das Sixpack von Katys Begleitung war unübersehbar. Kopfschüttelnd lächelte April. Wo hatte ihre Freundin den nur wieder aufgegabelt? Vielleicht war er auch auf der Party gewesen. Die Party. Schnell verdrängte sie die Gedanken an den widerlichen Typ, der sie belästigt hatte. Und an Cameron, der sie aus dieser Lage befreit hatte. Am besten ging sie ihm heute aus dem Weg. So wie sie es immer machte.

Den leeren Becher warf sie in den Fußraum auf der Beifahrerseite, steckte das Handy zurück in ihre Handtasche und stieg aus. Und wäre beinahe von einem riesigen schwarzen Pick-up überfahren worden, der mit kaum einem halben Meter Abstand hinter ihrem Wagen vorbeifuhr.

„Hey!", rief sie empört.

Der Fahrer kurbelte das Fenster hinunter. Eine große dunkle Sonnenbrille verdeckte sein halbes Gesicht. Blonde Locken kringelten sich auf seiner Stirn.

„Sorry." Anstatt weiter zu fahren, starrte er sie an. Er öffnete den Mund und schloss ihn wieder. April hätte schwören können, dass seine Augen hinter der Sonnenbrille riesengroß waren. Auch sie hatte ihn erkannt. Es war einer von Camerons Freunden. Der Kerl, der nach der Party mit Addy geredet hatte. Eilig sah sie sich um, konnte Cameron aber zu ihrer Erleichterung nirgends entdecken.

„Hey, du warst auf der Party am Freitag." April zuckte zusammen. Erst jetzt bemerkte sie den Typen auf dem Beifahrersitz. Dunkelhaarig, mit einem breiten Grinsen im Gesicht, dass er selbst wohl für unwiderstehlich hielt. Was für aufgeblasene Idioten. Wenn Cameron mit diesen Typen befreundet war, musste er noch oberflächlicher sein, als sie bisher geglaubt hatte. Dabei war er am Freitag ganz nett gewesen. Und wer wusste schon, was passiert wäre, wenn er nicht da gewesen wäre. Vielleicht war er doch nicht so schlimm ... Blödsinn. Sie schüttelte den Kopf über ihre Gedanken.

„Ich muss zum Unterricht", entschuldigte sie sich, hängte sich die Tasche über eine Schulter und stolzierte über den Parkplatz.

„Aber der fängst doch erst in zwanzig Minuten an. Außerdem will Cameron ..."

Der Motor eines vorbeifahrenden Autos verschluckte die letzten Worte. Gut so. Es interessierte sie nämlich nicht, was Cameron angeblich wollte. Ja, er hatte ihr und Addy am Freitag den Arsch gerettet.

Das hieß nicht, dass sie ihn plötzlich mögen oder mit ihm sprechen musste.

Im Flur war kaum etwas los. Katy lehnte an ihrem Spind und winkte ihr mit einem strahlenden Lächeln zu. „Hast du das Foto gesehen? Ist er nicht süß?" Ihre blauen Augen leuchteten vor Begeisterung.

„Ich dachte, du stehst auf Cameron", gab April mit einem irritierten Stirnrunzeln zurück und bereute im nächsten Moment, dass sie diesen Namen in den Mund genommen hatte.

Katy grinste verschmitzt. „Aber Cameron steht doch auf dich. Da will ich nicht im Weg sein."

April schnaubte. „Er steht überhaupt nicht auf mich." Nichts deutete darauf hin, dass es so war.

Mit vor der Brust verschränkten Armen sah Katy sie an. „Addy hat mir erzählt, was am Freitag passiert ist."

„Sie hat mit dir gesprochen?" Es versetzte ihr einen Stich, dass Addy sich Katy anvertraut hatte, während sie April ignoriert hatte. Aber wahrscheinlich lag es daran, dass Katy nicht dabei gewesen war, als Cameron und Colin sie vor diesem ekelhaften Kerl beschützt hatten.

„Sie hat nicht viel gesagt. Nur, dass Cameron total nett war. Sie sagte, er hatte nur Augen für dich." Katy klimperte mit den Wimpern und grinste albern. April konnte sich ein Lachen nicht verkneifen. Anders als sie und Addy kannte Katy nur die guten Seiten des Lebens. Sie war eine Träumerin. Doch den Traum von Cameron musste sie sich wohl oder übel aus dem Kopf schlagen.

„Wer ist der Typ auf dem Foto?", fragte sie, in der Hoffnung, Katy dadurch abzulenken.

„Wechsel nicht das Thema. Wir sind noch nicht fertig. Es geht um dich und Cameron, richtig?"

Nachdrücklich schüttelte April den Kopf. „Nein. Da gibt es nichts. Aber zwischen dir und diesem Kerl auf dem Foto ist eindeutig etwas."

„Stimmt, und das könntest du auch haben. Du musst nur mehr lächeln. Schau so." Katy streckte die Zeigefinger aus und schob Aprils Mundwinkel nach oben.

Lachend schlug April ihre Hände weg. „Lass das."

„Siehst du, geht doch."

„Na schön. Ich werde dich ab morgen jeden Tag mit einem Lächeln begrüßen. Nur für dich. Aber ganz sicher nicht für …"

„Du meist ihn?" Mit dem Ellbogen stupste Katy sie an. Eine böse Vorahnung beschlich April, als sie sich umdrehte. Und tatsächlich. Cameron lief über den Flur, flankiert von seinen beiden Kumpels. Wie der geborene Anführer. Ihre Blicke trafen sich. Etwas Sanftes und zugleich Trauriges lag in seinen meerblauen Augen. Doch wie immer blieb sein Gesicht unbewegt. Wenn hier jemand mehr lächeln sollte, dann wohl Cameron.

Sein Blick ruhte für wenige Sekunden auf ihr. Dann wandte er sich Colin zu, der selbst im Schulgebäude seine Sonnenbrille trug.

Katy wackelte mit den Augenbrauen. „Siehst du? Ich hab dir doch gesagt, er hat nur Augen für dich."

„Schwachsinn." April wandte sich ab und kramte in ihrer Tasche, in der Hoffnung irgendetwas zu finden, womit sie sich ablenken konnte. „Wo ist eigentlich Addy? Hat sie dir noch mal geschrieben?" Das Gefühl, versetzt worden zu sein, wurde von Sorge abgelöst. Irgendetwas stimmte nicht mit Addy. In den vergangenen Wochen hatte sie öfter bedrückt gewirkt, doch dass sie das ganze Wochenende nicht mit April gesprochen hatte und kurz vor Unterrichtsbeginn noch immer nicht in der Schule auftauchte, war ungewöhnlich.

„Wenn sie krank wäre, hätte sie bestimmt Bescheid gesagt. Vielleicht hat sie verschlafen." Mit einem Schulterzucken stieß Katy ihre Spindtür zu. „Sie wird schon kommen."

Zögernd folgte April Katy über den Flur in Richtung Klassenzimmer. In der ersten Stunde hatten sie gemeinsam Chemie. Bevor sie den Chemieraum betrat, drehte sie sich noch mal um und ließ den Blick über den nun fast leeren Flur schweifen. Von Addy keine Spur. Dass Katy das nicht zu kümmern schien, irritierte sie zusätzlich. Auch was den Vorfall auf der Party betraf, wirkte sie gleichgültig. Wieder hatte sie nur von Cameron geredet. Was interessierte sie Cameron, wenn Addy vielleicht in Schwierigkeiten steckte? Sobald sie auftauchte, musste April dringend mit ihr reden.

Erst zwei Stunden später zum Geschichtsunterricht tauchte Addy auf. Sie schlenderte ins Klassenzimmer und setzte sich mit einem entschuldigenden Lächeln neben April.

„Hi." Sichtlich nervös zupfte ihre Freundin an den langen Ärmeln ihrer hellblauen Bluse, die sie bis auf den obersten Knopf geschlossen hatte. Dazu trug sie weite schwarze Shorts, die ihre Knie bedeckten. Kurz fragte April sich, ob das etwas mit dem Vorfall auf der

Party zu tun hatte, denn eigentlich war es nicht Addys Art, sich zu verstecken. Meistens trug sie freizügige Klamotten, um der Welt zu zeigen, dass sie sich nicht einschränken ließ. Warum sollte sie ihre Meinung plötzlich ändern?

„Wo warst du?", fragte sie und legte Addy besorgt eine Hand auf den Unterarm, „Ich hab mir Sorgen gemacht."

„Ich musste meiner Mom helfen."

„Deiner Mom?" Für gewöhnlich erwähnte Addy ihre Mutter nie. Das Verhältnis zu ihr war nicht allzu gut.

„Sie hat sich am Samstag den Knöchel verstaucht. Ich musste mit ihr in die Notaufnahme fahren. Deshalb hab ich mich auch nicht gemeldet. Sorry."

Aber Katy konntest du schreiben?, lag ihr auf der Zunge, doch sie wollte nicht wie ein eifersüchtiges Kind klingen.

„Katy hab ich geschrieben, weil ich wollte, dass sie weiß, was auf der Party passiert ist", kam Addy ihr zuvor. Dass sie überhaupt irgendwas erklärte und sich entschuldigte, war nicht ihre Art. Normalerweise kümmerte es Addy nicht, was andere von ihr dachten. Vor Katy und April schämte sie sich erst recht nicht.

„Möchtest du darüber reden?", fragte April vorsichtig.

Addy schüttelte den Kopf. Erst jetzt fielen April die dunklen Ringe unter ihren Augen auf. Nicht mal Make-up trug sie. In vier Jahren Highschool war Addy noch nie ungeschminkt in die Schule gekommen.

„Keine Lust. Das Leben geht weiter." Das klang schon eher nach der Addy, die sie kannte. Ihre Freundin entsperrte ihr Handy und öffnete die Galerie. „Hat Katy dir auch das Foto von sich und diesem heißen Typen geschickt?"

***

„Ich komm gleich nach", rief April und stieß die Tür zu den Toiletten auf. Mit einem Seufzen stützte sie sich auf ein Waschbecken. Addys seltsames Verhalten ließ ihr keine Ruhe. Es machte keinen Sinn, ihre Freundin darauf anzusprechen. Sie würde die Frage einfach übergehen. Genau wie sie selbst, wenn jemand sie nach ihrer Kindheit oder, noch schlimmer, nach ihrem Vater fragte. Am besten ließ sie Addy einfach in Ruhe. Katy konnte das doch auch. Sie hatte nur eine blöde Bemerkung über Addys „hausfrauliches" Outfit gemacht und war dann über irgendein Mädchen aus ihrem Kunstkurs hergezogen, das sie nicht leiden konnte.

April sah in den Spiegel und blickte in zwei traurige Augen. Verdammt. Die Sorge stand ihr deutlich ins Gesicht geschrieben. Schnell drehte sie den Wasserhahn auf und spritzte sich kaltes Wasser ins Gesicht. Hustend trocknete sie sich das Gesicht mit den dünnen Papiertüchern ab. Schon besser. Rasch machte sie sich auf den Weg zum Klassenzimmer.

„Hey. Hast du mich gesucht?"

April zuckte zusammen. Die Tasche rutschte ihr von der Schulter und blieb an ihrem Ellbogen hängen. Sie blickte auf und schaute direkt in Camerons Augen. So blau wie das Meer an einem sonnigen Tag. Mit einem Glitzern darin, als hätte er die Sonne eingefangen, bevor er das triste Schulgebäude betreten hatte.

Was war nur in sie gefahren? Schnell wandte sie den Blick ab und starrte auf einen unbestimmten Punkt hinter Cameron.

„Natürlich nicht", fauchte sie ihn an. Ihre Stimme klang schrill in ihren Ohren. Wie eine Katze, die sich in die Enge gedrängt fühlte und versuchte, sich zu verteidigen. Anscheinend wurde es wirklich zur Gewohnheit, in Cameron reinzulaufen. Schlimm genug, dass sie seinen breiten muskulösen Rücken jeden Tag im Englischkurs sehen musste.

Ihre trotzige Reaktion schien ihn nicht abschrecken. Stattdessen trat er einen Schritt zurück und musterte sie mit besorgt zusammengezogenen Augenbrauen. Inzwischen war ihr Gesicht getrocknet und sie fühlte sich nicht mehr so erfrischt wie noch vor wenigen Minuten. Ihre Wangen wurden heiß unter Camerons Blick. Scheiße, sie musste hier weg.

„Seid ihr gut nach Hause gekommen? Am Freitag, meine ich", fügte er hinzu, als sie nicht sofort antwortete.

„O ja, ja natürlich. Addy geht's gut."

„Und dir?"

„Mir?", fragte sie dümmlich. Warum interessierte ihn das? Katys Bemerkung von heute Morgen fiel ihr wieder ein. *Er hat nur Augen für dich.* Sie schüttelte den Kopf über sich selbst. Das war doch Bullshit. Sicher fühlte Cameron sich einfach nur verpflichtet, sie zu fragen, weil er am Freitag da gewesen war. In fast vier Jahren Highschool hatte er sie kaum bemerkt. Warum sollte es plötzlich anders sein?

Seinen Lippen verzogen sich zu so etwas wie einem Lächeln. Für einen Moment fragte sie sich, wie er wohl aussah, wenn er lachte. So richtig. Aber das würde sie wohl nie erfahren, denn Cameron lachte nicht. Er war der unnahbare Bad Boy. Niemand kannte das Geheimnis seiner immer ernsten, unbewegten Miene.

„Wen könnte ich denn sonst meinen?"

„Ist das deine Art, Witze zu machen?", konterte sie, um der Frage auszuweichen. Sie hasste diese Frage. Man konnte sie unmöglich ehrlich beantworten, ohne sein komplettes Gefühlsleben vor jemandem auszubreiten. Nicht mal Mom kannte ihre wahren Gefühle. Jedenfalls nicht alle.

Belustigung funkelte in Camerons Augen. „Dann ist also alles in Ordnung? Du wirkst nicht traumatisiert."

April zuckte zusammen. War das sein Ernst? Als ob er irgendeine Ahnung hatte.

„Soll ich dir mal sagen, wie du wirkst? Wie ein arrogantes Arschloch, das nur sein Gewissen beruhigen will. Kein Mensch weiß, wie du wirklich bist. Und weißt du was, es interessiert auch niemanden. Es hat auch dich nicht zu interessieren, wie ich bin oder wie ich wirke. Wenn du glaubst, dass ich mich von einem schwanzlosen, betrunkenen Feigling einschüchtern lasse, bist du echt oberflächlicher, als ich dachte."

Ohne eine Reaktion abzuwarten, rauschte sie an ihm vorbei in Richtung Mensa. Cameron war ein Idiot. Da konnte er noch so gut aussehen und noch so blaue Augen haben. Selbst, dass er sie und Addy gerettet hatte, bedeutete nichts. Vermutlich brauchte er die ein oder andere Heldentat für sein Ego. Katy und Addy mochten sich leicht um den Finger wickeln lassen, doch April wusste, was passieren konnte, wenn eine Frau sich von vermeintlich nett gemeinten Fragen und dem guten Aussehen eines Mannes beeindrucken ließ. Nie würde sie zulassen, dass sich das, was sie und Mom erlebt hatten, wiederholte. Niemals würde sie sich auf einen Mann wie Ramon einlassen. Oder Cameron.

6. KAPITEL

Cameron

Traumatisiert? Hatte er jetzt völlig den Verstand verloren? Cameron schaute April hinterher, wie sie mit hoch erhobenem Kopf den leeren Flur entlang spazierte und um die nächste Ecke verschwand.

Er lehnte sich an die Wand und stöhnte leise auf. Wie dämlich konnte man sein? Eigentlich sollte er selbst am besten wissen, dass Menschen, die Schlimmes durchgemacht hatten am verzweifelsten versuchten, stark oder zumindest normal zu wirken. Auch Casey war ein normales Highschoolmädchen gewesen. Selbst, dass sie jedes Wochenende auf Partys gewesen war, hatte ihn nicht stutzig gemacht. Bis er das Kokain in ihrem Zimmer gefunden hatte. Aber da war es schon zu spät gewesen. Erst im Nachhinein erinnerte er sich an ihre bemüht stolze Haltung, den Ausdruck kalter Entschlossenheit in ihren Augen, als könnte nichts und niemand ihr etwas anhaben. Ihre Wut, wenn er oder Chase sich besorgt zeigten.

Bei April hatte er den gleichen Ausdruck gesehen. Sie war wie Casey. Nicht drogenabhängig, aber irgendetwas belastete sie. Etwas, das es ihr nicht erlaubte, jemanden an sich heranzulassen. Was auch immer es war, er würde es nie erfahren. Und eigentlich sollte es ihn auch überhaupt nicht interessieren. April ging ihm aus dem Weg. Niemals würde sie freiwillig mit ihm sprechen. Das Problem war: Es interessierte ihn. Sie interessierte ihn und er konnte sich nicht erklären warum.

„Da bist du ja." Angewidert spießte Lucas ein Stück Fleisch auf, betrachtete es kritisch und ließ es dann samt Gabel auf den Teller fallen. Braune Soße spritzte über den Tisch bis auf Colins Teller.

„Hey", rief Colin. „Glaubst du, ich will noch mehr von der widerlichen Soße?"

Lucas grinste. „Ich teile nur. So macht man das doch unter Freunden." Er lehnte sich zurück und legte den rechten Arm um die Lehne des leeren Stuhls neben ihn. „Willst du dich nicht setzen und das gute Essen genießen?", spottete er an Cameron gewandt.

Der Geruch der süßen, überwürzten Bratensoße stieg Cameron in die Nase. Besonders heute hatte er keinen Appetit auf Schulessen. Trotzdem setzte er sich neben Lucas. Er setzte eine gleichgültige Miene auf und ließ den Blick durch den Speisesaal gleiten. Erst als er sah, dass Colin und Lucas ihn beobachteten, wurde ihm klar, dass er nach April Ausschau hielt. Obwohl er nicht glaubte, dass sie nach ihrem Zusammenstoß das Risiko eingehen würde, ihm hier über den Weg zu laufen. Auch ihre Freundinnen konnte er nirgends entdecken.

„Suchst du April?", fragte Lucas, der sich eindeutig das Lachen verkneifen musste, und wackelte mit den Augenbrauen.

„April?", sagte Cameron, als wäre es das abwegigste auf der Welt, „Die ist nur an One-Night-Stands interessiert."

„Na und? Sag bloß, du hast Lust auf eine richtige Beziehung", entgegnete Lucas im selben verächtlichen Tonfall.

„April hat sowieso kein Interesse an mir."

Lucas zuckte mit den Schultern. „Dann nimm dir Katy. Die steht auf dich."

Cameron seufzte. „Lucas …"

„Oder Addy. Die geht mit jedem ins Bett. Stimmt´s, Colin?"

„Ich hab sie seit Freitag nicht mehr gesehen. Außerdem würde ich nie ein besoffenes Mädchen ausnutzen."

Kopfschüttelnd sah Lucas ihn an. „Du bist zu gut für diese Welt."

Gleich nach Unterrichtsschluss verließ Cameron das Schulgebäude. Er rief Colin und Lucas einen kurzen Abschiedsgruß zu und marschierte über den Parkplatz in Richtung Fahrradständer. Wahrscheinlich würden sie wie fast jeden Tag nach der Schule zu Mr. Percy gehen, aber Cameron war heute nicht nach ihren oberflächlichen Gesprächen, die sich meistens nur um Autos oder Frauengeschichten drehten. Nachdem Miranda aus dem Physikkurs ihn mitten in der Nacht halb nackt auf die Straße gesetzt und ihre beste Freundin Erin ihn benutzt hatte, um einen Kerl aus dem Footballteam eifersüchtig zu machen, hatte er beschlossen, sich nicht mehr auf Highschoolmädchen einzulassen. Oder auf irgendwelche Mädchen. Sie waren alle gleich.

Nur an seinem Körper interessiert. Manche wollten auch damit angeben, mit dem „geheimnisvollen" Cameron geschlafen zu haben. Sie hielten es für cool, dass er einer Gang angehörte. Jeder wusste es, doch die meisten hielten es für ein Gerücht oder taten so, als wäre eine Gang nichts anderes als eine Clique, mit der man abhing. Manchmal wünschte er sich, genauso unwissend zu sein.

Helles Lachen drang zu ihm herüber. Er drehte sich um und sah April, die ein paar Meter entfernt an einen blauen Kleinwagen gelehnt dastand und sich angeregt mit Katy und Addy unterhielt. Cameron konnte nur ihr Profil erkennen. Die dunklen gelockten Haare, die ihr auf den Rücken fielen. Ihre schlanke, kurvige Silhouette. Sein Puls wurde schneller, beruhigte sich aber wieder, als er den Blick abwandte. Eigentlich sollte er schnellstens sein Fahrrad aufschließen und abhauen, bevor sie ihn entdeckte, aber sein Blick wanderte wie von selbst zu ihr zurück. Sie lächelte, während sie redete, und gestikulierte mit den Händen, aber nicht wild und aufgeregt, sondern ruhig. So hatte er sie noch nie gesehen. Kein Wunder. Schließlich interessierte er sich nicht für sie und hatte in den letzten Jahren kaum einen Blick für sie übrig gehabt.

Ihr Lächeln erstarb, als Katy sie anstupste und sich zu ihr hinüberbeugte. Dann zeigte sie auf Cameron und winkte ihm zu. Jetzt schaute auch April zu ihm herüber. Selbst auf die Entfernung konnte er ihre Wut sehen. Sie war also immer noch sauer wegen seines Ausrutschers vorhin.

Katy ließ die Hand sinken und lächelte entschuldigend.

„… soll das?", hörte er April rufen.

„… doch nur nett sein", entgegnete Katy.

„Weißt du, was er gesagt hat?"

Katys Antwort verstand er nicht. Addy mischte sich ein, indem sie April eine Hand auf den Arm legte, doch sie entzog sich Addy, stieg in den blauen Wagen und parkte aus.

„April!", rief Katy hilflos, doch April fuhr an ihr und Addy vorbei, den Blick stur nach vorne gerichtet. Als sie auf Camerons Höhe war, warf sie ihm über zwei leere Reihen Parkplätze hinweg einen wütenden Blick zu. Lucas hätte sie wahrscheinlich provokant angegrinst, aber er war nicht Lucas. Deshalb schloss er sein Fahrrad auf, stieg auf und fuhr auf direktem Weg nach Hause.

***

Nicht mit ins Mr. Percy zu gehen, war die dümmste Entscheidung, die er je getroffen hatte. Er saß im schummrigen Licht seiner Nachttischlampe und starrte finster an die Wand. Aus dem Wohnzimmer nebenan war lautes Stöhnen und Keuchen zu hören. Gelegentlich kicherte Chases neuste Eroberung schrill.

Ausgerechnet heute musste sein Bruder eines seiner Sexdates mit nach Hause bringen, während er allein in seinem kleinen Zimmer saß und vergeblich versuchte einen Aufsatz für Englisch zu schreiben.

Immer wieder drängte sich ihm Aprils Gesicht auf. Ihr wütend entschlossener Blick. Der Schmerz in ihren Augen, den sie nicht verbergen konnte, egal wie sehr sie es versuchte. Dann übertönte das Stöhnen von nebenan wieder seine Gedanken. Wütend schlug er sein Heft zu. Am liebsten wäre er ins Wohnzimmer gestürmt und hätte Chase gesagt, er solle aufhören, April mit seiner Hurerei zu beschmutzen. Aber das war lächerlich. April war nicht hier. Sie hatte nichts mit dem zu tun, was Chase machte.

Sein Handy piepte. Eine neue Nachricht von Lucas blinkte auf dem Display. Von einem unterbelichteten Foto grinste ihm sein Freund entgegen, eine stark geschminkte Blondine im Arm, die ihr großzügiges Dekolleté in die Kamera reckte. Im Hintergrund waren grelle lila und rosa Lichter zu sehen. Und viel nackte Haut. Mr. Percy also. Na klar.

Ist Colin auch bei dir?

Wo auch immer Lucas war, es sah verdächtig nach einem Stripclub aus, und es erstaunte Cameron immer wieder, wie Lucas es schaffte, dort hinein zu kommen. Er behauptete gerne, sämtliche Türsteher zu kennen und mit Bestechungsgeldern um sich zu schmeißen. Wahrscheinlicher war allerdings, dass er sich im Internet einen gefälschten Ausweis besorgt hatte.

Colin war nicht der Typ, der mit solchen Dingen prahlte. Er spielte gerne den Aufreißer. Vor allem seit er seinen neuen Truck hatte. Aber sobald es ernst wurde, zog er sich zurück. Nicht zum ersten Mal kam Cameron der Gedanke, dass das Leben in einer Gang und mit Draufgängern wie Lucas nichts für Colin war. Er war da einfach reingerutscht. Wie die meisten ihrer Freunde hatten sie keine andere Wahl gehabt, um zu überleben. So war das, wenn man in einer üblen Gegend wie der hier aufwuchs. Kaum jemand schaffte es hier raus. Man konnte nur das Beste daraus machen. Und das angenehmste Leben führte man, wenn man unter dem Schutz einer Gang stand. Lieber verkaufte er Drogen, die er verabscheute, als erschossen zu werden, weil er zur falschen Zeit am falschen Ort war.

Der hat Schiss bekommen und ist nach Hause gefahren. Die Mädels hier sind zu heiß für ihn.

Nicht mit ins Mr. Percy zu gehen, war also doch eine gute Idee gewesen. Es war immer noch besser, allein zu Hause zu sitzen und seinem Bruder beim Sex zuzuhören, als in einem Club voller halb nackter Frauen zu sitzen, während April in seinem Kopf herumgeisterte. Obwohl sie nicht das geringste Interesse an ihm zeigte, wäre ihm das vorgekommen wie Verrat.

Kopfschüttelnd legte er das Handy auf den Nachttisch. Langsam verlor er echt den Verstand. Und das wegen eines Mädchens, das er nie würde haben können.

7. KAPITEL

April

April stieg in ihr Auto und zog die Fahrertür zu. Es war Freitag, und sie hatte die Woche überstanden, ohne in eine weitere peinliche Situation zu kommen.

Gerade als sie den Motor startete, klopfte es dumpf an die Scheibe. Zu früh gefreut. Katy grinste sie durch das Fenster breit an. Ihre Augen leuchteten erwartungsvoll. April ließ das Fenster hinunter.

„Katy, was gibt's?", fragte sie und hoffte, ihre Freundin würde ihr nicht anmerken, dass sie am liebsten augenblicklich von hier verschwinden würde. Fast hätte sie es ja auch geschafft.

Katy legte den Kopf schief und lächelte süß. „Du siehst aus, als hättest du dieses Wochenende nichts vor."

Doch, das hab ich, hätte sie am liebsten einfach entgegnet, aber Katy war ihre Freundin und sie hatte ihr nichts getan. Warum nur lagen ihr in letzter Zeit ständig schnippische Antworten auf der Zunge?

„Weißt du, am Samstag ist eine Party und ich will nicht allein hingehen. Addy war seit Dienstag nicht hier und da dachte ich …"

Mit großen Augen schaute Katy sie an. April seufzte. Eine Party war wirklich das Letzte, worauf sie

Lust hatte. Sie hatte den Vorfall von letztem Freitag noch klar vor Augen. So etwas wollte sie nie wieder erleben.

„Es geht nicht. Ich bin mit Matt und Logan zum Kochen verabredet."

Das war nicht mal gelogen. Nur, dass der Kochabend heute war und der Samstag damit frei.

„Wann?", fragte Katy hoffnungsvoll.

„Heute, aber was ist mit diesem Kerl? Dem Surfer?"

„Dem Surfer?" Stirnrunzelnd sah Katy sie an. Dann hellte sich ihre Miene auf. „Ach, du meist Brian. Der fährt dieses Wochenende mit ein paar Kumpels nach Miami. Also, kommst du mit?"

Kurz zögerte April. Es gab keinen Grund, Katy für Samstag abzusagen. Vielleicht würde ein bisschen Ablenkung ihr sogar guttun. Wenn sie allein zu Hause saß, würde sie nur vor sich hin grübeln.

„Ich komm mit."

„Oh danke, April. Ich liebe dich." Begeistert streckte Katy die Arme durch das geöffnete Fenster und umarmte sie unbeholfen. „Das wird so toll." Sie wand sich aus dem Auto. „Komm davor zu mir, damit wir unsere Outfits abstimmen können. Es ist eine Mottoparty."

„Eine Mottoparty? Was für ein Motto?"

„Streetstyle", sagte Katy und machte das Peace-Zeichen, bevor sie davontänzelte.

Ein Lächeln stahl sich auf Aprils Gesicht und sie konnte gar nichts dagegen tun. Streetstyle. Also würde sie etwas anziehen, worin sie sich wohlfühlte, und sich von Katys guter Stimmung anstecken lassen.

***

„Da ist ja die Küchenchefin." Matt zog sie kurz in eine halbe Umarmung.

„Du gibst mir das Kommando?" Sie befreite sich aus seinen langen Armen und ging in die Küche.

Matt folgte ihr. „Das kann ich mit gutem Gewissen tun. Schließlich hab ich dir ja alles beigebracht, was du können musst."

Seit der Familienzusammenführung vor sechs Jahren waren die gemeinsamen Kochabende ein fester Bestandteil in Aprils Leben. Wenn sie kochte, konnte sie für kurze Zeit so tun, als hätte es die schrecklichen Jahre in Ramons Gewalt gar nicht gegeben.

Logan stand an die Arbeitsplatte gelehnt da und hielt seine Frau Dakota in den Armen. Lächelnd legte er eine Hand auf ihren Bauch. Die beiden bemerkten sie nicht. April schlug das Herz bis zum Hals. Hatte es endlich geklappt?

Schwungvoll stellte sie die Papiertüte mit ihren Einkäufen neben den Herd. Dakota und Logan schauten auf.

„Hey." Ein Leuchten lag in Dakotas Augen. Zusammen mit Logans liebevoller Geste konnte das nur eins bedeuten.

„Du bist schwanger!"

„Ja, ich kann es selbst noch nicht glauben."

„Ich freu mich so für dich." April schloss Dakota in die Arme. Am liebsten hätte sie vor Freude geschrien. Vor zwei Jahren, gleich nach dem Studium, hatten Logan und Dakota geheiratet. Seitdem träumten sie davon, ein Kind zu haben.

„Sie hat es mir erst gestern gesagt." Mit einem stolzen Lächeln betrachtete er seine Frau. So musste wohl ein Vater aussehen, der sein Kind liebte. Der Gedanke schmerzte sie. Gleichzeitig war es ein Trost, dass dieses Kind liebevolle Eltern und ein schönes Zuhause bekommen würde. Etwas, das keinem von ihnen vergönnt gewesen war.

„Ihr Geheimniskrämer", rief Matt von der Tür aus. „Wisst ihr schon, was es wird?"

„Ich glaube, es wird ein Mädchen", sagte Logan.

„Meinst du? Vielleicht wird es ein Junge."

„Ich denke, ihr solltet es so bald wie möglich rausfinden", warf Matt ein. „Diese Diskussionen ertrage ich keine neun Monate."

Logan gab ihm einen Klaps auf den Hinterkopf. „Es sind nicht mal mehr sieben Monate."

„Selbst das halte ich nicht aus." Matt lachte und griff dann nach der Papiertüte. „Ich hoffe, du hast was Vernünftiges gekauft. Ich will nicht auch noch hungern."

Keine Stunde später duftete es in der Küche verführerisch nach warmen Brötchen, Hackfleisch und gebratenen Zwiebeln.

„Woher wusstest du, dass ich Lust auf New Yorker Hot Dogs hab?", fragte Matt und starrte mit großen Augen die Würstchen an, die April gerade aus dem Topf holte.

„Das sagst du jedes Mal, egal was wir kochen. Außerdem weiß ich, dass du immer Hunger hast."

„Als wir noch zusammen gewohnt haben, hat er mir immer alles weggegessen", warf Logan mit einem Grinsen ein.

Mit gespielter Empörung stemmte Matt die Hände in die Hüften. „Du wolltest nie was. Du hast immer nur Fast Food gegessen."

„Ja, ich geb´s zu. Aber du hast mich bekehrt."

„Nein, das war ich." Dakota drückte leicht seine Schulter. „Ich mochte es, bei Matt zu kochen, und hab dich angesteckt."

„Schon gut. Ihr habt recht."

„Sag mir Bescheid, wenn ihr mehr wisst", bat April und umarmte Dakota zum Abschied.

„Ich hoffe, es werden keine Zwillinge", flüsterte Dakota. „Ich weiß gar nicht, ob ich das schaffen würde."

„Ihr seid sicher tolle Eltern. Logan wird eure Kinder aufmuntern, wenn sie weinen."

Dakota lachte. „Weißt du, eigentlich wollte ich mich gar nicht in ihn verlieben, aber gegen seine Sprüche war ich dann doch nicht immun."

Kurz flackerte das Bild von Cameron vor ihrem inneren Auge auf. In seine dämlichen Sprüche würde sich ganz sicher nie jemand verlieben.

„Wie geht es Amy und Evelyn?", fragte April, bevor Dakota und Logan die Wohnung verließen.

„Es geht ihnen schon besser", sagte Logan. „Beim nächsten Mal sind sie wieder dabei."

Amys und Julians zweijährige Tochter Evelyn hatte in letzter Zeit oft Magen-Darm-Infekte, die auch Amy und Julian gelegentlich erwischten. Auf dem Weg zum Auto schrieb April Amy eine Nachricht und wünschte ihr und der Kleinen gute Besserung.

Wie immer, wenn April nach einem Kochabend bei

Matt nach Hause fuhr, kam es ihr vor, als würde sie eine kleine Blase verlassen, in der alles perfekt war. All die schrecklichen Erinnerungen und Probleme, die noch auf sie zukommen würden, hatten in Matts Wohnung keinen Platz.

Sie legte den in Alufolie gewickelten Hot Dog für Mom auf den Beifahrersitz und startete den Motor. Es war halb zehn und die Straßen voll mit jungen Menschen, die den Freitagabend genießen wollten. Um das Leben zu feiern. Oder um zu vergessen, wie ungerecht die Welt war. Denn die Welt war ungerecht. Menschen unterdrückten die Schwächeren und bereicherten sich am Leid anderer. Manche Menschen wurden bestraft, während andere weitermachten. Ramon war für seine Verbrechen ins Gefängnis gewandert, aber wie viele von seiner Sorte liefen weiter frei herum und töteten, um ihr Revier zu markieren? Wie viele verkauften Drogen, die Leben zerstörten, nur damit einige wenige Drogenbosse im Luxus leben konnten? So wie sie und Mom zehn Jahre lang.

Jetzt waren sie arm. April würde sich ihr Studium selbst finanzieren müssen. Sie würde in Blue Water studieren und zu Hause wohnen bleiben, da sie sich kein Wohnheim leisten konnte. Aber alles war besser, als von schmutzigem, blutigem Geld zu leben.

***

Kritisch betrachtete Katy sich im bodentiefen Spiegel ihres Kleiderschranks.

April legte ihr einen Arm um die Taille. „Das steht dir."

„Ich weiß nicht. Eigentlich ist Streetstyle nichts für mich. Ich hätte mich lieber schick gemacht." Katy schob leicht die Unterlippe vor.

„Hey, du warst diejenige, die unbedingt auf diese Party wollte", zog April sie auf.

„Ich geh eben gern auf Partys. Da nehme ich auch in Kauf, scheußliche Klamotten anziehen zu müssen."

Immer noch zweifelnd zupfte sie an den Fäden ihrer Used Jeans, die an den Oberschenkeln mehrere kleine Löcher hatte. Dazu trug sie ein kurzärmeliges Oversized Croptop.

„Das ist überhaupt nicht mein Style."

„Du musst deinen Horizont erweitern." Anders als befürchtet, freute April sich auf die Party. Im Gegensatz zu Katy mochte sie es nicht, sich in ein kurzes, enges Kleid zu zwängen. Sie fühlte sich wohl in ihrer schwarzen Workerjeans und der rot-schwarz karierten, in der Mitte geknoteten Bluse.

Schicksalsergeben zuckte Katy mit den Schultern und bedachte April mit einem Lächeln. „Wenigstens du siehst gut aus."

„Hast du was von Addy gehört?", fragte Katy, als April ihren Wagen am Straßenrand parkte. Das Wummern des Basses war selbst mit geschlossenen Fenstern zu hören.

Addy war die ganze restliche Woche nicht in der Schule gewesen. Vielleicht hätte sie ihr schreiben sollen. Aber sie war viel zu sehr damit beschäftigt gewesen, Cameron aus dem Weg zu gehen.

„Sie war am Montag so komisch."

Erstaunt riss Katy die Augen auf. „Sie war in der

Schule? Warum ist sie nicht zu mir gekommen?" Katy packte April am Arm. „Was hat sie zu dir gesagt? Irgendwas über mich?"

Irritiert über Katys heftige Reaktion wich April zurück. „Nein. Wieso sollte sie?"

„Ich glaube, sie mag mich nicht mehr."

Machte Katy sich wirklich nur Sorgen um sich selbst? „Das ist Schwachsinn. Addy geht's nicht gut. Sie total verschlossen. Ich mach mir echt …"

„Jaja. Die wird sich schon wieder einkriegen." Katys Lächeln wirkte aufgesetzt, als sie schwungvoll die Beifahrertür zustieß, um das Auto herum tänzelte und die Fahrertür aufriss. „Los komm. Let´s party." Sie nahm April an den Handgelenken und sie ließ sich widerstandslos aus dem Wagen ziehen. Von Katys Unsicherheit war nichts mehr zu sehen. Das Thema Addy schien für sie auch erledigt zu sein. April schaffte es gerade noch, die Tür zuzuknallen, bevor Katy sie über die Straße auf den Vorgarten des riesigen Einfamilienhauses zog. Vor dem Haus hatten sich ein paar kleine Grüppchen gebildet. Die breite Auffahrt war jetzt schon mit Plastikbechern und Essensresten übersät. Plötzlich war April die Lust auf die Party vergangen. Ablenkung war eine Sache, aber wie konnte sie ausgelassen feiern, während Addy wer weiß was durchstand?

Keine Stunde später saß April auf einem gepolsterten Hocker der Hausbar und sah Katy dabei zu, wie sie sturzbetrunken auf dem Couchtisch tanzte, und laut und schief zu irgendeinem Partyhit von David Guetta sang. Sie legte den Kopf in den Nacken, hielt sich einen roten Becher über das Gesicht und kippte den Inhalt aus. Das meiste davon floss ihr aufs Shirt und schließlich auf den Tisch. Die Menge, die sich um sie versammelt hatte, johlte und feuerte sie an.

Lustlos drehte April ihren eigenen Becher in der Hand. Bei ihrer Ankunft hatte ihr jemand ein Bier in die Hand gedrückt, und sie fragte sich, warum sie den Becher immer noch nicht entsorgt hatte. Ihr Blick fiel auf das nasse, verdreckte Laminat. Achtlos kippte sie das Bier auf den Boden. Eine Pfütze mehr würde niemanden interessieren.

„Die Kleine ist echt hart drauf", sagte jemand hinter ihr. Der Typ hinter dem Tresen gaffte in Katys Richtung. „Ich hab noch nie ein Mädchen gesehen, das so viel verträgt", bemerkte er mit Bewunderung in der Stimme.

April knallte den leeren Becher auf den Tresen und drückte ihn mit der Faust platt. „Es ist überhaupt nichts Tolles daran, wenn sich jemand hemmungslos besäuft. Alkohol ist eine Droge und die meisten Menschen wissen das noch nicht mal." Normalerweise störte es sie nicht, wenn irgendwelche Highschool-Kids sich auf Partys abschossen. Aber Katys totalen Absturz mitanzusehen, konnte sie nicht länger ertragen. Und das alles nur, weil sie glaubte, dass Addy sie nicht mehr mochte? Konnte das wirklich sein?

Sie warf dem Typ, der sie mit offenem Mund anstarrte, einen giftigen Blick zu und sprang vom Hocker. Die Menge um den Couchtisch war gewachsen. Inzwischen stand noch ein zweites Mädchen neben Katy, das sehr knappe Hotpants und einen Spitzen-BH trug, und aufreizend mit dem Hintern wackelte, während Katy sichtlich Mühe hatte, das Gleichgewicht zu halten.

„Ivy! Ivy!", schrie die Menge. Ivy hielt mit einem strahlenden Lächeln zwei rote Becher in die Luft und leerte den ersten innerhalb von Sekunden. Gleich darauf den zweiten. Jubel brandete auf. Mit wachsender Wut bahnte April sich ihren Weg bis zum Tisch.

Katy machte eine halbe Drehung und fiel fast vom Tisch. „Hey April", rief sie. Ihre Augen glänzten unnatürlich. Hatte sie noch irgendwas anderes zu sich genommen?

„Komm. Ich will heim."

„Aber die Party … is noch nicht … vorbei", lallte Katy. „Bring mir noch 'n Drink."

April griff nach Katys Hand. „Für dich ist die Party vorbei. Runter da."

„Hey, verpiss dich", rief jemand.

Ohne auf den Zwischenruf zu achten, ergriff April Katys zweite Hand und zog sie vorsichtig vom Tisch. Katy stolperte und landete in Aprils Armen. Sie kicherte albern. „Das is wie Achtaba… fahn." Schwer stützte sie sich auf Aprils Schulter.

Unter lautstarkem Protest der Umstehenden führte April Katy aus dem Wohnzimmer. Immer wieder mussten sie sich an Leuten vorbeiquetschen, die ihnen keinen Platz machten. Nach einer gefühlten Ewigkeit standen sie endlich im Vorgarten. Erleichtert atmete April die frische Luft ein, die nur leicht nach Joints roch. Erst jetzt merkte sie, dass ihre Augen von der stickigen, alkoholgeschwängerten Luft im Haus brannten. Ihr Hals kratzte. Am liebsten wäre sie wieder nach drinnen gerannt, um sich in der Küche ein Glas

Wasser zu holen, doch erst musste sie Katy ins Auto bringen. Auf dem Weg die Auffahrt hinunter und über die Straße brabbelte sie die ganze Zeit vor sich hin und kicherte, wenn sie stolperte.

Umständlich fingerte April den Autoschlüssel aus ihrer Hosentasche und half Katy auf den Beifahrersitz. Eine Weile starrte Katy durch die Frontscheibe. Dann schlug sie die Hände vors Gesicht und schluchzte. April, die sich gerade abgewandt hatte, um zur Fahrerseite des Wagens zu gehen, hockte sich neben die geöffnete Beifahrertür und berührte Katy vorsichtig am Ellbogen. Schon zum zweiten Mal heute Abend war Katys Stimmung von einer Sekunde auf die andere ins komplette Gegenteil gekippt.

„Katy? Was ist los?"

Katy schnappte nach Luft und schniefte. „Weißt du, was ich dir über Brian gesagt hab?", murmelte sie in ihre Hände. Dann hob sie den Kopf und sah April aus geröteten Augen an. „Er ist gar nicht mit Freunden beim Surfen. Er hat Schluss gemacht."

Wieder schüttelten Schluchzer Katys Körper. Jeder Ärger über ihr kindisches Verhalten auf der Party war verflogen. Sie hatte geglaubt, Katys Absturz hätte etwas mit Addy zu tun. Dabei hatte sie Liebeskummer.

„Das tut mir leid. Ich wusste nicht, dass es zwischen euch schon so eng ist."

„Das ist es nicht. Wir hatten letzte Woche einen One-Night-Stand und haben dann noch ein paar Tage geschrieben. Er hat gesagt, er will mich wiedersehen und ich hab ihm geglaubt." Sie griff nach Aprils Händen. Ein Ausdruck der Verzweiflung lag in ihren großen blauen Augen. „Ich dachte, aus uns könnte was werden, aber dann hat er mir geschrieben, dass er sich nie mit einem Mädchen zweimal trifft. Aber April, warum hat er mir dann überhaupt noch geschrieben? Ich … ich versteh das nicht."

Mit einem Mal wirkte Katy ganz nüchtern. Zumindest hätte jemand, der sie nicht kannte, das geglaubt. Aber solche heftigen Gefühlsausbrüche waren untypisch für Katy. Bisher hatte sie nie Interesse an einer festen Beziehung gehabt. Sie musste wirklich verliebt sein in diesen Brian.

„Ich fahr dich jetzt nach Hause. Du schläfst dich aus, und morgen telefonieren wir und reden über alles."

„Aber ich will jetzt reden. Sag mir, was ich falsch gemacht hab."

April drückte Katys Hände fester. „Du hast gar nichts falsch gemacht. Männer sind Arschlöcher."

„Aber …" Wieder wimmerte Katy.

„Wir sollten jetzt fahren." Langsam ließ April ihre Hände los und richtete sich auf. Inzwischen standen mehr Grüppchen vor dem Haus. Nur ein Mann stand allein da. Es war dunkel und die Kapuze seines schwarzen Pullis verhinderte, dass sie sein Gesicht sehen konnte, aber sie spürte regelrecht, wie er zu ihr herüber starrte. Bei der Erinnerung an den letzten Freitag durchlief sie ein kalter Schauer. So sehr sie Cameron hasste, wünschte sie sich in diesem Moment, er wäre hier. Doch er war nicht auf dieser Party. Jedenfalls hatte sie weder ihn noch einen seiner Kumpels gesehen.

Aber wen interessierte das schon? Sie brauchte Cameron nicht, sie konnte auf sich selbst aufpassen.

Die April, die sich vor jedem Schatten und vor jedem Fremden fürchtete, gab es nicht mehr. Ein paar Sekunden starrte sie demonstrativ zurück. Dann stieg sie ins Auto, schlug die Tür hinter sich zu und ließ das Haus und die Party hinter sich.

8. KAPITEL

Cameron

„Das nenn ich Erfolg." Großspurig holte Lucas einen Packen Scheine aus seiner Jackentasche und wedelte damit in der Luft herum.

„Steck die weg", zischte Colin. „Niemand muss sehen, dass du Geld hast."

„Außerdem ist das meiste für Derek", warf Cameron trocken ein.

Lucas schnaubte. „Ihr werdet schon sehen. Irgendwann werde ich reich. Ich gründe mein eigenes Imperium."

„Dann musst du nur warten, bis Derek tot ist." Mit Mühe unterdrückte Cameron ein verächtliches Lachen. Er verkauftes dieses Zeug nur, weil er keine andere Wahl hatte. Aber wie konnte jemand ein Vermögen verdienen wollen, indem er andere Menschen ins Verderben stürzte?

„Und dann nimmt Wyatt seinen Platz ein", warf Colin ein.

„Ist ja nur Spaß. Ich bin zufrieden mit meinem Leben. Übrigens war ich gestern wieder in diesem heißen Club. Da habt ihr echt was verpasst …"

Während Lucas von halb nackten Frauen schwärmte, ließ Cameron sich ein paar Schritte zurückfallen. Es gefiel ihm nicht, dass Lucas so sorglos war. Sie hatten gerade drei erfolgreiche Deals hinter sich und mehr als tausend Dollar in den Taschen. Nur weil diesmal alles glatt gelaufen war, hieß das nicht, dass die Blue Killers nicht mehr darauf aus waren, ihnen ihr Gebiet streitig zu machen und die Kundschaft zu stehlen.

Schritte näherten sich von hinten. Camerons Hand wanderte zu der Waffe an seinem Gürtel. Auch Lucas und Colin standen plötzlich ruhig da, die Schultern angespannt. Lucas legte einen Finger an die Lippen und zog langsam seine Pistole aus der Tasche seiner weiten Jacke.

Nicht schießen, formte Cameron mit den Lippen. Doch Lucas richtete seine Waffe ohne zu fackeln auf den überquellenden Müllcontainer hinter Cameron und schoss. Jemand stieß einen spitzen Schrei aus. Zwei kleine Jungs rannten hinter dem Container hervor und verschwanden in der nächsten Seitenstraße. Erschrocken riss Lucas die Augen auf und ließ seine Waffe schnell verschwinden.

Cameron stürzte auf ihn zu und packte ihn am Kragen. „Sag mal, spinnst du? Du kannst doch nicht einfach schießen, wenn du nicht weißt, wer da ist."

„Sorry Mann. Ich dachte, es wäre einer von denen."

„Und hast du auch schon mal darüber nachgedacht, was passiert wäre, wenn du ein Kind erschossen hättest?!"

„Es tut mir leid. Ich bin heute einfach angespannt."

So hatte es aber bis gerade eben nicht ausgesehen. Eine spitze Bemerkung lag Cameron auf der Zunge, aber er durfte sich nicht durch einen Streit mit Lucas ablenken lassen.

„Mach das nicht mehr." Er ließ Lucas los und schaute zu Colin, der wie erstarrt dastand. „Colin? Was ist?"

Colin öffnete den Mund, sagte aber nichts. Cameron packte ihn an den Schultern und sah ihn an, doch Colins Blick ging durch ihn hindurch.

„Colin! Was hast du?"

Langsam entspannte Colin sich. „Man kann es nicht mehr rückgängig machen", murmelte er tonlos.

„Was denn?"

„Schon gut. Es ist eben passiert."

Dass Colin nicht den Vorfall von gerade eben meinte, war klar. Aber wovon redete er? Es musste irgendwas mit seiner Kindheit zu tun haben, über die er nie sprach.

Ein Schuss knallte und hallte von den hohen Wänden der Häuser wider. „Lucas!", schrie Cameron. Noch ein Schuss fiel.

„Scheiße." Blitzschnell griff Cameron nach seiner Waffe, drehte sich um und blickte in die Mündung einer Pistole. Die Hand, die sie hielt, war am Gelenk mit einem blauen Tuch umwickelt. Ein Blue Killer!

Jeder Muskel in seinem Körper war angespannt. Trotz seiner Nervosität gelang es ihm, den Arm mit der Waffe ruhig zu halten. Jetzt bloß keinen Fehler machen. Eine Schießerei war das Letzte, das sie jetzt brauchten.

„Was willst du hier?", fragte er ruhig.

Sein Gegenüber starrte ihn finster an und schwenkte den Arm mit der Pistole. Zwei weitere Männer traten aus der Seitenstraße, in der die beiden Kinder vorhin verschwunden waren.

„Glaubt ihr ernsthaft, dass ihr dieses Viertel ewig verteidigen könnt?", stieß einer verächtlich hervor. „Es gehört uns."

„Ein Scheiß gehört euch." Cameron umklammerte seine Pistole mit beiden Händen. Lucas und Colin waren mit erhobenen Waffen neben ihn getreten. „Verschwindet von hier."

Der Kerl, der als Erster aufgetaucht war, grinste überheblich. „Was wollt ihr gegen uns unternehmen? Ihr habt ja nicht mal ein Hauptquartier." Seine beiden Kumpels lachten.

„Das werden wir haben, sobald wir euch alle weggepustet haben", behauptete Lucas voller Überzeugung. Ein kurzer Blick zeigte Cameron, dass sein Finger am Abzug zitterte. Er hatte die Zähne fest aufeinander gepresst. Wenn er die Beherrschung verlor und schoss, war alles vorbei. In einem Gemetzel mit sechs scharfen Waffen konnten sie unmöglich unverletzt davonkommen.

„Euer Revier schrumpft schon seit Jahren. Ihr habt es bis jetzt auch nicht geschafft, euch zu verteidigen. Ihr seid genau so lächerlich wie euer Boss."

Lucas stieß einen wütenden Schrei aus und stürmte auf den Eindringling zu.

„Nicht!", schrie Cameron und stürzte sich auf Lucas. Ein Schuss löste sich. Die Patrone schlug in die Hausfassade ein. Putz bröckelte auf den Boden. Weitere Schüsse knallten.

Cameron duckte sich und spürte einen Luftzug an der Wange. „Los, weg hier!", rief er. Rückwärts laufend feuerte er ein paar Mal auf die Blue Killer, ohne jemanden zu treffen. Dabei machte er sich klein, um weniger Angriffsfläche zu bieten. Jemand schoss zweimal in die Luft. Im Augenwinkel sah er Colin hinter der nächsten Ecke verschwinden.

„Wo willst du hin, du Feigling!", schrie Lucas und ballerte weiter. Ein Schmerzensschrei hallte von den Wänden wider. Ein Blue Killer hielt sich den Arm. Blut durchtränkte seinen Ärmel. Kalter Hass loderte in seinem Blick. Cameron riss Lucas am Arm herum und zerrte ihn hinter sich her.

„Nein!", brüllte Lucas, „Wir müssen sie fertigmachen. Wir dürfen uns nicht verstecken."

„Willst du sterben?"

„Sie sollen sterben!" Lucas fuchtelte mit seiner Pistole herum. Mit einem geübten Griff schlug Cameron sie ihm aus der Hand und drückte ihn an die Hauswand. „Jetzt reicht es. Wir haben genug Schaden angerichtet."

Was!?" Mit hochrotem Kopf sah Lucas ihn an. „Einen Scheiß haben wir. Ich hab einen am Arm erwischt. Das bringt uns nicht weiter."

„Es geht hier nicht darum, sinnlos zu morden."

„Um was denn dann? Sie werden erst Ruhe geben, wenn sie alle tot sind."

Cameron atmete tief durch und gab sich Mühe, seine Wut auf Lucas' hirnlose Raserei hinunterzuschlucken. „Das wird nie passieren und das weißt du. Sie rekrutieren ständig neue Mitglieder."

„Und warum tun wir das nicht?"

„Ich weiß es nicht. Das ist jetzt nicht wichtig. Hauptsache, wir sind mit einem blauen Auge aus der Sache rausgekommen."

„Glaubst du, das war das letzte Mal, dass diese verdammten Schweine hier auftauchen?" Ein unheimliches Glitzern lag in Lucas Augen. „Gib mir meine Waffe", forderte er.

„Nein. Du bist völlig wahnsinnig. Merkst du das gar nicht?"

„Cameron, ich warne dich." Lucas bäumte sich auf und griff nach der Waffe in Camerons Hand. Seine eigene hatte er sich wieder in den Gürtel gesteckt. Mit aller Kraft warf Lucas sich auf ihn. Cameron fiel auf den Rücken. Für einen Moment blieb ihm die Luft weg. Lucas' Pistole lag wenige Schritte entfernt auf dem Boden. Er rollte sich von Cameron hinunter und sprang auf. Bevor Cameron sich aufrappeln konnte, war Lucas bei der Waffe. Triumphierend hob er sie in die Höhe.

„Jetzt geht der Krieg weiter!"

„Stopp!" Colin stellte sich ihm in den Weg.

„Was soll das? Hau ab."

„Sie sind weg, ok? Sie haben sich zurückgezogen."

Schwer atmend ließ Lucas die Waffe sinken. Sein Blick wurde klarer. „Scheiße", murmelte er, „Wir haben's versaut." Ruckartig schob er sich die Pistole in die Tasche und versetzte Colin einen Stoß, der ihn stolpern ließ. „Und das ist deine Schuld. Du Feigling bist einfach abgehauen."

„Aber … ich …" Colin sah mitgenommen aus.

Cameron legte ihm eine Hand auf die Schulter. Sein Rücken schmerzte von dem Sturz und das Atmen fiel ihm erst langsam wieder leichter. „Schon gut. Wir müssen es Derek sagen."

Widerwillig folgte Lucas ihnen, doch das letzte Wort war noch nicht gesprochen. Später würde Cameron sich Lucas nochmal vornehmen. Vielleicht hatte er sich dann beruhigt und war zu einem normalen Gespräch in der Lage.

***

Derek war von seinem Schreibtisch aufgesprungen und hatte sich vor ihnen aufgebaut. „Ich hab mir schon gedacht, dass so was bald passieren würde. Ab jetzt müssen wir noch wachsamer sein." Er ballte die Hände zu Fäusten. „Skrupelloser. Ihr hättet sie alle erschießen müssen."

„Hab ich doch gesagt", raunte Lucas.

„Hast du etwas zu sagen?"

Cameron warf Lucas einen warnenden Blick zu. Der kniff die Augen zusammen. Ein schadenfrohes Grinsen umspielte seine Lippen. Würde er sie ernsthaft verraten? Sie vor Derek als Feiglinge darstellen?

„Sie sind abgehauen, nachdem wir einen erwischt haben", kam Cameron ihm zuvor.

Dereks prüfender Blick schweifte von ihm über Colin zu Lucas.

„Wir hätten die anderen beiden auch noch erwischen können, wenn ihr euch nicht versteckt hättet." Mit dem Finger zeigt Lucas auf Colin. „Der da ist als Erster abgehauen. Und dann hat Cameron mir verboten, weiter unser Revier zu verteidigen."

„Sag mal, spinnst du?", zischte Cameron.

„Warum? Genau so war es doch. Er hat mir sogar meine Waffe abgenommen."

„Weil du wie ein Wahnsinniger um dich geschossen hast. Derek, Lucas hätte uns nichts genützt, so wie er sich benommen hat."

„Jetzt bin ich also verrückt. Wer hat denn unser Viertel gefährdet, indem er …"

„Jetzt ist Schluss mit dem Theater!", brüllte Derek und ergriff Cameron grob am Oberarm. „Was ist passiert? Und wag es bloß nicht mich anzulügen." Dereks Augen waren schwarz vor Zorn. Cameron bemühte sich, ruhig zu atmen. Er hatte keinen Grund, nervös zu sein. Schließlich sagte er die Wahrheit.

„Drei Blue Killers sind plötzlich aufgetaucht und haben uns mit Waffen bedroht. Lucas hat sofort reagiert und einen Warnschuss abgegeben." So viel zur Wahrheit, aber niemals würde er einen Freund verraten. Nicht so wie Lucas. „Dann haben sie angegriffen. Es gab eine Schießerei. Wir haben alle drei geschossen. Lucas hat einen am Arm erwischt. Dann haben sie sich zurückgezogen. Lucas wollte ihnen hinterher. Deshalb hab ich ihn zum Rückzug gezwungen. Ich wollte nicht, dass sie zurückkommen und einer von uns verletzt wird."

„Tatsächlich?" Misstrauen lag in Dereks Blick. „Und was hat Colin gemacht?"

Im Augenwinkel sah Cameron Colin, der den Blick stur auf den leeren Schreibtisch gerichtet hielt und sich sichtlich bemühte, sich seine Anspannung nicht anmerken zu lassen. Wenigstens konnte er sich sicher sein, dass Lucas nichts sagte. Nicht mal er würde eine von Dereks Befragungen unterbrechen.

„Er hat mir geholfen, Lucas zur Vernunft zu bringen."

Der Griff um seinen Arm wurde fester. Dereks Finger bohrten sich wie Eisen in Camerons Muskeln. „Ich meine während der Schießerei. Was hat Colin getan? Hat er euch geholfen? Oder hat er sich feige versteckt? Wie ein Verräter?"

Ein Verräter. Cameron schluckte. Wenn Colin als Verräter hingestellt wurde, war das sein Todesurteil.

„Colin hat uns Rückendeckung gegeben. Er hat sich versteckt und geschossen. So konnte er selbst nicht getroffen werden." Vielleicht war es sogar Colin gewesen, der einen der Angreifer verwundet hatte, Aber Cameron würde sich hüten, das laut auszusprechen. Jetzt Lucas' Stolz zu verletzen, wäre tödlich.

Langsam lockerte Derek seinen Griff, schoss dann auf Colin zu und packte ihn am Kragen. „War das so?"

„Ja, es war so", antwortete Colin, ohne zu zögern. „Es wäre sinnlos gewesen, wenn wir uns alle drei in die Schusslinie gestellt hätten. Wir müssen diesen Arschlöchern nicht noch mehr Angriffsfläche bieten." Das schien Derek zu überzeugen. Zumindest ließ er Colin los und setzte sich wieder hinter seinen Schreibtisch. Er musterte sie mit seinen seelenlosen dunklen Augen.

„Einer von euch lügt. Aber es ist mir egal, ob ihr beide versucht, eure erbärmlichen Ärsche zu retten, oder ob Lucas sich als Held aufspielen will." Nach einer kurzen Pause fuhr er fort: „Viel wichtiger ist der Grund, warum diese Mistkerle plötzlich so mutig werden."

Hass loderte in Dereks Augen auf. Eine greifbare Spannung lag in der Luft. „Brandon ist wieder da."

***

Brandon war wieder da. Der Boss ihrer schlimmsten Rivalen, der vor sieben Jahren in den Knast gewandert war. Wahrscheinlich war er geflohen, denn für das, was er getan hatte, bekam man nicht nur sieben Jahre. Eigentlich gehörten sie alle in den Knast. Allein für das, was er Casey angetan hatte, sollte man ihn lebenslänglich wegsperren. Oder besser gesagt, für das, was er nicht getan hatte, um sie zu retten.

„Macht dieses Arschloch fertig." Chase klopfte ihm auf die Schulter, „Am liebsten würde ich mitkommen und ihm die Birne wegpusten. Dieser Schwerverbrecher sollte nicht hier sein."

Und was sind wir? Keine Verbrecher?

„Heute will Brandon nur verhandeln. Außerdem bringt es nichts, ihn zu töten. Wir haben ja gesehen, dass dieser Scheiß nie aufhört."

Chase lächelte, was er selten tat. „Komm einfach lebend wieder. Sonst bring ich sie alle um."

Cameron zweifelte nicht daran, dass er das wirklich tun würde.

Colin stand unten auf der Straße und wartete auf ihn. Die Hände hatte er zu Fäusten geballt in die Hosentaschen gesteckt. Wenn er könnte, würde er Colin den Besuch bei Brandon ersparen. Aber nach dem, was heute passiert war, verlangte Derek von ihnen, dass sie ihre Loyalität unter Beweis stellten.

Colins Blick flackerte unruhig. „Bereit?", fragte er betont lässig.

„Wir kriegen das schon hin. Wir sind nur Dereks

Bodyguards", versuchte Cameron ihn aufzumuntern. Aus Erzählungen wusste er, dass Brandon ein berechnender und kaltblütiger Mann war, der nicht zögerte, unbequeme Leute aus dem Weg zu räumen. Kurz vor seiner Verhaftung hatte er einen von Dereks Leuten entführen und ermorden lassen. Und angeblich sogar Dereks Tod geplant. Wenn er an den Hass in Dereks Augen dachte, als der von Brandon erzählte hatte, wusste er, dass dieses Treffen nicht ohne Gewalt ablaufen würde.

„Ich bin froh, dass du mitkommst", gestand Colin.

Wenn er könnte, würde er Colin von diesem Treffen erlösen, aber darauf hatte er keinen Einfluss.

„Wir stehen das schon durch."

Im nächsten Moment bog Derek um die Ecke. „Habt ihr eure Waffen?" Cameron zeigte auf die Pistole in seinem Gürtel. Auch Colin hob seinen übergroßen Pulli. „Dann kommt und haltet euch im Hintergrund, solange ich euch nichts anderes sage."

Das alte Firmengelände lag im Dunkeln. Nur die Straßenlaterne gegenüber warf ein schwaches Licht auf den leeren Hof, auf dem ein paar uralte Stahlträger vor sich hin rosteten. Bauzäune umgaben das Gelände. Neben dem „Betreten verboten"-Schild gab es eine schmale Lücke, durch die sie sich zwängten. Es war verdächtig still, doch Cameron spürte die Blicke von unsichtbaren Beobachtern im Rücken. Seine Nackenhaare stellten sich auf. Das Blut pochte in seinen Schläfen. In der Dunkelheit sah niemand, wie er seine Pistole umklammerte. Er hasste es, sie zu benutzen, aber zu wissen, dass er sich im Notfall verteidigen konnte, beruhigte ihn.

Kieselsteine schabten unter ihren Füßen über den Asphalt, während sie die alte Lagerhalle umrundeten. Die Tür war einen Spalt geöffnet. Derek stieß sie auf. Groß und dunkel lag die leere Halle vor ihnen.

Cameron folgte Derek in die Dunkelheit. Nur Umrisse von Paletten und Schutthaufen waren zu erkennen. Colin hinter ihm atmete schwer. Kurz drehte Cameron sich um und nickte ihm zu. Hoffentlich bemerkte Derek nicht, wie nervös sein Freund war.

Im hinteren Bereich der Halle befand sich ein abgetrennter Glaskasten, ein ehemaliges Büro. Nur dort brannte Licht. Ohne zu zögern, stieß Derek die Tür auf. Cameron vergewisserte sich, dass Colin noch hinter ihm war und schlüpfte ebenfalls in den Raum.

„Du verdammter Wichser, wie kannst du es wagen, dein Gesindel durch mein Viertel zu schicken!", schrie Derek wutentbrannt.

Der Mann, der auf einem schwarzen Ledersessel saß, zeigte ein überhebliches Lächeln. Seine Augen waren auffallend hell und kalt wie Eis.

„Du weißt, dass das alles mir gehört. Das hat es schon immer. Bevor du erbärmlicher Straßenköter gekommen bist und dir alles unter den Nagel gerissen hast."

„Diese Straßen stehen mir zu und deine auch."

Brandon lachte. Es klang so hart und kalt. „Es wird meinen Männern keine Mühe machen, die paar Gassen zurückzuerobern, von denen du glaubst, sie würden dir gehören."

„Unterschätz meine Leute nicht", drohte Derek und warf einen auffordernden Blick in Camerons und

Colins Richtung, „Sie werden jeden abknallen, der es wagt, unsere Straßen zu benutzen." Seine Augen funkelten gefährlich. Brandon und Derek waren wie Eis und Feuer. Der eine eiskalt und brutal. Der andere wie ein Vulkan kurz vor dem Ausbruch.

Cameron richtete sich auf und legte die Hand gut sichtbar an seine Waffe. Dabei fixierte er Brandon, auch wenn er am liebsten den Blick von diesen eisblauen Augen abgewandt hätte. Erleichtert stellte er fest, dass Colin dasselbe tat.

Mit einer gebieterischen Geste winkte Brandon einen Mann heran, der bisher etwas abseitsgestanden hatte. Er hielt eine Pistole in der Hand.

„Nur ein Wort von mir und Jason wird euch alle töten. Er wird nicht zögern."

Daran zweifelte Cameron keine Sekunde. In Jasons Blick lag kalte Entschlossenheit. Aber nicht nur er würde seinen Boss verteidigen. Sollte dieser Kerl seine Waffe auf Derek richten, würde Cameron nicht zögern, sie ihm aus der Hand zu schießen.

„Du willst also Krieg", stellte Derek provokant fest.

„Den will ich und ich werde ihn gewinnen. Und jetzt verschwindet aus meinem Viertel."

Rückwärts verließ Derek den Raum, ohne Brandon und Jason aus den Augen zu lassen.

„Bald wirst du für alles bezahlen", drohte er.

„Ab sofort gibt es keine Ausreden und keine zweiten Chancen mehr. Brandon wird nicht das bekommen, was uns zusteht. Ist das klar?" Sie hatten das Gebiet der Blue Killers verlassen. Nach Brandons unmissverständlicher Drohung wäre es leichtsinnig, sich weiter in der Nähe seines Hauptquartiers aufzuhalten.

„Na klar, Derek", sagte Cameron.

Da Colin nicht sofort antwortete, trat Derek auf ihn zu und legte die Hände um seinen Hals. Colins Augen weiteten sich panisch.

Das Herz schlug Cameron bis zum Hals. Derek würde doch nicht … Nicht hier mitten auf der Straße.

„Das gilt besonders für dich. Das ist jetzt deine letzte Chance zu beweisen, dass du ein Mann bist. Und loyal bis in den Tod."

Colin nickte heftig. „Ja, Derek. Es tut mir leid", krächzte er.

„Das will ich doch hoffen." Endlich ließ Derek ihn los. Ungläubig fasste Colin sich an den Hals.

„Cameron, du passt auf ihn auf", befahl er, bevor er sich umdrehte und in der Dunkelheit verschwand. Erst als Dereks Schritte verklungen waren, bemerkte Cameron, dass er beide Hände an der Waffe hatte. Erschrocken zog er sie zurück und vergrub sie in den Hosentaschen. Wäre er wirklich bereit gewesen, auf Derek zu schießen, hätte er Colin wirklich weh getan?

Obwohl Colin darauf bestanden hatte, dass es ihm gut ging, fühlte es sich falsch an, ihn allein zu lassen. Seit Lucas auf die beiden Kinder geschossen hatte, stand er völlig neben sich. Was wohl in Colins Kindheit vorgefallen war? Vielleicht konnte er eines Tages darüber reden.

Es war kurz vor Mitternacht, als Cameron die Wohnungstür hinter sich zuschlug. Chase war zu Hause und saß im Wohnzimmer vor dem Fernseher. „Du lebst ja noch", stellte er kauend fest und biss gleich noch mal von seinem Sandwich ab.

„Wer weiß, wie lange noch. Brandon hat uns den Krieg erklärt."

„Wir sind doch schon immer im Krieg", sagte Chase, als würde er über das Wetter reden, „Du hast ja keine Ahnung, was hier passiert ist, als du noch in die Windel geschissen hast."

„Was denn?", zwang Cameron sich, zu fragen. Eigentlich hatte er jetzt keine Lust, mit Chase zu reden. Er würde ihm sowieso nichts erzählen. Chase genoss es, mehr zu wissen als andere.

„Dinge, die du besser nicht wissen solltest. Außer Derek vertraut sich dir an."

Das machte ihn stutzig. „Dir hat er sich anvertraut?"

„Geh ins Bett, Kleiner. Du hast heute schon genug Scheiße durchgemacht."

Kleiner. Wie er Chases Arroganz hasste. Aber er hatte ihm auch schon oft den Arsch gerettet. Ihn beschützt. Wie große Brüder das eben machten. Nur er selbst hatte als großer Bruder versagt.

Im Kühlschrank fand Cameron einen in Folie gewickelten Wrap mit Mais und Hähnchen. Ansonsten herrschte abgesehen von einer fast leeren Packung Milch gähnende Leere. Morgen würde er einkaufen müssen.

Mit dem Wrap in der Hand legte er sich aufs Bett. Die Auseinandersetzung zwischen Brandon und Derek ging ihm nicht aus dem Kopf. Es schien nicht nur um den bloßen Streit um Wohnblocks zu gehen. Dahinter musste mehr stecken. Was Chase gesagt hatte, bestätigte das. Offensichtlich ging es um etwas Persönliches, und das machte den Kampf zwischen ihnen und den Blue Killers umso gefährlicher. Ab sofort waren die Straßen des Viertels ein Schlachtfeld und ihr Leben nicht mehr wert als die Knarre, mit der es beendet wurde.

9. KAPITEL

April

Der Hausschlüssel in ihrer Hand zitterte. Egal was sie versuchte sich einzureden, der Vorfall auf der Party am Samstag hatte sie mehr mitgenommen, als sie sich eingestehen wollte. Selbst jetzt sah sie noch die düstere Gestalt mit der Kapuze vor sich, die ihr böse Blicke zuwarf. Den ganzen Sonntag war sie in ihrem Zimmer gesessen und hatte Zeitschriften nach interessanten Rezepten durchgeblättert, um sich abzulenken, aber nicht mal zum Kochen hatte sie sich aufraffen können. Am Ende hatte sich die restliche Tiefkühllasagne aufgewärmt.

Selbst jetzt graute es ihr davor, allein in die Tiefgarage zu gehen. Was, wenn dieser Kerl ihr dort auflauerte? Aber andererseits, – woher sollte er wissen, wo sie wohnte? Und was sollte so ein düsterer Typ schon von ihr wollen?

Jetzt reiß dich zusammen. Hör auf, ständig Angst zu haben.

„April, was ist los?" Mom trat aus der Küche und musterte sie besorgt. Es musste seltsam aussehen, wie sie mit dem Schlüssel in der Hand vor der Tür stand. Eilig steckte sie den Schlüssel ins Schloss und sperrte auf.

„Nichts, ich hab nur überlegt, ob ich vielleicht was vergessen hab." Sie riss die Tür auf, doch Mom ließ sich nicht so leicht täuschen.

„Was beschäftigt dich?" Niemals würde April ihr erzählen, dass ein gruseliger Typ sie beobachtet hatte. Wahrscheinlich hatte es nichts zu bedeuten. Er war nur ein Partygast gewesen. Also warum sollte sie Mom verrückt machen?

„Ich musste gerade an Katy denken. Ihr Freund hat sie sitzenlassen." Das war nicht mal komplett gelogen. Nur dass Katys angeblicher Freund ein One-Night-Stand war und Katy zu hohe Erwartungen gehabt hatte.

Moms prüfendem Blick nach zu urteilen, glaubte sie ihr allerdings kein Wort. Sanft legte sie ihr eine Hand auf die Schulter und drückte sie leicht. „Wenn es dir nicht gut geht, rede mit mir."

Ihre kleine Notlüge tat ihr sofort leid. Mom verdiente es nicht, angelogen zu werden, aber momentan konnte sie ihr einfach nicht die Wahrheit sagen. „Das mach ich, aber jetzt muss ich in die Schule."

Auf dem Weg nach unten und durch die Tiefgarage schaute sie sich so oft um, dass sie sich paranoid vorkam. Hier war niemand. Natürlich nicht. Warum auch?

***

Bevor sie ausstieg, prüfte sie ihr Handy. Katy hatte ihr nicht geschrieben. Den ganzen Sonntag nicht. Ob sie überhaupt über Brian reden wollte?

Ihre Freundin stand wie immer vor ihrem Spind, die Arme vor der Brust verschränkt. Addy stand neben ihr. Vor Erleichterung beschleunigte April ihre Schritte.

„Addy!", rief sie. Addy drehte sich um und lächelte. Nichts deutete darauf hin, dass sie irgendetwas quälte, und vor Katy würde April sie auch nicht darauf ansprechen, warum sie seit letztem Montag nicht in der Schule gewesen war.

Sie schloss Addy in die Arme. „Wie geht's dir? Du hast dich gar nicht mehr gemeldet", fragte sie unverbindlich.

Kurz zögerte Addy. „Ich musste meiner Mom zu Hause helfen." Die übliche Ausrede. „Ich hab dir doch erzählt, dass es ihr nicht gut geht", fügte sie schnell hinzu.

„Das hast du mir nicht erzählt", beschwerte sich Katy.

Addy warf Katy einen kühlen Blick zu. „Du redest ja nicht mit mir."

„Weil du nicht mit mir redest. Woher soll ich wissen, dass es nicht an mir liegt?"

„Ich hab April doch auch nicht geschrieben."

„Aber mit ihr hast du offensichtlich geredet." Wie ein kleines Mädchen schob Katy die Unterlippe vor, „Was hab ich falsch gemacht?"

„Oooh, Katy", stöhnte Addy.

„Was?" Angriffslustig kniff Katy die Augen zusammen.

„Jetzt hört auf mit dem Kindergarten. Wir sind spät dran."

Im nächsten Moment klingelte es zum Unterrichtsbeginn. Froh, dass sie nicht dieselben Kurse besuchte wie Katy, nahm sie Addy an der Hand und sie gingen gemeinsam in den ersten Stock.

In der Mittagspause schaute Katy die ganze Zeit über auf ihr Handy und auch April und Addy redeten nur wenig. In Katys Gegenwart konnte sie Addy ja schlecht fragen, was sie ihrer Mom so dringend helfen musste, dass sie deswegen nicht in die Schule kommen konnte.

Nach der letzten Stunde hatte Addy es plötzlich sehr eilig. Fast fluchtartig verließ sie nach der Geschichtsstunde das Klassenzimmer. Da Katy ihr nicht geschrieben hatte, war sie wohl ebenfalls schon weg. Dann würde sie eben auch nach Hause fahren und sich auf ihr Geschichtsreferat vorbereiten. Das war zwar langweilig, aber nicht so blöd, wie allein ins Mr. Percy zu gehen, wo jeder sehen konnte, dass sie Streit mit ihren Freundinnen gehabt hatte.

Sie zog das Geschichtsbuch aus ihrem Spind und wollte es in ihre Tasche stecken, griff aber ins Leere. Verwirrt drehte sie sich um sich selbst. Wo war ihre Tasche? In Mrs. Morris Klassenzimmer hatte sie sie doch noch gehabt.

„O Scheiße." Sie hatte doch tatsächlich ihre Tasche liegen lassen. Normalerweise fuhr Mrs. Morris direkt nach Unterrichtsschluss nach Hause, doch mit etwas Glück war sie vielleicht noch da.

April rannte über den Flur und ignorierte die komischen Blicke. Tatsächlich stand die Tür zum Klassenzimmer offen. Vorsichtig steckte sie den Kopf hinein. Mrs. Morris saß nicht am Schreibtisch und auch sonst war das Klassenzimmer leer. Bis auf ihre Tasche, die in der zweiten Reihe auf dem Tisch lag. Wahrscheinlich hatte Mrs. Morris sie gesehen und wollte warten, bis jemand sie abholte.

Sie warf sich die Tasche über die Schulter und eilte zur Tür, als sie im Augenwinkel eine Bewegung wahrnahm. Hinter dem Schreibtisch der Lehrerin richtete sich jemand auf. Zwei strahlend blaue Augen sahen sie verblüfft an. Was machte der denn hier?

„Was suchst du da?", fragte sie, obwohl sie eigentlich schnellstens verschwinden sollte. Allerdings musste sie gestehen, dass es sie interessierte, was Cameron in Mrs. Morris Schreibtisch suchte. Vielleicht einen versauten Test, den er heimlich ausbessern wollte. Bei der Vorstellung musste sie grinsen.

„Was ist so lustig?"

Hatte sie echt in Camerons Gegenwart gegrinst? Am Ende glaubte er noch, sie würde ihn toll finden. Wie peinlich.

„Nichts. Ich hab mich nur gefragt, ob du etwas stehlen willst."

Cameron hob einen Mundwinkel an. Bei ihm konnte man das fast schon als Lächeln bezeichnen. „Und das würdest du lustig finden?"

Ohne darauf einzugehen, trat sie näher an ihn heran und spähte hinter den Schreibtisch. Alles sah vollkommen normal und unauffällig aus. „Also, was machst du da?"

Cameron seufzte schicksalsergeben. „Mrs. Morris hat mir mein Handy abgenommen. Es muss hier irgendwo sein."

„Sag bloß, du willst ihren Schreibtisch aufbrechen." Wenn die Gerüchte stimmten und Camerons Freunde tatsächlich Verbrecher waren, kannte er sich mit solchen Sachen bestimmt aus.

„Nein, ich …" Im Flur waren Schritte zu hören.

„Scheiße, sie kommt. Versteck dich." Er griff nach ihrem Arm und zog sie hinter den Schreibtisch.

„Was soll das?", fauchte sie.

„Sei still. Sie darf uns nicht sehen."

Nein, sie darf dich nicht sehen. Ich bin ja nicht diejenige, die Mrs. Morris' Schreibtisch durchsuchen will.

„Was glaubst du, wie wir hier raus …" Camerons eindringlicher Blick brachte sie zum Schweigen. Warum ließ sie sich überhaupt auf seine dämlichen Spielchen ein, als wären sie Freunde? Eigentlich könnte sie einfach an Mrs. Morris vorbei aus dem Klassenzimmer marschieren. Schließlich hatte sie nur ihre Tasche geholt. Das war nicht illegal.

Die Schritte waren verstummt. Das einzige Geräusch war ihr Atem, der ihr in dieser Stille unglaublich laut vorkam. Gleich würde Mrs. Morris sie entdecken. Dann musste sie sich eine glaubhafte Ausrede einfallen lassen, warum sie mit Cameron hinter dem Schreibtisch hockte. Doch stattdessen fiel die Tür ins Schloss und der Schlüssel wurde umgedreht. Aprils Herz setzte für einen Moment aus. Nein. Im nächsten Moment sprang sie auf und sprintete zur Tür, rüttelte wie verrückt an der Klinke. Abgeschlossen.

„Hey! Was soll das? Sie müssen uns rauslassen!", rief sie, doch Mrs. Morris war sicher schon an der Treppe und hörte sie nicht.

Verzweifelt lehnte sie mit dem Rücken gegen die Tür und ließ sich auf den Boden sinken. Ihr Blick fiel auf Cameron, der mit schuldbewusster Miene hinter dem Schreibtisch stand. Sie war eingeschlossen. Mit Cameron.

Wahrscheinlich würden sie die ganze Nacht hier festsitzen. Niemand würde herkommen und ihr helfen, falls Cameron beschließen sollte, dass er sich doch für sie interessierte. Nichts konnte ihn davon abhalten, sie zu berühren. April erschauderte. Sie musste diesen Kerl auf Abstand halten.

„Das hast du ja echt toll hingekriegt", giftete sie. „Eigentlich sollte ich jetzt zu Hause sein und mein Geschichtsreferat vorbereiten."

„Das kannst du doch auch hier machen." Cameron lehnte lässig am Schreibtisch, als wäre es vollkommen normal, in einem Klassenzimmer eingesperrt zu sein. „Ich stör dich nicht."

„Das geht nicht. Ich hab mein Buch im Spind gelassen." April stand auf und lief zum Fenster. Eine Gruppe jüngerer Schüler schlenderte über den Hof Richtung Ausgang. Das war ihre Chance. Sie klopfte mit beiden Händen ans Fenster. Die Jungs drehten sich um und winkten. Einer schnitt eine dämliche Grimasse. Diese Idioten. Sie riss am Fenstergriff. Abgeschlossen! Warum musste denn hier alles abgeschlossen sein?

„Die sperren nach Unterrichtsschluss alle Fenster zu", rief Cameron hinter ihr.

„Wozu?", fragte April gereizt.

„Damit die Gefangenen nicht fliehen können", sagte er trocken, und obwohl sie ihm den Rücken zuwandte, war sie sich sicher, dass er die Lippen zu einem spöttischen Grinsen verzog. Tatsächlich stand er immer noch am Schreibtisch. Ihren finsteren Blick kommentierte er mit einem Schulterzucken. Er schien es sogar lustig zu finden, dass sie hier eingesperrt waren.

„Ist es dir egal, dass wir die ganze Nacht hierbleiben müssen?"

„Das werden wir nicht. Die Reinigungskräfte werden bald kommen und uns rauslassen. Bis dahin hab ich genug Zeit, um mein Handy zu suchen." Wieder verschwand Cameron hinter dem Schreibtisch und zog die Schubladen auf. An einer rüttelte er vergeblich. „Ich wette, sie hat es da reingetan."

„Ich hoffe, du findest dein Handy. Damit wir nicht umsonst hier eingeschlossen sind." Sollte er doch die Schublade aufbrechen und noch mehr Ärger bekommen. Wieder schaute sie aus dem Fenster, doch der Schulhof war leer. Also blieb ihr wohl nichts anderes übrig, als auf die Reinigungskräfte zu warten und die Zeit mit Cameron rumzukriegen.

Sie setzte sich auf einen der Tische und beobachtete, wie er zunehmend hektisch alle Schubladen durchwühlte, den gesamten Inhalt rausholte, ihn durchsah und alles überraschend geordnet wieder zurück in die richtige Schublade steckte.

„Sie hat es bestimmt eingeschlossen."

Er schaute zu ihr auf. „Dich freut es doch, dass ich in Schwierigkeiten bin."

April zuckte zusammen. Stimmte das? Klar, sie war sauer auf ihn, aber ob er sein Handy fand, war ihr egal. Mrs. Morris würde es ihm morgen wiedergeben. Irgendwie musste er den Abend und die Nacht ohne Handy überleben.

„Denkst du das wirklich?"

„Du kannst mich nicht leiden."

Aus seinem Mund hörte es sich falsch an. Wie eine Lüge. Aber was sollte er anderes glauben, nachdem sie ihm konsequent aus dem Weg ging und nicht besonderes freundlich war, wenn sie sich begegneten? Cameron war definitiv niemand, mit dem sie gerne in einem Raum festsaß, aber sie fühlte sich in seiner Gegenwart nicht unwohl. Von ihm ging nichts Bedrohliches aus. Heute Morgen im Parkhaus hatte sie bedeutend mehr Angst gehabt.

„Das stimmt nicht", rutschte ihr heraus und sie schlug die Hand vor den Mund.

Wieder dieses angedeutete Lächeln. „Mach dir nichts draus. Es ist ok, mich nicht zu hassen."

Er stand auf und setzte sich auf den Tisch gegenüber.

April runzelte die Stirn. „Was ist mit deinem Handy? Gibst du auf?"

„Du hast recht. Sie hat es eingeschlossen."

Einen Moment betrachtete er seine Hände. Dann sah er sie nachdenklich an. Seine Augen schimmerten in einem dunklen Blau. Anders als die dunkelbraunen Haare waren seine Wimpern schwarz. Eigentlich dürfte ihr so etwas gar nicht auffallen. Schnell wandte sie den Blick ab.

„Stimmt was nicht?", fragte sie bissig.

„Ich hatte gerade das Gefühl, du wärst gar nicht mehr sauer."

Wie bitte? „Doch, das bin ich. Deinetwegen sitz ich hier fest." Ihre Worte klangen nicht so heftig wie beabsichtigt. Cameron lächelte wissend auf seine Art. Ob er je richtig lachte? Vielleicht war er nur ihr gegenüber so abweisend. Aber andererseits fragte er sie, ob sie ihn nicht leiden könne, und schien zu versuchen, ihr Verhalten zu verstehen. Das war verwirrend. Warum konnte er ihr nicht einfach Vorwürfe machen?

„Dein Problem hat sich erledigt, sobald wir hier rauskommen. Mein Handy liegt immer noch in der Schublade."

„Hoffentlich dauert es nicht mehr allzu lang."

Cameron zog die Beine auf den Tisch und setzte sich in den Schneidersitz.

„So schlimm ist es hier doch gar nicht. Ich wette, du warst noch nie nach Unterrichtsschluss in einem Klassenzimmer. Das ist viel spannender als Geschichte oder Wirtschaft."

„Du hast einen Wirtschaftskurs bei Mrs. Morris belegt?"

„Ja, vielleicht brauch ich das mal." Cameron stand auf. „Es ist ein gute Grundlage um sich später was eigenes aufzubauen." Er sprang auf den nächsten Tisch. Verblüfft starrte April ihn an. Sprach er wirklich gerade davon irgendwann mal ein eigenes Unternehmen zu gründen? Warum erzählte er ihr das überhaupt, während er auf den Tischen herumstiefelte? Das passte nicht zu dem steifen, unnahbaren Cameron, den sie jeden Morgen im Flur sah.

„Hältst du es für eine gute Idee, auf den Tischen rumzulaufen?"

„Wolltest du das noch nie machen?"

„Ehrlich gesagt will ich einfach nur nach Hause", gestand sie.

„Du kannst es wohl auch kaum erwarten, dein Referat über tote Menschen vorzubereiten." Es klang ein wenig spöttisch. Als würde er nicht viel von Schule halten. Dabei hatte er ihr gerade noch erzählt wie wichtig ihm dieser Wirtschaftskurs war.

„Geschichte ist wohl nicht so dein Ding."

„Nein. Ich will etwas lernen, was mich weiter bringt."

Zu gerne hätte sie ihn nach seinen Plänen für die Zukunft gefragt und ob er sich schon für ein College beworben hatte. Aber das ging sie nichts an. Wäre sie nicht mit ihm hier eingeschlossen, würde sie überhaupt nicht mit ihm reden.

Cameron sprang vom Tisch und ging vor zum Pult, zog den Drehstuhl aus Kunstleder nach hinten und setzte sich darauf. Mit aufgesetzt strengem Blick schaute er ins Klassenzimmer und schließlich zu ihr.

„Die Aussicht gefällt mir. Ich sollte Mrs. Morris fragen, ob sie ihre Stelle aufgeben will."

„Warum machst du das?"

„Du meinst, Mrs. Morris den Job klauen?" Ein Lächeln deutete sich an. Sie wurde einfach nicht schlau aus ihm.

„Nein. Mit mir reden, als wäre es völlig normal. Ich meine, wir hassen uns doch."

„Falsch. *Du* tust so, als würdest du mich hassen. Warum auch immer."

„Ich tue nicht so. Ich …" Das war doch Blödsinn. Gut, sie mochte ihn nicht. Er war wortkarg und bedachte andere Menschen meistens mit einem Blick, als wäre er ein König und sie die Untertanen. Ihn umgab eine Aura, die Gefahr ausstrahlte. Nur heute war er anders. Vielleicht weil sie allein waren und er nicht die ganze Zeit wie ein Grießgram hier herumsitzen konnte.

„Ich jedenfalls habe kein Problem mit dir."

„Ist das ein Kompliment?"

Nachdenklich betrachtete er sie. „Mit dem, was ich über dich weiß, ja."

„Was weißt du denn?" Ihr wurde flau im Magen. Sie kannte die Gerüchte, dass sie angeblich mit Männern spielte und am Ende doch jeden abblitzen ließ.

„Mir wird gerade klar, dass ich noch weniger weiß, als ich bisher dachte."

„Wie zum Beispiel, dass ich traumatisiert bin?"

„Äh …" Cameron kratzte sich am Handrücken. „Das war doch nur … Ich hab nicht nachgedacht."

Eigentlich hatte sie sich vorgenommen, ihm diese Aussage ewig übel zu nehmen, aber in ihr regte sich nichts. Keine heiße Wut. Damit war eins klar: Sie hasste ihn nicht.

Ein Geräusch an der Tür ließ sie zusammenfahren. Die Klinke wurde nach unten gedrückt, die Tür öffnete sich und ein Mann mit Halbglatze im Overall, der einen Putzwagen vor sich herschob, gaffte sie mit offenem Mund an.

„Was habt ihr denn hier drin zu suchen?"

„Na endlich", stieß April aus. „Wir dachten schon, wir müssten die Nacht hier drin verbringen." Sie schnappte sich ihre Tasche, ließ ihn seinen Wagen ins Klassenzimmer schieben und schlüpfte nach draußen auf den Flur, Cameron hinter ihr.

„Danke Mann fürs Rauslassen." Der Mann gab nur ein Brummen von sich.

Anders als erwartet, machte Cameron sich nicht sofort aus dem Staub, sondern lief neben ihr her. „Sorry, das war alles umsonst. Mein Handy hab ich immer noch nicht."

April horchte in sich hinein. Immer noch keine

Wut. „Wir waren ja kaum eine Stunde drin."

„Ich hoffe, deine Mom macht sich keine Sorgen."

„Sie wird denken, ich wäre mit Freundinnen unterwegs."

Schweigend liefen sie die Treppe hinunter und den Flur entlang bis zum Ausgang. „Wir sehen uns morgen", sagte Cameron und wandte sich zum Gehen.

„Warte." Es fühlte sich falsch an, ihn einfach so gehen zu lassen. „Du hast recht. Ich hasse dich nicht."

„Ist das ein Kompliment?"

„Dafür, dass ich dich für einen Kotzbrocken gehalten hab, ja."

Sein Blick war weich, aber er lächelte nicht. Nicht mal für seine Verhältnisse. „Dann hassen wir uns jetzt offiziell nicht mehr." Er drehte sich um und ging. Warum nur musste er sich so seltsam benehmen? Erst machte er Witze mit ihr und im nächsten Moment gab er sich wieder distanziert. Selbst wenn sie ihn nicht hasste, irritierte sie sein Verhalten und das ärgerte sie.

Vorhin hatte sie es so eilig gehabt nach Hause zu kommen. Jetzt saß sie schon seit mindestens zehn Minuten mit den Händen am Lenkrad im Auto. Immer wieder spähte sie über den leeren Parkplatz in Richtung Fahrradständer, doch da war niemand mehr. Cameron hatte sich von ihr verabschiedet, als wäre sie eine Fremde. Und das war sie ja auch. Nur fühlte es sich für sie nicht mehr so an. Er war nicht der gefühlskalte Cameron, für den sie ihn immer gehalten hatte. Er konnte entspannt sein. Er konnte Witze machen. Er schien sich Gedanken um seine Zukunft zu machen. Vor allem hatte er keine Anstalten gemacht, ihr nah zu kommen, obwohl er die Gelegenheit dazu gehabt hätte. Nichts deutete darauf hin, dass er mehr in ihr sah als eine Mitschülerin. Der Cameron, den sie heute kennen gelernt hatte, gefiel ihr mehr, als sie sich eingestehen wollte. Ab sofort würde sie ihn wohl mit anderen Augen sehen.

10. KAPITEL

Cameron

„Was ist los, Cam? Du hast noch kein Wort gesagt, seit wir hier sind." Besorgt sah Colin ihn an.

Cameron rührte in seinem Kaffee. Bis jetzt hatte er nur die Schokosahne heruntergelöffelt, während Colin und Lucas jeweils schon ihren zweiten Muffin in sich hineinstopften. Eigentlich hatte er geglaubt, ein Besuch im Mr. Percy würde ihn ablenken. Wobei er sich eingestehen musste, dass er gehofft hatte, April wäre auch hier, aber das war sie nicht.

Nachdem er gestern Abend nach Hause gefahren war, hatte er sie nicht mehr aus dem Kopf bekommen und ständig ihre gemeinsame Zeit im Klassenzimmer durchgespielt. Es war seltsam gewesen. Er hatte sie aufmuntern wollen und es tatsächlich geschafft. Sie hatte ein winziges Stückchen ihrer Abwehrhaltung für einen Moment aufgegeben. Sein Gefühl sagte ihm, dass ihre Ablehnung gegenüber anderen Menschen und insbesondere ihm nur ein Schutz war.

Nachdem der Hausmeister sie befreit hatte, war sie wieder auf Abstand gegangen, doch sie würde dieses Spiel nicht ewig durchziehen können.

„Hat die Kleine es dir so gut besorgt, dass du immer noch sprachlos bist?", fragte Lucas. Warum nur hatte er ihm und Colin überhaupt erzählt, was gestern passiert war?

„Red keinen Scheiß. April hasst mich." Jedenfalls hatte er das bis vor vierundzwanzig Stunden noch geglaubt.

„Sie steht doch auf One-Night-Stands", behauptete Lucas.

„Wie auch immer. Von mir will sie sicher nichts."

„Aber du willst was von ihr, oder?" Colin wackelte mit den Augenbrauen.

Cameron stieß einen Seufzer aus und nahm den ersten Schluck von seinem Kaffee, der nur noch lauwarm war und hauptsächlich nach der Kakaosahne schmeckte.

„Komm schon. Das ist doch keine Schande." Colin ließ nicht locker. Lucas dreckiges Grinsen machte alles nur noch schlimmer.

„Was auch immer ihr über April zu wissen glaubt, es stimmt nicht." Genau genommen hatte er keine Ahnung, aber er glaubte nicht, dass April regelmäßig mit irgendwelchen Typen ins Bett ging. Das würde sie verletzlich machen, und wenn sie eins bestimmt nicht wollte, dann war es, verletzlich zu sein.

„Hat sie dir was erzählt?", fragte Colin.

„Nein. Sie hat sich nur darüber geärgert, dass sie wegen mir in Mrs. Morris' Klassenzimmer festsaß. Und jetzt will ich nichts mehr dazu hören."

„Du hast recht. Wir sollten lieber in den Stripclub gehen", sagte Lucas etwas zu laut. Ein paar Leute drehten sich um und warfen ihnen verwirrte oder verächtliche Blicke zu.

Cameron beugte sich zu ihm vor. „Was soll der Scheiß?", raunte er.

„Wieso? Ich bin alt genug."

„Du bist achtzehn."

„Na und? Ich hab mir da was besorgt, das …?"

„Hör jetzt auf damit", zischte Cameron.

„Ihr seid total auffällig", sagte Colin.

„Scheiß drauf." Lucas stand auf. „Ich brauch heute Abend ein bisschen Action." Er steckte sich den Rest seines Muffins in den Mund und verließ das Mr. Percy. Einige verwunderte Blicke folgten ihm.

Ein Typ mit Tablett blieb mitten im Raum stehen und sah zu Cameron und Colin herüber. „Meint der das ernst?"

„Halt dich da raus", schnauzte Cameron. Der Typ eilte davon, und ein bisschen tat es ihm leid, dass er ihn so angefahren hatte. Niemand konnte etwas für seine schlechte Laune. Nicht mal April, die dafür verantwortlich war. Er hatte sich einfach nur falsche Hoffnungen gemacht, nachdem sie gestern so normal miteinander geredet hatten. Heute Morgen war sie wie jeden Tag mit Katy und Addy zusammengestanden. Ihr Blick in seine Richtung war offener und freundlicher gewesen. Er hatte wohl etwas zu lange hingesehen, denn Katy hatte sie am Arm genommen und ihr etwas zugeflüstert. Am Ende glaubte Katy noch, zwischen ihm und April liefe etwas. Aber das war definitiv nicht der Fall. April hasste ihn nicht so sehr, wie sie immer vorgegeben hatte. Mehr aber auch nicht. Also warum ärgerte er sich, dass sie sich den restlichen Tag nicht mehr über den Weg gelaufen waren und er sie im Englischkurs ignoriert hatte? Es war egal. Vollkommen egal.

„Cam?"

„Was?" Colin musste sich offensichtlich das Lachen verkneifen. „Du bist doch nicht echt verliebt?"

„In April? Bestimmt nicht."

„Wer sagt, dass ich von April rede. Könnte doch auch jede andere sein."

Schön wär's, aber aus irgendeinem Grund ging ausgerechnet April ihm nicht mehr aus dem Kopf. Und das alles nur, weil sie gezwungen gewesen waren, Zeit miteinander zu verbringen. Er hatte einen winzigen Blick hinter die harte Schale werfen können.

„Können wir dieses Thema jetzt mal lassen?"

Colin öffnete den Mund.

„Über Lucas will ich auch nicht reden."

„Er hat sich verändert", sagte Colin, als hätte er Camerons Einwand nicht gehört.

Cameron nickte. Lucas war schon immer ein Draufgänger gewesen, der sich gern überschätzte und sich schnell zu Gewalt hinreißen ließ. Doch in letzter Zeit wirkte er noch abgestumpfter. Er schien seine Grenzen nicht mehr zu kennen. Der Vorfall mit den Blue Killers hatte das bestätigt, und dass er damit prahlte, in den Stripclub zu gehen, war nur ein weiteres Zeichen dafür, dass er sich als Mann beweisen wollte.

„Müssen wir uns Sorgen machen?"

„Wir sollten ihn auf jeden Fall im Auge behalten. Ich hab das Gefühl, er hat sich manchmal nicht unter Kontrolle." Und irgendwann würde das nicht nur Lucas, sondern womöglich auch ihm und Colin und der Gang ernsthafte Probleme machen.

***

Die Wohnung war leer und dunkel. Cameron stellte die volle Einkaufstüte auf die Küchenzeile und packte sie aus. Die Dosensuppen stellte er in das kleine Hängeregal. Wie konnte Chase dieses Zeug nur essen? Als Mom und Dad noch da gewesen waren, hatte es auch nur Fertiggerichte gegeben, doch im Gegensatz zu Chase störte es Cameron, dass er nicht kochen konnte und nicht wusste, wie er sich etwas Vernünftiges zum Essen machen sollte. Wo sollte er überhaupt anfangen? Was kochte jemand, der in seinem Leben kaum je am Herd gestanden hatte?

Ratlos betrachtete er den frischen Blattspinat und die Karotte, die er sich gekauft hatte, warum auch immer. Schließlich legte er ein paar Spinatblätter zusammen mit Mais aus der Dose auf eine Scheibe Toast und kippte eine Menge Mayonnaise darüber. Den restlichen Spinat stopfte er in das winzige Seitenfach im Kühlschrank, ebenso die Karotte. Die heute zu schneiden, hatte er keine Lust mehr. Das konnte nur schiefgehen, solange er mit den Gedanken ständig bei April war.

Das Sandwich schmeckt scheußlich. Diese Kombination würde er nie wieder essen. Weil er außer Chases widerlichen Suppen nichts anderes zu essen hatte, spülte er das Brot mit Cola hinunter. Das machte es nicht besser. Er musste dringend kochen lernen. Wenigstens ein bisschen.

Fast hoffte er, dass Derek ihn anrief und zu einem Deal schickte oder es wenigstens unten auf der Straße eine Schießerei gab. Es war schäbig, sich zu wünschen, dass die Blue Killers ihr Revier überfielen, aber den ganzen Abend allein zu Hause zu sitzen, war einfach unerträglich. Noch unerträglicher waren die Selfies, die Lucas ihm aus dem Stripclub schickte.

Der Blick in den Kühlschrank war ernüchternd. Aber warum sollte dort etwas anderes sein als das Gemüse, das er gekauft hatte? Was hatte er sich eigentlich dabei gedacht? Er war kein Mensch, der Grünzeug aß. Er musste dringend noch mal in den Supermarkt. Oder noch besser irgendwohin, wo viel los war.

***

Die Promenade war voll mit Menschen, die lachten, sich laut unterhielten oder Crêpes und Hotdogs aßen. Cameron wusste nicht, wann er das letzte Mal hier gewesen war. Es fühlte sich gut an, sich einfach unter die Leute zu mischen und das normale Leben zu genießen. An einem Stand kaufte er sich ein warmes Hühnchenwrap. Das Fleisch war weich und der Salat knackig. Endlich etwas Vernünftiges zu Essen.

Das Handy in seiner Hosentasche vibrierte, doch er ignorierte es. Sicher war es nur wieder Lucas, der ihm Bilder von halb nackten Frauen schickte. Er würde lachen, wenn er wüsste, wo Cameron gerade war. Für die Strandpromenade und all die bodenständigen Menschen und Familien hier hatte Lucas nicht viel übrig.

Bedauernd aß Cameron den Rest seines Wraps und setzte sich auf das Mäuerchen, das den Strand von der Promenade trennte. Hinter sich hörte er das Rauschen des Meeres, fröhliches Stimmengewirr und das Lachen spielender Kinder. Etwas, das er zu Hause nie hörte. Auf der Straße spielten selten Kinder. Es war zu gefährlich. Das hatte er früh lernen müssen.

Unter all die Geräusche mischte sich ein helles Lachen, das ihm bekannt vorkam. Er blickte auf und sah Katy, die sich bei April eingehängt hatte. Nur wenige Meter von ihm entfernt blieben sie stehen. Mit der freien Hand gestikulierte Katy wild und sah April flehend an. April wandte ihm den Rücken zu. Die schwarzen Locken fielen ihr auf den Rücken. Die enge Jeans betonte ihre schlanken Beine. Was würde passieren, wenn sie ihn entdeckte? Würde sie sich freuen? Oder ihn für einen Stalker halten? Sie konnte nicht wissen, dass er nur zufällig zur selben Zeit hier war wie sie. Doch sie drehte sich nicht um. Katy redete noch immer auf sie ein.

Am besten verschwand er von hier, bevor sie ihn tatsächlich noch sah. Er wollte gerade aufstehen, als ihm ein Mann auffiel, der ein Stück entfernt auf der Mauer saß. Mit seinen schwarzen Klamotten und der übergroßen Kapuze, die sein halbes Gesicht verdeckte, schien er nicht hierher zu passen. Nicht nur, dass er offensichtlich nicht erkannt werden wollte, machte Cameron stutzig. Der Typ sah die ganze Zeit zu April hinüber. Wie lange saß der wohl schon hier?

Cameron sah ebenfalls wieder zu April und Katy. Addy stand jetzt bei ihnen. Katy umarmte April kurz und schlenderte dann mit Addy davon. April quetschte sich an einer Gruppe Menschen vorbei und verschwand aus seinem Blickfeld. Der Typ in Schwarz stand auf und ging scheinbar unauffällig in dieselbe Richtung.

Scheiße. April hatte einen Stalker und dieser Stalker war verdammt nochmal nicht er, sondern irgendein Verrückter.

Cameron musste sich beherrschen, um nicht wie ein Wahnsinniger loszusprinten und April vor diesem Kerl zu warnen. Er würde ihr unauffällig folgen und nur eingreifen, wenn es nötig war.

Auf der Straße sah er sie wieder. Sie stand an einer roten Ampel. Ihr Verfolger stand nur wenige Schritte hinter ihr und machte sich nicht mal die Mühe, sich zu verstecken. Als wüsste April, dass etwas nicht stimmte, drehte sie sich um. Ein Ruck ging durch ihren Körper. Sie hatte den Kapuzenmann entdeckt.

11. KAPITEL

April

Er war da. Derselbe Typ, der sie auf der Party beobachtet hatte, da war sie hundertprozentig sicher. Obwohl seine Augen auch diesmal unter einer schwarzen Kapuze verborgen waren, spürte sie seine Blicke wie Giftpfeile. War es einfach nur Zufall? Oder verfolgte er sie? April bemühte sich, ruhig und gleichmäßig zu atmen, fixierte die rote Ampel, als würde sie dadurch schneller auf Grün springen. Sie brauchte keine Angst haben, redete sie sich ein. Es war nur ein Mann mit Kapuzenpulli. Sie war doch stark und mutig und frei von ihren Ängsten, oder nicht? Was könnte er ihr auch schon antun, hier zwischen all den Menschen? Wahrscheinlich war er sowieso schon weitergegangen, ein ganz normaler Spaziergänger. Aber auch ohne sich umzudrehen, wusste sie, dass er immer noch da war. Bestimmt würde er ihr nach Hause folgen und ihr morgen auf der Straße oder im Parkhaus auflauern. Sie wusste es einfach, und ihre neu gewonnene Selbstsicherheit der letzten Tage fiel in sich zusammen. Falls sie je da gewesen war.

Das durfte einfach nicht wahr sein. Vor sieben Jahren war sie von Ramons Tyrannei befreit worden, um jetzt schon wieder von einem Verrückten tyrannisiert zu werden? Was wollte er von ihr? Wer war er?

Endlich sprang die Ampel auf Grün und April verschwand in der Menschentraube, die die Straße überquerte. Vielleicht verlor er sie aus den Augen, wenn sie schnell genug in eine Seitenstraße eintauchte. Lieber nahm sie einen Umweg in Kauf, als diesen Kerl nach Hause zu führen. Am Ende tat er Mom auch noch was an.

Sie hastete über den Gehweg. Kurz überlegte sie, in irgendeinen Laden zu schlüpfen, doch er könnte sie abfangen, sobald sie wieder rauskam. Hektisch sah sie sich um. Die Menschen, die die Straße überquert hatten, verstreuten sich und die schwarze Kapuze kam zum Vorschein. Bis auf die Tatsache, dass er sein Gesicht versteckte, musste er auf Außenstehende wie ein normaler Spaziergänger wirken. Nichts deutete darauf hin, dass er jemanden verfolgte. Der Kerl musste ein Profi sein. Ihr wurde übel. Ob Ramon ihn auf sie angesetzt …? Nein! Ramon war im Gefängnis und dort würde er noch ein paar Jahre sitzen. Daran, was passierte, wenn er freikam, wollte sie gar nicht denken. Mom und sie mussten dann wohl in einen anderen Staat ziehen. Am besten nach New York. Oder gleich nach Alaska.

Sie hatte keine Zeit mehr, darüber nachzudenken. Der Abstand zwischen ihr und ihrem Verfolger wurde immer kleiner. Vor einem Restaurant stand eine Gruppe Menschen. April zwängte sich vorbei, schlängelte sich durch die Tische, die auf dem Bürgersteig standen und schlupfte durch die halb offen stehende Holztür in den Hinterhof der Pizzeria. Sie lugte durch einen Spalt im Holz und sah ihren Stalker vorbeigehen. Er hatte sie nicht gesehen. Erleichtert presste sie eine Hand auf ihr pochendes Herz. Es roch nach würziger Tomatensoße und frischgebackenem Pizzateig. Aus einem geöffneten Fenster hinter ihr waren Rufe und das Geklapper von Töpfen zu hören. Die Küche. Verdammt. Es war nur eine Frage der Zeit, bis sie jemand entdeckte. Doch sie war noch nicht bereit, ihr Versteck zu verlassen. Vielleicht hatte ihr Stalker sie doch hier drin verschwinden sehen und wartete an der nächsten Straßenecke auf sie.

Irgendeinen anderen Weg musste es doch geben. April drehte sich nach allen Seiten um. Links und rechts ragten die Wände des Restaurants und des Nachbargebäudes in den Himmel. Am anderen Ende des Hofs standen Müllcontainer und leere gestapelte Getränkekartons vor einem engmaschigen Zaun. Sie würde es niemals schaffen, darüber zu klettern, ohne jemanden auf sich aufmerksam zu machen. Was sie jetzt auf keinen Fall gebrauchen konnte, war eine Anzeige wegen Einbruch.

Sie wusste nicht, wie lange sie schon hier stand. Noch einmal lugte sie durch den Zaun auf die Straße. Keine schwarze Gestalt weit und breit. Langsam öffnete sie das Tor und schaute sich nochmal um, bevor sie auf die Straße trat und das Tor halb schloss. Ein Typ mit einer Sackkarre voller Weinkisten kam ihr entgegen und verschwand im Hof. Ein paar Sekunden länger und er hätte sie dort drin erwischt.

April versuchte, sich ihre Anspannung nicht anmerken zu lassen. Es fiel ihr schwer, nicht alle paar Schritte zu kontrollieren, ob er hinter ihr war. Je weiter sie die belebte Einkaufsmeile hinter sich ließ, desto nervöser wurde sie. Wenn er ihr hier auflauerte, würde ihr niemand helfen. Wenn sie doch nur mit dem Auto unterwegs wäre, dann hätte sie ihn längst abgehängt.

Sie bog in die Straße ein, in der sich ihr Wohnblock befand. Außer ihr waren noch ein paar Spaziergänger unterwegs. Keiner von ihnen trug eine schwarze Kapuze. Jetzt musste sie nur noch die endlos lange Straße bis ganz zum Ende laufen. Immer noch genug Zeit, um über sie herzufallen. April fröstelte.

Auf halbem Weg hörte sie Schritte dicht hinter sich. Schweiß trat ihr auf die Stirn. Er war es. Gleich würden grobe Hände nach ihr greifen. Er würde sie in einen Hinterhof ziehen und … Nein! Sie war kein kleines Mädchen mehr. Sie würde sich nicht mehr verstecken! Nie mehr!

„Hau ab!", schrie sie. „Oder ich ruf die Polizei."

„April."

Woher kannte er ihren Namen? „Verpiss dich! Lass mich in Ruhe!"

Er holte sie ein und versperrte ihr den Weg. „Ich bin's doch nur."

April stolperte und prallte gegen eine breite Brust. Warme Hände legten sich auf ihre Oberarme. Panisch sah sie auf. Meerblaue Augen fixierten sie. Cameron.

Das Grauen packte sie. Er war der Stalker. Keuchend machte sie sich von ihm los, wobei er nicht mal versuchte, sie festzuhalten.

„Du bist doch krank!"

„Wer ist der Typ? Kennst du ihn?"

„Wer der … Was?"

Sie ließ den Blick über seine Klamotten schweifen. Eine hellblaue ausgewaschene Jeans und ein schwarzes Langarmshirt mit drei Knöpfen am Ausschnitt, von denen zwei offen standen. Keine Kapuze. Alle Anspannung fiel von ihr ab. Es war nur Cameron und er würde ihr nichts tun. Das hatte er auch in Mrs. Morris' Klassenzimmer nicht getan.

„Ich bin so froh, dass du es bist." Eigentlich hätte sie das nicht sagen sollen, aber ihr Mund war schneller als ihr Verstand. Noch nie war sie so erleichtert gewesen, Cameron zu sehen.

Ein schuldbewusster Ausdruck trat in seine Augen. „Ich wollte dich nicht erschrecken, aber ich hab gesehen, dass dieser Typ dich beobachtet. Er war schon an der Promenade da."

„Was?" Da hatte er ihr also schon nachgestellt. Aber wie hatte er sie überhaupt gefunden? Und was hatte Cameron dort zu suchen? Konnte sie wirklich sicher sein, dass von ihm keine Gefahr ausging? Schließlich wusste sie immer noch nicht mit Sicherheit, ob er vielleicht mit gefährlichen Leuten verkehrte. Vielleicht steckten die beiden unter einer Decke?

„Verfolgst du mich etwa auch?" Sie machte einen Schritt rückwärts. Cameron schloss die Lücke zwischen ihnen nicht. Entweder war er ein verdammt guter Schauspieler oder er wollte sie wirklich nur beschützen. Schon wieder. Aber konnte das tatsächlich Zufall sein?

„Ich hab auf der Promenade einen Wrap gegessen." Er zeigte ihr ein zusammengeknülltes Papier. „Dann hab ich dich gesehen und diesen verdächtigen Kerl, der dich die ganze Zeit angestarrt hat. Als du gegangen bist, ist er dir nach. Ich wollte dich nicht allein lassen. Deshalb … bin ich dir auch gefolgt."

Schuldgefühle machten sich in ihr breit. Noch vor einer Woche hatte sie ihm deutlich zu verstehen gegeben, dass sie absolut nichts von ihm hielt. Heute in der Schule hatte sie ihn ignoriert. Trotzdem folgte er ihr, um sicher zu gehen, dass sie gut nach Hause kam. Ob er sie auch verteidigen würde, wenn ihr Stalker sie angriff? Sie dachte an die Gerüchte, dass er sich mit Gangstern abgab. Bestimmt hatte er eine Waffe und wusste, wie man sich verteidigte. Aber würde er auf jemanden schießen? Sollte er tatsächlich in irgendwelche Verbrechen verwickelt sein, musste sie sich von ihm fernhalten. Egal ob er nett zu ihr war oder versuchte, sie zu beschützen. Nie wieder wollte sie etwas mit Menschen wie Ramon zu tun haben.

„Äh danke, aber … ich … du musst jetzt gehen. Meine Mom könnte uns sehen."

Cameron hob den rechten Mundwinkel zu seinem berüchtigten halben Lächeln. „Und das wäre schlimm? Mag sie keine Männer, die ihre Tochter sicher nach Hause begleiten?"

Ihre Wangen fühlten sich heiß an. Er flirtete doch nicht ernsthaft mit ihr? Das ging eindeutig zu weit.

„Sie mag es nicht, wenn ich mich mit Männern treffe", wich April aus. Eine Notlüge. Zumindest wollte Mom die Kerle kennenlernen, mit denen sie sich verabredete.

„Du bist erwachsen." Ein amüsiertes Funkeln lag in seinen Augen. „Zumindest fast."

„Geh jetzt. Danke für alles."

Doch er machte keine Anstalten, zu gehen. „Ich

bring dich zur Haustür."

„Es sind nur noch ein paar Meter." Ein paar Meter, in denen ihr Stalker aus einem Busch springen und sie entführen konnte. Am liebsten hätte sie Cameron als Vollzeit-Bodyguard engagiert, damit dieser Wahnsinnige es nicht mehr wagte, sich ihr zu nähern, aber das kam nicht in Frage. Am Ende brachte er sie in noch viel größere Schwierigkeiten.

„Viele Menschen verschwinden in der Nähe ihres Wohnortes."

Warum musste er recht haben? Konnte er sie nicht beruhigen und ihr sagen, dass schon nichts passieren würde?

„Bleib hier stehen und warte, bis ich drin bin, wenn du dich dann besser fühlst." *Du Heuchlerin. Du bist doch diejenige, die Angst hat.*

„Wenn ich keine Schreie hör, geh ich." Aus seinem Mund klang das gar nicht dramatisch. Vielleicht war das seine Art, sie zu beruhigen. Auch wenn es seltsam war.

„Dann sehen wir uns in der Schule."

„Ja." Cameron nickte.

„Ok. Bis dann." Bevor es noch peinlicher werden konnte, drehte sie sich um und ging. Die Straße war dunkel und verlassen, aber sie wusste, dass Cameron auf sie aufpasste. Er würde nicht zulassen, dass ihr jemand etwas antat. Das hatte er deutlich gemacht. Unbeschadet erreichte sie die Haustür. Bevor sie hineinging, warf sie noch einen Blick auf den Gehweg. Cameron stand dort noch immer und ließ sie keine Sekunde aus den Augen. Breitschultrig und groß, wie ein Fels in der Brandung. Ausgerechnet der Mann, den sie immer für ein arrogantes Arschloch gehalten hatte, war zu ihrem Beschützer geworden.

Im Wohnzimmer brannte Licht. April steckte den Kopf zur Tür hinein und sah ihre Mom auf dem Sofa sitzen. Der Fernseher lief ohne Ton. Irgendeine Talkshow. Sie schaltete den Fernseher aus, als sie April sah.

„April, ich hab mir Sorgen gemacht."

„Sorgen? Warum?" Es war nichts Ungewöhnliches, dass April spät nach Hause kam. Eigentlich war sie heute besonders früh dran. Es war noch nicht mal elf.

Mom stand auf und kam mit einem prüfenden Blick auf sie zu. April rutschte der Magen in die Kniekehlen. Wusste Mom von dem Stalker? Hatte sie ihn gesehen? Das wäre das Ende ihrer Freiheit. Mom würde sie ständig fragen, wo sie hinging, und darauf bestehen, dass sie um zehn zu Hause war.

„Ich hab euch gesehen. Wer ist dieser Mann, mit dem du dich unterhalten hast?"

Cameron. Sie hatte sie nur mit Cameron gesehen. Doch der Moment der Erleichterung hielt nicht lange an. Es war nicht gut, wenn Mom glaubte, sie würde sich mit Cameron treffen, denn das hatte sie nicht vor. Aber würde Mom ihr glauben, wenn sie ihr sagte, dass da nichts lief?

„Ich … Er ist … jemand aus der Schule. Und er hat mich nicht angerührt. Das hast du sicher auch gesehen", entgegnete sie etwas zu bissig. Sie verstand, dass Mom sich Sorgen machte, aber sie wollte nicht wie ein kleines Kind beaufsichtigt werden. Nicht so wie damals.

„April, ich stand zufällig am Fenster und hab euch gesehen." Mom musterte sie. Sie würde jede Lüge sofort durchschauen. „Ich werde dir nicht verbieten, dich mit Jungs zu treffen, aber ich möchte, dass du mir vorher Bescheid sagst."

„Wir haben uns nicht getroffen." Mom zog misstrauisch die Augenbrauen zusammen.

„Also doch, haben wir, aber nur zufällig. Er war auch an der Promenade und wollte mich unbedingt nach Hause begleiten." Sie lächelte, als sie daran dachte, was Cameron gesagt hatte. „Er glaubt, er müsste mich beschützen", flüsterte sie.

Auch Mom lächelte. „Wenn du ihn magst, hab ich nichts dagegen, dass ihr euch trefft. Aber ob zufällig oder nicht: Du darfst mir solche Dinge nicht verheimlichen."

Mom glaubte ernsthaft, sie hätte vor, mit Cameron auszugehen. Es abzustreiten, nützte nichts. Das würde sie ihr nicht glauben.

„Ich denke nicht, dass daraus was wird. Cameron kann jede haben. Er wird bald das Interesse verlieren." Seltsamerweise gefiel ihr dieser Gedanke nicht. Aber so war es nun mal. Sobald ihr Stalker verschwand, würde Cameron sich nicht mehr verpflichtet fühlen, sie zu beschützen.

Mom strich ihr sanft über die Wange. „Weißt du, nicht alle Männer sind wie Ramon. Für mich wird es keinen Mann mehr geben, aber du bist jung. Irgendwann wird dich der Richtige finden und er wird dich gut behandeln. Hör einfach auf dein Herz und deinen Verstand. Ich hab damals nicht nachgedacht. Mach nicht denselben Fehler, aber verschließ dich der Liebe nicht völlig."

Ein Kloß bildete sich in Aprils Hals und sie hatte Mühe, die Tränen zurückzuhalten. Mom konnte doch nicht wirklich glauben, Cameron wäre der Eine. Das war er nicht. Aber warum machte sie das so traurig? Noch vor Kurzem hatte sie ihn nicht ausstehen können. Was interessierte es sie, ob er eine Rolle in ihrem Leben spielte?

„Ok Mom. Ich geh jetzt schlafen. Gute Nacht."

In ihrem Zimmer angekommen, verschloss sie als Erstes die Tür. Sie wollte nicht darüber nachdenken, ob sie das machte, damit Mom sie nicht störte, oder um ihren Stalker davon abzuhalten, über sie herzufallen, sollte er es schaffen, in die Wohnung einzubrechen. Aber das war natürlich lächerlich, so weit würde niemand gehen.

Ihr Fenster ging zur Straße raus, genau wie im Wohnzimmer. April wagte einen Blick nach unten. Die Straße war leer. Natürlich. Warum sollte Cameron länger dort stehen als nötig? Er hatte sie sicher nach Hause gebracht und damit war die Sache erledigt. Wahrscheinlich brauchte er diese Beschützerrolle für sein Ego. Bestimmt würde er anderen Frauen davon erzählen und sie so um den Finger wickeln. Vielleicht hatte er auch einfach nur Angst, sich mitschuldig zu machen, sollte dieser Verrückte ihr etwas antun und er davon gewusst haben.

Sie rollte die Jalousien nach unten und schloss damit Cameron und die Welt aus. Trotzdem ließ sie das, was passiert war, nicht los.

„Mag deine Mom keine Männer, die ihre Tochter sicher nach Hause bringen?" „Ich wollte dich nicht allein lassen."

Ich wollte dich nicht allein lassen. Solche Worte waren schnell gesagt und genauso schnell wieder vergessen.

Irgendwann wird dich der Richtige finden und er wird dich gut behandeln."

Was, wenn Mom recht hatte? Wenn nicht alle Männer schlecht waren? Was, wenn Cameron …? Nein! Das war doch alles Schwachsinn. Ramon war am Anfang auch nett gewesen und hatte Mom dann entführt und eingesperrt. Er hatte sie in den ersten Wochen behandelt wie eine Prinzessin und währenddessen Menschen terrorisiert und Leben zerstört. Sie würde tun, was Mom gesagt hatte, und auf ihren Verstand hören. Das Tattoo, das zur Hälfte von seinem Shirt verdeckt wurde, fiel ihr wieder ein. Cameron könnte kriminell sein. Er könnte sogar zu einer Gang gehören. Und deshalb musste sie sich von ihm fernhalten.

12. KAPITEL

Cameron

Ramon Gonzalez aus Haft entflohen.

Cameron starrte auf den kleinen Kasten, nichts weiter als eine Randnotiz mit fünf Sätzen am Rand der Seite. Eine verdammte unwichtige Randnotiz, die offenbar niemanden interessierte. Doch für ihn, Derek und die Street Fighters war es sehr wohl wichtig, dass ein so hohes Tier in der Drogenszene wieder auf freiem Fuß war.

So sehr, wie seine Augen brannten, müssten sie längst Löcher in das Zeitungspapier gebrannt haben. Die Zeitung war von heute, doch Ramons Flucht war bereits eine Woche her. Hatte Derek schon früher davon gewusst und es ihnen vorenthalten?

„Sie müssen zusammen geflohen sein", sagte Chase und stellte seine Kaffeetasse neben der Zeitung ab.

„Du meinst Brandon?"

„Stell dich nicht dumm", schnauzte Chase ihn an. „Die planen doch was. Jetzt, wo ihr Oberboss wieder da ist, werden die vor gar nichts mehr zurückschrecken."

Das war es also. Einige der Blue Killers mussten schon länger von der geplanten Flucht gewusst haben. Sonst wären sie nie so dreist gewesen, einfach in

Dereks Gebiet vorzudringen. Jetzt konnte es nur noch schlimmer werden.

„Wir sollten zu Derek gehen", schlug Cameron vor.

„Hast du heute nicht Schule?"

„Wir müssen uns was überlegen." Cameron stand auf. Wie sollte er sich jetzt auf den Unterricht konzentrieren, wenn vielleicht sein Leben und das von Chase in Gefahr war? So konnte es nicht weitergehen. Diese verdammte Gang! Ständig gab es irgendwelche Probleme.

Chase drückte ihn zurück auf den Stuhl. „Derek ist nicht dumm. Er wird uns in seine Pläne einweihen, wenn er es für richtig hält."

„Und was sollen wir bis dahin machen? Warten bis …?"

Es knallte draußen auf der Straße. Jemand schrie. Noch ein Schuss fiel. Cameron sprang auf und rannte zum Fenster. Wyatt stand unten und richtete die Pistole auf jemanden, der offenbar direkt vor dem Haus stand, denn Cameron konnte den Angreifer nicht sehen. Er öffnete das Fenster.

„Nicht!", rief Chase, doch Cameron ignorierte ihn. „Komm weg da. Wir gehen runter."

„Bring mir meine Waffe", verlangte Cameron.

Chase schnaubte verächtlich. „Du willst aus dem Fenster schießen? Wie ein Feigling?"

Heiße Wut stieg in Cameron auf. „Was bringt es, wenn wir uns sinnlos abknallen lassen?"

„Wenn du glaubst, du bist nicht gut genug, um gegen die da etwas auszurichten, versteck dich meinetwegen. Ich werde nicht …"

Drei Schüsse wurden schnell hintereinander abgefeuert. Wyatt stolperte. Cameron hielt den Atem an.

Ein Mann schoss aus dem Schatten des Hauses direkt unter dem Fenster. Ein weiterer kam aus der anderen Richtung und sprang Wyatt auf den Rücken.

„Scheiße." Er drängte sich an Chase vorbei, sprintete in sein Zimmer und nahm die Pistole vom Nachttisch. Sie war geladen. Als er durch den Flur zurück ins Wohnzimmer rannte, schlug Chase die Haustür hinter sich zu und war verschwunden. Er wusste, dass Chase erwartete, dass er ihm folgte, aber es war besser, wenn die Angreifer glaubten, sie müssten sich nur gegen zwei Männer verteidigen.

Cameron hastete zurück zum Fenster. Er zog den Vorhang so weit zu, dass er gerade noch rausschauen konnte. Chase stand mit gezogener Pistole neben Wyatt, der ebenfalls seine Waffe erhoben hatte. Die zwei Blue Killers standen ihnen gegenüber. Es sah fast aus, als würden sie ein Duell abhalten. Angespannt stand Cameron da und wartete, dass etwas passierte. Von hier oben konnte er nicht voraussehen, ob sie schießen würden. Konnte er von hier überhaupt etwas ausrichten? Vielleicht hatte Chase recht und er wollte sich nur verstecken. War er feige?

„Ich sag es nicht noch einmal", schrie Wyatt. „Verpisst euch von hier."

„Sag deinem Boss, dass wir nicht aufgeben werden, bevor wir bekommen, was uns zusteht", entgegnete einer der Männer, die ihm gegenüberstanden.

„Euch steht gar nichts zu. Ihr habt in dieser Stadt nichts zu suchen", giftete Chase.

Der Mann, der bisher stumm geblieben war, stürzte sich mit einem Schrei auf Chase. Wyatt schlug dem anderen die Pistole auf den Kopf, doch der rammte

Wyatt unbeeindruckt eine Faust ins Gesicht. Ein Schuss löste sich. Cameron brach der Schweiß aus. Chase oder Wyatt könnten getroffen worden sein. Sie verteidigten das Viertel, während er hier oben stand und zusah. Derek würde ihn als Verräter hinrichten.

Er rannte durch den Flur, riss die Wohnungstür auf und sprang zwei Stufen auf einmal nehmend die Treppen hinunter. Auf einen Schuss folgte ein Schmerzensschrei. Chase! Wenn ihm etwas passierte, war er schuld.

Die Haustür stand offen. Das Gerangel hatte sich aufgelöst. Ein Mann in einen dunkelblauen Kapuzenpulli kniete wenige Meter von Cameron entfernt auf dem Asphalt. Seine linke Hand umklammerte die rechte Schulter. Blut quoll zwischen seinen Finger hervor. Er sah Cameron direkt in die Augen. Der Hass darin ließ Cameron frösteln. Der Mann ließ seine Schulter los und streckte die blutverschmierte Hand nach der Waffe aus, die neben ihm lag.

Cameron richtete, den Finger am Abzug, seine Pistole auf dessen Brust und starrte ihn mit entschlossener Miene an. „Verschwindet von hier", knurrte er. „Dann lass ich dich leben."

Der Mann spuckte ihm vor die Füße, steckte sich die Pistole in den Hosenbund und ging rückwärts. Natürlich würde er nicht das Risiko eingehen, hinterrücks erschossen zu werden. Schließlich konnte er nicht wissen, dass Cameron niemals einem Verletzten in den Rücken schießen würde.

Auch der andere Blue Killer zog sich zurück. Er schien unverletzt zu sein. „Wir sind noch nicht fertig mit euch!", brüllte er, bevor er um die nächste

Hausecke verschwand.

„Diesmal haben wir euch besiegt!", schrie Chase und reckte triumphierend die Fäuste in die Luft. Wyatt lächelte zufrieden.

„Du bist ja doch noch gekommen", sagte Chase. „Aber die Show ist vorbei."

Hinter den Containern auf der anderen Straßenseite regte sich etwas. Der Lauf einer Pistole blitzte im Sonnenlicht auf.

„Nein, ist sie nicht", murmelte Cameron.

„Was?" Verständnislos sah Chase ihn an.

Der Angreifer kam aus seinem Versteck und rannte mit erhobener Waffe auf Chase und Wyatt zu.

„Hinter euch", rief Cameron.

Beide drehten sich um und griffen nach ihren Pistolen, die sie inzwischen verstaut hatten, doch sie würden es nicht mehr rechtzeitig schaffen, zu entsichern und zu zielen.

Ohne über die Konsequenzen nachzudenken, schoss Cameron auf den Mann. Er brach zusammen und hielt sich stöhnend den Oberschenkel.

„Du verfluchter Scheißkerl!"

„Hau ab. Sonst zeig ich dir, wie gut ich wirklich zielen kann."

Lucas und Chase mochten ihn für einen Feigling halten, doch Cameron verfehlte sein Ziel nie.

„Das wird euch noch leidtun", presste der Blue Killer hervor und humpelte davon. Er hinterließ eine Blutspur auf der Straße. Lange starrte Cameron noch auf die Stelle, an der er eben noch gestanden hatte. Als sich nichts rührte, ging er zurück ins Haus. Chase und Wyatt folgten ihm.

„Du hast uns den Arsch gerettet." Anerkennend klopfte Wyatt ihm auf die Schulter.

Chase presste grimmig die Lippen zusammen. Offensichtlich bereute er seine Aussage von vorhin. „Trotzdem bist du manchmal ein Feigling", raunte er ihm ins Ohr, als Wyatt außer Hörweite war, doch Cameron hörte das leise Lächeln in seiner Stimme.

Nachdem sie eine Weile im Hausflur ausgeharrt und die Straße im Blick behalten hatten, machten sie sich auf den Weg zu Derek, da er sofort auf eine Versammlung bestanden hatte.

Obwohl es weiter ruhig blieb und sie niemandem begegneten, wurde Cameron das Gefühl nicht los, dass sie trotzdem keinen Schritt machen konnten, ohne beobachtet zu werden. So musste sich April fühlen, wenn der Kerl mit der Kapuze sie verfolgte.

Er stellte sich vor, wie sie in diesem Moment im Schulflur nach ihm Ausschau hielt. War sie enttäuscht, dass er nicht da war? Fragte sie sich, warum er heute nicht zur Schule kam? Bestimmt tat sie das. Gestern waren sie sich so nah gewesen. Sie hatte ihn angesehen, als würde sie ihn zum ersten Mal richtig sehen. Nicht als den Mann, den sie angeblich hasste, sondern als jemanden, in den sie sich verlieben könnte. Hätte sie sich in diesem Moment nicht plötzlich abgewandt, hätte er sie geküsst. Und es hätte alles nur noch schlimmer gemacht. Selbst wenn sie sich in ihn verliebte, könnte er niemals mit ihr zusammen sein und zulassen, dass sie in seine dunkle, gewalttätige Welt mit hineingezogen wurde. Er durfte nicht egoistisch sein. April war tabu.

Auch Colin und Lucas und alle anderen Mitglieder der Street Fighters waren da. Das Wohnzimmer der leerstehenden Wohnung, die Derek notdürftig zum Hauptquartier umfunktioniert hatte, wirkte dadurch noch kleiner als sonst. Derek saß hinter seinem massiven Schreibtisch und schaute in die Runde. Seine dunklen Augen sprühten wütende Funken.

„So kann es nicht weitergehen. Es darf nicht täglich Schießereien in unserem Revier geben."

„Wir sollten sie einfach überfallen und alle erschießen. Wir könnten eins ihrer Treffen …"

„Nein!" Derek schnitt Lucas das Wort ab. „Das ist unüberlegt und dumm. Ein Massaker wird nicht nötig sein." Er hob eine Zeitung vom Schreibtisch auf und Cameron wusste sofort, was er vorhatte. Die Schlagzeile von heute Morgen starrte ihm entgegen.

„Wir müssen *ihn* ausschalten. Findet heraus, wo er sich aufhält. Und dann sagt es mir."

***

„Glaubt Derek echt, dass wir rausfinden können, wo Ramon ist? Selbst wenn er irgendwo da draußen unterwegs ist, wird er sich nicht zu erkennen geben." Cameron hatte den Bericht inzwischen dreimal gelesen, in der Hoffnung, irgendeinen brauchbaren Hinweis zu finden, aber natürlich wusste niemand, wo Ramon war. Sonst hätte man ihn längst festgenommen und zurück ins Gefängnis gebracht. Nach seiner erfolgreichen Flucht würde er garantiert nicht das Risiko eingehen, gefunden zu werden.

„Wir müssen einen von seinen Leuten zum Reden

bringen. Vielleicht wissen die, wo er ist." Chase saß steif am Esstisch. Sein Kiefer war angespannt. Normalerweise ließ er sich nicht so leicht aus der Ruhe bringen.

„Wahrscheinlich weiß es nur Brandon", gab Cameron zu bedenken. Schließlich kannte er die Gerüchte über Ramon. Kaum jemand hatte je sein Gesicht gesehen. Für die meisten seiner Anhänger war er nur ein Phantom. Dann hatten sie erst recht keine Chance, an ihn heranzukommen. Was Derek verlangte, war unmöglich.

„Weißt du das oder suchst du wieder nur nach Ausreden, um dich zu Hause verkriechen zu können?" Chases Augen funkelten angriffslustig.

Cameron ballte die Hände zu Fäusten. Es fiel ihm schwer, Chase nicht unter die Nase zu reiben, dass er ihm heute womöglich das Leben gerettet hatte. „Vielleicht fällt dir ja was ein", knurrte er und stand auf.

„Ja vielleicht …" Chase stöhnte dumpf. „Verdammte Scheiße." Zusammengesunken saß er auf seinem Stuhl und hielt sich den rechten Arm.

„Was ist los?" Camerons Herzschlag beschleunigte sich. Sein Bruder war verletzt.

„Nichts. Vergiss es."

„Zeig her." Chase zog den Arm weg, doch Cameron war schneller und griff nach ihm. Vorsichtig zog er den Ärmel von Chases Pulli bis zum Ellbogen nach oben. Der Unterarm war von einer dunkelroten Kruste bedeckt. Neues Blut sickerte aus der Wunde. Nicht viel, doch sie mussten die Blutung stoppen.

„Du Idiot. Warum hast du nichts gesagt?"

Chase lachte verächtlich und sein Lachen ging in ein Stöhnen über. „Hätte ich es Derek sagen sollen?

Vielleicht hätte er mir einen Verband angelegt."

„Du hättest es mir sagen sollen, bevor wir zu Derek gegangen sind."

„Ist doch nur ein Streifschuss."

„Die Schießerei war vor einer Stunde. Seitdem blutest du." Cameron sah ihn scharf an. „Hattest du überhaupt vor, die Wunde zu versorgen? Vielleicht heimlich?"

„Hör auf, blöde Fragen zu stellen, du Waschweib", knurrte Chase. „Und hol Verbandszeug."

Nachdem er Chases Wunde versorgt hatte, schloss Cameron sich in seinem Zimmer ein. Eigentlich hatte er heute versuchen wollen, etwas zu kochen, doch der Appetit war ihm vergangen. Erst jetzt wurde ihm so richtig klar, dass er Chase heute hätte verlieren können. Der Einzige, der von seiner Familie noch übrig war, nachdem alle anderen den Drogen zum Opfer gefallen waren. Mom und Dad mochten nicht tot sein, doch sie würden die Entzugsklinik wohl nie mehr verlassen. Besser so. Sie waren beide schon immer unberechenbar gewesen.

Die Wunde blutete nicht mehr, aber nicht alle waren so billig davongekommen. Einem Mitglied der Blue Killers hatte er in den Oberschenkel geschossen. Das war dumm gewesen. Der Mann könnte inzwischen verblutet sein. Dann würde es Brandon nicht bei gelegentlichen Angriffen lassen. Der Tod eines Gangmitglieds wurde grausam gerächt. Allein die schwere Verletzung reichte schon, um Brandons Zorn auf sich zu ziehen. Er würde herausfinden, wer Cameron war, und jemanden auf ihn ansetzen. Und nicht nur auf ihn. Er hatte Chase das Leben gerettet und ihn gleichzeitig in Gefahr gebracht. Am Ende würde von seiner Familie niemand mehr übrigbleiben.

13. KAPITEL

April

April stieß die Tür des Waschraums auf und spähte in den leeren Flur. Eigentlich könnte sie hierbleiben, anstatt zurück ins Klassenzimmer zu gehen und die langweilige Chemiestunde weiter über sich ergehen zu lassen. Vielleicht sollte sie genau das tun. Sie hatte in der Schule noch nie etwas verbrochen und konnte sich einen Ausrutscher erlauben.

Schritte näherten sich. Sie zog die Tür fast ganz zu und schaute durch den Spalt. Cameron schlenderte über den Flur und sah sich immer wieder um. Schon wieder Cameron. Konnte es wirklich Zufall sein, dass sie sich ständig über den Weg liefen? Diesmal konnte er ihr nicht gefolgt sein. Er wusste nicht, dass sie hier war. Was hatte er überhaupt während des Unterrichts auf dem Gang zu suchen?

„April?"

Erschrocken fuhr sie zusammen, als sie in zwei blaue Augen schaute.

„Was machst du hier?"

War das sein Ernst? „Du meinst, was ich auf der Toilette mache?"

Sein rechter Mundwinkel hob sich, und April

wünschte sich nichts mehr, als dass er einmal richtig lächeln würde. Ganz egal, ob er dabei über einen Witz lachte oder sich über sie lustig machte.

„Du bist nicht im Unterricht."

Mit zusammengekniffenen Augen sah sie ihn an. „Genau wie du."

„Ich bringe nur mein Handy vor Mrs. Morris in Sicherheit."

April unterdrückte ein Kichern. Nie würde sie die Umstände vergessen, unter denen sie zum ersten Mal richtig miteinander geredet hatten. Als sie gemerkt hatte, dass Cameron nicht das Arschloch war, für das sie ihn immer gehalten hatte.

„Noch mal lass ich mich nicht mit dir einschließen."

Einen Moment standen sie nur da und sahen einander an, April noch immer halb in der Tür. Ihre Wangen brannten und ihr Puls beschleunigte sich. Warum löste Cameron so etwas in ihr aus? Sie kannten sich doch gar nicht. Klar, er hatte sie beschützt, zweimal bereits, aber das änderte nichts daran, dass er praktisch ein Fremder war. Was wusste sie schon über ihn? Was wusste sie *nicht* über ihn?

„Du solltest zurückgehen. Eine gute Schülerin sollte nicht im Unterricht fehlen."

Grinste er? Wenn sie sich doch nur sicher wäre. Dann müsste sie nicht ständig auf seine Lippen starren. Ihr Blick wanderte tiefer zum Saum seines übergroßen T-Shirts, das an einer Seite hoch gerutscht war. Darunter war etwas Dunkles, das aussah wie … der Lauf einer Waffe! Das Blut gefror ihr in den Adern.

„O mein Gott", wisperte sie mehr zu sich selbst, doch Cameron hatte es bemerkt.

„April, was ist denn? Oh." Seine Augen weiteten sich. Er machte einen Schritt auf sie zu. „Es ist nicht … ich meine … ich … Du brauchst keine Angst haben."

„Lass mich in Ruhe." Sie schlug die Tür hinter sich zu und schloss sich in einer Kabine ein. Cameron hatte eine Waffe bei sich. Eine echte. Da war sie sich sicher. Es stimmte also. Er war ein Gangster.

Jemand klopfte an die Kabinentür.

„Verschwinde!"

„Jetzt hör mir doch zu. Es ist nicht so, wie du denkst."

„Wie ist es denn dann? Willst du mir jetzt erzählen, dass du eine Spielzeugpistole mit dir herumträgst wie ein Vorschulkind?"

„Du verstehst das nicht. Es gibt Leute, die … denen ich etwas schuldig bin."

Leute, denen er etwas schuldig war. „Und die willst du umbringen?"

„Ich bringe niemanden um. Es geht darum, jemanden abzuschrecken. Sie ist nicht geladen."

Sie lehnte sich schweigend an die Tür.

„Mann, April. Glaubst du wirklich, ich würde eine geladene Waffe mit in die Schule nehmen? Denkst du, ich riskier, dafür in den Knast zu wandern?"

Er klang aufrichtig, doch ihr Gefühl sagte ihr, dass dennoch etwas nicht stimmte. „Sagst du mir jetzt die Wahrheit?"

„Das ist die Wahrheit. In meiner Straße wohnen ein paar echt kranke Typen, die mich immer abziehen. Wenn die sehen, dass ich eine Pistole bei mir hab, lassen sie mich in Ruhe. Aber ich verspreche dir, dass ich niemals auf jemanden schießen werde."

April ignorierte ihr seltsames Bauchgefühl und die Frage, wie Cameron in seinem Alter an eine Waffe gekommen war. Das konnte nicht legal sein. Dennoch wollte sie ihm glauben. Er war niemand, der andere absichtlich verletzte. Es gab in Blue Water üble Gegenden, doch nicht alle Viertel waren in der Gewalt von Gangs.

„Geh jetzt einfach."

Vor der Tür blieb es still. Leise entriegelte April die Tür und öffnete sie einen Spalt. Der Vorraum war leer.

***

„Ist er nicht süß?" Mit einem verträumten Ausdruck in den Augen zeigte Katy April und Addy ein Foto von einem Kerl mit windzerzausten rehbraunen Haaren und einem Grübchenlächeln.

„Wer ist das?", fragte April und hoffte, sie würde nicht allzu desinteressiert klingen. Es fiel ihr schwer, sich auf ein normales Gespräch zu konzentrieren. Den restlichen Vormittag hatte sie über Camerons Worte nachgegrübelt. Seine Erklärung erschien ihr zu einfach. Doch welchen Grund hatte er, sie anzulügen? Er war ihr nachgelaufen, um die Dinge klarzustellen. Vielleicht war die Waffe tatsächlich nur eine Vorsichtsmaßnahme, doch er riskierte viel, indem er sie mit in die Schule brachte. April hatte sie gesehen. Jemand anders konnte das genauso.

„Du hörst mir ja gar nicht zu", motzte Katy und schob die Unterlippe vor.

„Ja doch, er ist süß."

„Die Kurzfassung für unsere Träumerin: Er heißt

Dylan und ich hab ihn in diesem schicken neuen Restaurant am Strand kennen gelernt. Es heißt *El Mar*. Da sollten wir unbedingt mal hingehen."

„Was ist mit dem anderen Typ passiert, den du auch am Strand kennengelernt hast?" Addy beäugte Katy skeptisch.

Katy stöhnte genervt auf. „Das hab ich euch doch erzählt. Der Arsch hat mich sitzen lassen. Aber Dylan ist viel netter. Er weiß, wie man eine Lady behandelt."

April war sich ziemlich sicher, dass Addy nicht dabei gewesen war, als Katy von Brians Verrat erzählt hatte. Zu dem Zeitpunkt hatten die beide nicht miteinander geredet, aber das schien längst vergessen zu sein.

„Addy war nicht …"

„Wie auch immer. Jedenfalls sind Dylans Eltern stinkreich. Er hat gesagt, er lädt uns alle zum Essen ein."

„Aber er kennt uns doch gar nicht", warf Addy ein.

„Dylan ist großzügig. Er sagt, meine Freunde sind auch seine Freunde. Seine Eltern sind übers Wochenende oft weg. Irgendwo auf Geschäftsreise. Das Haus hat einen privaten Zugang zum Strand. Wir laden ein paar Freunde ein und veranstalten eine Strandparty."

Vielleicht war das genau das, was sie brauchte, um sich von ihren ständigen Grübeleien über Cameron abzulenken. Egal wie sehr sie sich wünschte, mehr über ihn zu erfahren, das mit ihnen würde nie funktionieren.

***

„April!"

Sie stampfte weiter stur über den Parkplatz. Verdammt, wo hatte sie ihr Auto heute Morgen abgestellt?

Cameron holte sie ein. Er streckte die Hand nach ihr aus, und obwohl sie sich nichts mehr wünschte, als von ihm berührt zu werden, wich sie zurück.

„Nein, das geht nicht."

Enttäuschung machte sich in seinem schönen Gesicht breit. Noch eine Emotion, die sie noch nie bei ihm gesehen hatte. Seine blauen Augen wirkten fast schwarz unter dem bewölkten Himmel. Dunkle Bartstoppeln betonten die vollen Lippen, die sich zu einem Lächeln verzogen, als er ihren Blick bemerkte. Es wäre so leicht, ihn zu küssen, aber das durfte sie nicht. Wie kam sie überhaupt auf so einen Gedanken? Selbst, wenn er sich nur verteidigen wollte, er war trotzdem ein Mensch, der eine Waffe mit in die Schule brachte. Und ganz egal, was er sagte. Er *könnte* jemanden töten. Auch wenn sie nicht glauben wollte, dass Cameron zu so etwas fähig war.

„Du kannst dich nicht ewig verstecken."

„Das will ich aber." Wie sehr sie es hasste, sich zu verstecken. Vor anderen Menschen. Vor ihren Gefühlen. Vor Cameron. Obwohl sie erst seit zwei Wochen überhaupt mit ihm sprach, kam es ihr vor, als würde sie schon ihr ganzes Leben vor ihm davonlaufen. Ständig rannte er ihr nach. Wie ein Stalker, nur dass sie sich eingestehen musste, dass sie es mochte, dass er sich um sie bemühte, obwohl sie ihn schon mehrmals stehen gelassen hatte. Eigentlich war es schäbig, sich darüber zu freuen. Was auch immer Cameron wollte, es würde nie funktionieren.

„Das musst du nicht. Ich kann dich beschützen." Jetzt stand er direkt vor ihr. So nah, dass sie seinen warmen Atem auf der Stirn spürte. Den Blick auf sein

Kinn gerichtet, schüttelte sie den Kopf. Sie hätte längst gehen sollen. Cameron hielt sie nicht fest, doch sie wollte nicht weg. Sie wollte nicht allein nach Hause fahren und durch die dunkle Tiefgarage laufen. Vielleicht lauerte der Mann mit der Kapuze ihr dort auf.

Sanft legte Cameron einen Finger unter ihr Kinn und drängte sie, ihn anzusehen. Eine dicke dunkelbraune Strähne hatte sich aus seiner gegelten Frisur gelöst und hing ihm in die Stirn.

„Weißt du, dass ich immer an dich denken muss?"

„Immer?", hauchte sie.

Er lächelte und diesmal leuchteten seine Augen. „Ich hab mir letzte Woche ein scheußliches Sandwich gemacht und mich gefragt, ob du so was essen würdest."

Sie konnte nicht anders, als zu lachen. „Soll ich das als Kompliment nehmen?"

„Das solltest du. Der Gedanke an dich hat mich aufgemuntert."

Wer hätte das gedacht? Der ernste Cameron, den kaum jemand lächeln sah, redete mit ihr über seine Gefühle.

Sein Blick war so intensiv, dass sie sich fragte, ob er in sie hineinsehen konnte. Vielleicht sah er ihre Unentschlossenheit. Vielleicht sah er, wie sehr sie ihn küssen wollte, obwohl so vieles dagegen sprach.

Die Finger ihrer linken Hand strichen leicht über seine Schulter. Der Stoff seines Pullis fühlte sich fest an.

Cameron umfasst ihre Wange mit einer Hand. Seine Lippen näherten sich ihren. April reckte sich ihm entgegen und überwand die letzten Millimeter, die sie voneinander trennten. Ihre Finger umfassten seine Schultern fester. Seine Zungenspitze stieß an ihre Lippen. Er schmeckte nach Schokolade und Kaffee.

Donner grollte. April fuhr zurück und schnappte nach Luft. Besorgt zog Cameron die Augenbrauen zusammen.

„Das ist nur ein Gewitter."

„Ja, ich weiß, aber … ich muss jetzt gehen." Sie wich noch einen Schritt zurück.

Die Verwirrung stand ihm ins Gesicht geschrieben. „Tut mir leid. Ich dachte …"

„Nein, schon gut. Du hast nichts falsch gemacht." Sie war diejenige, die einen Fehler gemacht hatte. Nie hätte sie zulassen dürfen, dass Cameron sie küsste. Das Schlimmste war nicht mal, dass sie ihn geküsst hatte, sondern dass es ihr gefallen hatte.

Ziellos rannte sie über den Parkplatz. Weg von ihm. Schließlich fand sie sogar ihr Auto, stieg ein und verriegelte die Türen von innen, als flüchtete sie vor einem Axtmörder. Die ersten Tropfen fielen. Nur wenige Sekunden später lief eine Sturzflut aus Regen über die Frontscheibe, und ihr blieb nichts anderes übrig, als hier zu bleiben, bis der Regen nachließ. Genug Zeit, um zu bereuen, was sie getan hatte.

***

„Scheiße!"

Mit einem Klirren zerbarst das Glas auf den Küchenfliesen. Hektisch riss April den Unterschrank auf und holte Schaufel und Besen heraus. Auf Zehenspitzen stakste sie zwischen den Scherben herum und beseitigte das Chaos. Das war ganz klar Camerons

Schuld. Hätte er sie nicht geküsst, wäre sie mit den Gedanken nicht ständig bei ihm, sondern bei der Hühnersuppe, die auf dem Herd brodelte und fast überkochte.

Besorgt steckte Mom den Kopf zur Tür herein. „Was ist los, Schatz? Brauchst du Hilfe?"

Warum war sie schon da? Die Suppe sollte eine Überraschung sein.

Mom reckte die Nase in die Luft. „Das riecht aber gut."

„Ich hab alles unter Kontrolle." April verstaute Schaufel und Besen und regelte die Temperatur herunter. „Es ist gleich fertig."

„Ich decke schon mal den Tisch."

„Nein Mom, das geht schon."

„Keine Widerrede. Du kochst immer so lecker. Ich glaube, dass nicht viele Mütter nach der Arbeit nach Hause kommen und von ihren Kindern ein Abendessen vorgesetzt bekommen." Mom lächelte warm und strich ihr über die Wange. Ihre feuchten Locken kräuselten sich. Auch sie hatte der Regen erwischt.

„Ich denke, die Suppe ist genau das Richtige für uns", meinte April mit einem Lächeln.

Gedankenverloren rührte April mit der Spülbürste im Topf, ohne ihn wirklich zu säubern. Nach dem Abendessen hatte Mom sich umgezogen und war zu einer Freundin gefahren, um mit ihr einen Wellnessabend zu machen. Sie machte so etwas viel zu selten. Die meiste Zeit ihres Lebens verbrachte sie in der Arbeit. Oft machte sie Überstunden und kam erst spät heim. Sie tat alles, um nie wieder von irgendwem abhängig zu sein und April einen Lebensstandard zu bieten, der zwar bei Weitem nicht an das herankam, was sie bei Ramon gehabt hatten, doch die Wohnung war groß, klimatisiert und stilvoll eingerichtet. In ihrem Schlafzimmer hatte Mom sich drei hohe Bücherregale aufgestellt, die noch nicht mal zur Hälfte gefüllt waren. Nachdem sie aus Ramons Klauen befreit worden waren, war Mom ein Jahr zu Hause geblieben und hatte das Lesen als Hobby für sich entdeckt, wohl um vor der Realität zu fliehen, doch seit sie arbeitete, las sie kaum noch und die ungelesenen Bücher und leeren Regalbretter staubten ein. Es musste Monate her sein, dass Mom entspannt auf dem Sofa gesessen und in einem Buch gelesen hatte.

Nach der Highschool würde April aufs College gehen, etwas studieren, das viel Geld einbrachte, und so viel arbeiten, dass sie Mom unterstützen konnte.

Das schrille Geräusch der Klingel ging ihr durch Mark und Bein. Mit einem Aufschrei ließ April den Topf fallen. Spülwasser spritzte auf ihr weißes Spitzentop. War Mom etwa schon wieder zurück? Hatte sie etwas vergessen? Oder …? April erstarrte. Konnte es sein, dass …? Nein. Dieser Verrückte mochte wissen, in welchem Haus sie wohnte. Aber wie war er hier reingekommen? Die Haustür war immer verriegelt. Niemand kam ohne Schlüssel herein. Zumindest sollte sie immer verriegelt sein.

Zitternd atmete sie ein, schnappte sich das Messer, mit dem sie das Gemüse geschnitten hatte, und schlich durch den Flur. Sollte dieser Mistkerl versuchen, in die Wohnung einzudringen, würde sie sich nicht kampflos ergeben. Nicht so wie damals bei Ramon.

April Ramirez war kein Mädchen mehr, dass sich unter dem Bett versteckte.

Es klingelte noch einmal. Verdammte Scheiße! Fand er das lustig?

Ihr eigener Herzschlag dröhnte ihr in den Ohren, während sie im Flur stand, den Griff des Messers fest umklammert, und die Tür anstarrte. Einen Moment regte sich nichts. Niemand versuchte, die Tür gewaltsam zu öffnen. Doch im nächsten Moment hämmerte eine Faust gegen das Holz.

„Ich weiß, dass du zu Hause bist. Bitte mach auf." Cameron?

Sie versteckte das Messer hinter ihrem Rücken und hängte umständlich mit einer Hand die Türkette ein und öffnete die Tür so weit wie möglich. Cameron stand im Hausflur, die Hände in den Hosentaschen und schenkte ihr ein richtiges Lächeln. Das, was sonst niemand sehen durfte. Ihr wurde warm bei dem Gedanken, dass dieses süße Lächeln nur für sie war.

„Lässt du mich rein?" Er hob den Saum seines Pullis an. Für den Bruchteil einer Sekunde blitzte ein Streifen nackter Haut auf, bevor er ihn wieder fallen ließ. „Siehst du, ich hab keine Waffe dabei."

Sie lächelte. Cameron grinste. „Aber wie ich sehe, hast du eine."

Erschrocken schnappte sie nach Luft. Eilig ließ sie das Messer in der Schublade einer Kommode verschwinden. „Sorry, ich dachte, es wäre jemand anders."

Camerons Blick wurde ernst. „War er wieder da?"

„Nein, ich hatte nur nicht mit dir gerechnet, und Addy oder Katy hätten vorher angerufen."

„Ich wollte dich nicht erschrecken."

„Das wolltest du auch nicht, als du mich das letzte Mal nach Hause verfolgt hast."

„Lässt du mich jetzt rein?"

„Oh, ähm, natürlich." Sie hängte die Kette aus und öffnete die Tür.

Nach kurzem Zögern trat Cameron über die Schwelle und schlüpfte aus seinen Schuhen.

„Das musst du nicht."

Wieder grinste er sie frech an. „Du hättest wohl nicht gedacht, dass ich so gute Manieren hab."

Sie schaute mit einem belustigten Kichern auf seine Socken. Einer war dunkelblau, der andere hellgrau.

„Du musst mich ja sehr mögen, wenn du mir deine unterschiedlichen Socken zeigst."

Er sah sie nur an. Das Grinsen wollte nicht aus seinem Gesicht verschwinden. „Willst du gar nicht wissen, warum ich hier bin?"

April zuckte mit den Schultern. Vor lauter Schreck, dass Cameron plötzlich vor der Tür stand, hatte sie überhaupt nicht darüber nachgedacht.

„Warum bist du hier?"

Er lachte leise und kam auf sie zu. Er strich ihr mit den Fingerspitzen eine Locke aus der Stirn und küsste sie. Es war ein zarter Kuss. Bevor sie wusste, was geschah, war er vorbei.

Camerons blaue Augen leuchteten wie der Ozean an einem Sommertag. „Weil ich das tun wollte." Sein Daumen fuhr über ihre Oberlippe. „Und weil ich dich um ein Date bitten möchte."

„Um ein Date?" O nein. Das durfte sie nicht zulassen. Niemals konnte sie mit Cameron ausgehen. Das führte zu nichts.

„Ja, um ein offizielles Date. Wir gehen irgendwo hin, wo uns niemand kennt. Bei Mr. Percy könnte uns jemand aus der Schule über den Weg laufen, aber ich will dich nicht teilen." Oje, das Ganze wurde viel zu eng. Viel zu vertraut. Sie musste ganz dringend die Notbremse ziehen.

„Was sagst du dazu?"

„Das wäre toll." Was war nur in sie gefahren? Wie hatten sie innerhalb von zwei Wochen vom Hassen zum Daten kommen können?

„Dann sehen wir uns am Samstag? Ich hol dich ab."

April gab sich geschlagen. Mom wusste sowieso von Cameron. „Ok. Dann am Samstag."

Cameron zog sie in eine Umarmung. Worauf hatte sie sich da bloß eingelassen?

14. KAPITEL

Cameron

„Es ist so still", bemerkte Colin. Mit skeptisch zusammengezogenen Augenbrauen sah er sich um. Zeige- und Mittelfinger berührten den Lauf der Waffe an seinem Gürtel.

Es stimmte. Seitdem Cameron, Wyatt und Chase die Blue Killers mit Schüssen aus ihrem Viertel verjagt hatten, war nichts mehr vorgefallen. Das war jetzt eine Woche her und mit jedem Tag wuchs die Anspannung. Niemand war so blöd zu glauben, dass Brandon seine angeblichen Ansprüche auf das Revier der Street Fighters aufgegeben hatte. Er musste irgendetwas Großes planen. Aus alten Geschichten wusste Cameron, dass das wohl genau Brandons Masche war. Er wartete, bis seine Feinde sich in Sicherheit wiegten und schlug dann hinterhältig zu. Auf diese Weise war schon der eine oder andere Verräter ausgeschaltet worden. Derek ging anders vor. Es gab keine Schonfrist. Wenn er jemanden loswerden wollte, erledigte er es gleich.

„Wahrscheinlich haben sie Schiss bekommen, nachdem ihr dem einen die Beine weggeballert habt." Lucas lachte dreckig, wie ein Kind, das jemandem die Brotzeit geklaut hatte.

„Du weißt es besser", warf Cameron ein. „Oder glaubst du, die lassen sich so was einfach gefallen? Brandon zeigt keine Schwäche. Er überlegt sich was Besonderes für uns und schlägt dann zu."

„Schon klar, aber gönn uns doch diesen einen Erfolg."

Uns. Am liebsten hätte er Lucas an den Kopf geworfen, dass er ja gar nicht da gewesen war, aber es wäre dumm, Streit anzufangen. Solange Brandon sich noch zurückhielt, sollten sie den trügerischen Frieden nutzen.

Derek sagte nichts, als sie ihm das Geld für den Deal überreichten. Er zählte das Geld und nickte anerkennend. Heute hatte es keine Zwischenfälle gegeben. Alle Schulden waren bezahlt.

Mit einer Handbewegung bedeutete Derek ihnen zu gehen. „Cameron!", rief er ihn dann aber scharf zurück, als Colin und Lucas das Zimmer schon verlassen hatten.

Jeder Muskel in seinem Körper spannte sich an. Auch Colin und Lucas drehten sich um.

„Mit euch rede ich nicht. Macht, dass ihr verschwindet."

Dereks scharfer Tonfall ließ sie gehorchen.

„Du wirfst doch ein Auge auf die beiden?" Prüfend musterte Derek ihn.

„Ja."

„Du bist ein bisschen wie Wyatt. Du hast genug Verstand und Disziplin, um nicht wild um dich zu schießen, und genug Härte, um das zu tun, was nötig ist, um unser Revier zu schützen."

Derek brauchte nicht zu erklären, was er damit

meinte. Lucas war zu impulsiv und neigte zu schnellen Wutanfällen, und Colin war zu sensibel. Er brauchte zu lange, um zu entscheiden, ob er schießen sollte.

„Außerdem bist du mein bester Schütze. Enttäusch mich nicht, wenn Brandon zurückschlägt. Und jetzt raus hier."

Bester Schütze. Cameron wusste, wie gut er war. Als er das Schießen gelernt hatte, war er kaum zehn gewesen. Aber war das wirklich alles, was er konnte? Zielsicher auf flüchtende Menschen schießen? Töten? Das war nichts, worauf man stolz sein konnte. Er schoss, um zu überleben, aber er weigerte sich, das als besonderes Talent anzusehen.

Lustlos trottete er die Treppe hinunter, als unten die Haustür mit einem Knall ins Schloss fiel und jemand mit schnellen Schritten die Treppe hochkam. Im Zwischengeschoss drückte Cameron sich in eine dunkle Ecke. Zum ersten Mal freute er sich über die ständig kaputte Lampe. Von seinem Versteck aus beobachtete er, wie ein schwarz gekleideter Mann mit Kapuze an ihm vorbeistürmte, ohne nach links oder rechts zu sehen. Erst hielt er den Kerl für Aprils Stalker, doch der hier war größer und seine Haltung strahlte eine Entschlossenheit und Kälte aus, die Cameron bisher nur in Brandons eisblauen Augen gesehen hatte.

Es hämmerte oben an die Tür. „Derek!", schrie der Kerl mit einer Aggressivität, die Cameron das Blut in den Adern gefrieren ließ.

„Verpiss dich aus meinem Viertel", kam von drinnen die Antwort.

„Du weißt genauso gut wie ich, dass hier alles mir gehört."

„Nichts gehört dir", spottete Derek.

„Du kannst froh sein, dass wir dich und deine jämmerliche Bande leben lassen. Du bist nichts ohne uns und bald wirst du auch nichts mehr haben. Deine Männer werden tot sein oder für uns arbeiten."

Ein abfälliges Lachen drang durch die geschlossene Tür. „Ihr werdet für das bezahlen, was ihr mir angetan habt. Sag das Brandon."

Wieder krachte es, als der Kerl an die Tür hämmerte. „Wenn wir mit euch fertig sind, werden dir deine Lügen auch nichts mehr nützen. Du hast kein Recht, hier zu sein. Wir hätten dich damals schon töten sollen, aber verlass dich darauf, dass wir uns bald zurückholen werden, was uns gehört. Ein für alle Mal."

Wer war dieser Typ, der Derek drohte? Es war offensichtlich, dass er bei den Blue Killers etwas zu sagen hatte.

„Du bist bald weg vom Fenster. Das ganze Land sucht dich."

Der Kerl stieß ein überhebliches Lachen aus. „Noch mal werden die Cops mich nicht erwischen. Diese Lappen haben Angst vor mir. Sie werden nicht kommen und dir helfen, wenn du vor mir um Gnade winselst. Aber die wirst du nicht bekommen. Du bist so gut wie tot."

Derek antwortete nicht. Eine Kälte, die nichts mit der kühlen feuchten Luft im Flur zu tun hatte, ergriff Besitz von Cameron. Es gab keinen Zweifel: Dieser Mann war Ramon. Der gewissenlose Drogenboss. Der Mann, der zehn Jahre lang seine Frau und seine Tochter in seiner Villa eingesperrt und misshandelt hatte. Brandons Boss. Dieser Mann hatte Macht, Geld und Kontakte zu den mächtigsten Kokainhändlern in den Staaten und Mexiko. Es war bitter, sich das einzugestehen, aber solange dieses Ungeheuer auf freiem Fuß war, hatte Derek keine Chance, diesen Krieg zu gewinnen.

***

Chase schlug ihm so hart auf die Schulter, dass die Cola in Camerons Glas überschwappte und klebrig über seine Finger lief.

„Was soll der Scheiß?"

„Irgendwas stimmt doch nicht mit dir. Du starrst vor dich hin wie ein dementer Greis."

Cameron schnaubte. „Du spinnst doch."

„Du spinnst. Jetzt sag, was los ist. Hat es was mit den Blue Killers zu tun? Hat dir einer gedroht?" Chase ballte die Hände zu Fäusten. „Ich schwör dir, ich puste jeden dieser Schlappschwänze aus, der mir über den Weg läuft."

Schlappschwänze. Wenn der wüsste. Die Blue Killers hatten den mächtigsten, brutalsten Mann in ganz Florida auf ihrer Seite. Ein Mann, der fest entschlossen war, sein kriminelles Imperium zu retten. Derek dagegen war ein Mann, der allein eine Gang anführte, deren Revier in den letzten Jahren geschrumpft war und nicht mal mehr ein Haupt-quartier hatte. Er war skrupellos und einschüchternd. Er ging über Leichen, doch er hatte niemanden wie Ramon an seiner Seite. Wenn Ramon wollte, konnte er ihnen wahrscheinlich den Zugang zu Kokain wegnehmen, und wenn das passierte, waren sie wirklich nur noch ein Haufen verzweifelter Gangster, die nichts anderes tun konnten, als mit Waffengewalt ihre eigenen Ärsche zu retten.

Aber das konnte er Chase nicht sagen. Er durfte es niemandem sagen, denn es würde ihm als Verrat ausgelegt werden. Als angesehenes Mitglied der Street Fighters war er Derek zu Loyalität verpflichtet. Egal wie aussichtslos die Lage war. Er würde kämpfen bis zum bitteren Ende.

„Lass das lieber. Solange sie uns in Ruhe lassen, sollten wir sie nicht provozieren."

„Du hast doch nicht etwas Schiss? Willst du dich wieder verstecken so wie beim letzten Mal?"

Wut stieg in Cameron auf. Warum wollte ihn jeder als Feigling abstempeln? Er knallte sein Glas auf den Tisch. Noch mehr Cola schwappte über und verteilte sich auf dem hässlichen zerkratzten Tisch. „Ohne mich hätten diese Schweine dich und Wyatt abgeknallt. Vergiss das nicht."

Entschuldigend hob Chase die Hände. „Schon gut, Mann. Ich weiß ja wie gut du bist, aber ruh dich nicht darauf aus."

„Ich muss noch Hausaufgaben machen."

Cameron ließ ihn stehen und schloss sich in seinem Zimmer ein. Es beunruhigte ihn, wie oft er und Chase sich in letzter Zeit in die Haare gerieten. Früher war Chase sein Held gewesen. Sein Beschützer. Inzwischen kam es ihm eher so vor, als wären sie Rivalen.

Sein Blick fiel auf das Wirtschaftsbuch, das auf dem Bett lag. Fast schon trotzig schlug er es auf und vertiefte sich in die Aufgaben.

Wie sehr er dieses Leben hasste, nie zu wissen, ob er den nächsten Tag überleben würde, immer eine Waffe mit sich herumtragen zu müssen. Ein guter Schulabschluss war seine einzige Chance, auch wenn Chase gerne Witze darüber machte. Die Street Fighters würde es nicht mehr lange geben. Da brauchte man sich nichts vormachen. Seine Zukunft waren weder Drogen noch sinnlose Schießereien. Er wollte studieren, sich etwas eigenes aufbauen. Egal wie. Egal was. Alles war besser, als sein restliches Leben in dieser hässlichen Bude zu hocken und sich seinen Lebensunterhalt illegal zu verdienen.

Die Bewerbungsfrist für die meisten Colleges endete im März, in einem halben Jahr. Das Schuljahr hatte erst vor ein paar Wochen begonnen. Seine ersten Tests waren nicht allzu schlecht ausgefallen. Ein Stipendium war die einzige Chance, die er hatte und er würde alles dafür tun, um das zu bekommen. Für sich und für April, denn wenn er eine Zukunft hatte, konnte ihn nichts und niemand davon abhalten mit ihr zusammen zu sein.

15. KAPITEL

April

„Du musst mir dann unbedingt erzählen, wie es war", kreischte Katy begeistert in den Hörer. April hielt das Handy von sich weg. Sie wollte nicht taub zu ihrem Date mit Cameron erscheinen. Ihr Date mit Cameron. Sie musste eindeutig verrückt sein. Innerhalb kürzester Zeit hatte sie ihre Null-Dating-Strategie hingeschmissen, um mit dem Mann auszugehen, der am allerwenigsten in Frage kam.

„Ach Katy, soll ich da wirklich hingehen?"

„Natürlich gehst du hin. Der heißeste Junge der Schule, der sich für niemanden interessiert, will sich mit dir treffen. Obwohl du ihn hasst." Katy kicherte. „Wenn das keine Liebe ist, weiß ich auch nicht."

„Ich hasse ihn nicht. Das hab ich nie." Es stimmte. Dass sie Cameron hasste, hatte sie sich bloß eingeredet. So wie sie sich ständig Dinge einredete, um keine Angst zu haben. Es hatte nur eine Weile gedauert, sich das einzugestehen.

„Natürlich nicht, Süße. Wie kann man Cameron hassen. Er ist heiß und geheimnisvoll. Die, die sich unnahbar geben, sind immer interessant. Wer weiß, vielleicht gehört er zu einer streng geheimen Organisation und wird dir sein Geheimnis anvertrauen."

„Jetzt wird´s aber lächerlich." Dass die Gerüchte über Cameron scheinbar tatsächlich zum Teil der Wahrheit entsprachen, würde sie Katy nicht sagen. Sie würde ausflippen, wenn sie erfuhr, dass Cameron eine Waffe mit in die Schule gebracht hatte, es allen erzählen und eine dramatische Geschichte dazu erfinden. Das konnte sie Cameron nicht antun. Was für Probleme auch immer er hatte, er würde sie da nicht mit hineinziehen. Er hatte versprochen, sie zu beschützen, und wenn sie dieses Date nicht kurzfristig absagen wollte, musste sie ihm vertrauen.

„Was hast du an?", wechselte Katy abrupt das Thema. Endlich etwas Unverfängliches. Über Mode konnte Katy stundenlang reden.

April drehte sich vor dem bodentiefen Spiegel. Es war nicht schwer gewesen, sich für ein Outfit zu entscheiden. Da sie kaum etwas besaß, das wirklich sexy war, bestand nicht die Gefahr, dass sie sich zu freizügig gab. Etwas sagte ihr, dass Cameron das nicht ausnutzen würde, aber das mulmige Gefühl blieb. Sie wollte keine falschen Signale aussenden.

„Die schwarze Jeans und die rote Bluse. Die mit den Rüschen an den Ärmeln."

Sie zupfte an den kurzen Ärmeln, die gerade so die Schultern bedeckten. Die beiden oberen Knöpfe ließ sie offen, sodass sie wenigstens ein bisschen Dekolleté zeigte. Auf keinen Fall wollte sie wie ein zugeknöpftes graues Mäuschen aussehen, denn das war sie nicht.

„Du siehst bestimmt toll aus. Vergiss den Schmuck nicht."

„Ist schon erledigt." Mit einem verträumten Lächeln berührte sie den Anhänger ihrer Kette. Ein grauschwarzer, glänzender Schlüssel. Schlichten Schmuck liebte sie. Auf Partys trug sie meistens etwas Auffälliges mit Glitzer oder Fake Diamanten, aber für Cameron würde sie sich nicht verstellen. Im Grunde war dieses Date auch ein Test, ob er sie wirklich so akzeptierte, wie sie war. Und wenn es so war? Konnten sie dann zusammen sein? War es wirklich so einfach?

„Ich wünsch dir viel Spaß, mein Schatz. Du wirst unserem Cameron den Kopf verdrehen." Katy machte ein übertriebenes Schmatzgeräusch und lachte. Dann legte sie auf.

Inzwischen war es fast drei. In fünf Minuten würde Cameron vor der Tür stehen. Ganz offiziell. Mom war da und würde ihn kennenlernen. Darauf hatte sie bestanden. Sich aus dem Haus zu schleichen, war also keine Option.

Kurz überprüfte sie ihre Frisur und ihr Make-up, und hängte sich dann ihre kleine schwarze Tasche mit dem silbernen Verschluss über die Schulter.

Die Wohnzimmertür stand offen. Mom saß auf dem Sofa, den Laptop auf dem Schoß. Sie arbeitete. Am Wochenende. Schon wieder.

„Hey Mom."

„April." Sie legte den Laptop neben sich, klappte ihn aber nicht zu. „Die Bluse steht dir wirklich gut. Ich hab sie noch nie an dir gesehen."

„Das liegt daran, dass ich sie noch nie anhatte." Cameron war der Erste, der sie sehen würde.

„Du siehst wunderschön aus." Mom stand auf und

kam zu ihr. „Sei anständig und mach nichts, was du nicht willst."

Nicht so wie ich, sagte ihr besorgter Blick. Nach dem, was sie erlebt hatte, musste es wahnsinnig schwer für sie sein, ihre Tochter einem fremden Mann anzuvertrauen. Aber auch April hatte aus der Geschichte mit Ramon etwas gelernt. Es gab eine Grenze. Unter keinen Umständen würde sie zu Cameron nach Hause gehen. Dass er am Donnerstag in der Wohnung gewesen war, hätte schon nicht sein dürfen. Egal wie sehr sie darauf vertrauen wollte, dass Cameron keine bösen Absichten hatte, durfte sie nicht nachlässig werden. Er hatte ihr versprochen, dass sie sich an einem öffentlichen Ort aufhalten würden, an dem sie wahrscheinlich niemanden aus der Schule treffen würden, und auf nichts anderes würde sie sich einlassen.

„Mach dir keine Sorgen. Wir gehen nur irgendwo essen und danach bringt Cameron mich wieder nach Hause."

„Ich möchte nicht, dass du so lange bleibst. Spätestens um acht bist du wieder zurück."

Um acht. Das waren fünf Stunden. Also mehr als genug Zeit, um ein bisschen was über Cameron herauszufinden.

„Von mir aus."

Es klingelte. Ihr Herz raste in einer Mischung aus Freude und Aufregung. Sie ging zur Tür und öffnete. Cameron strahlte sie aus seinen blauen Augen an.

„Hey, du siehst toll aus."

„Wow, du auch." So hatte sie ihn noch nie gesehen. Er trug ein schlichtes weißes Poloshirt und eine dunkelblaue Jeans. Die sonst so staubigen Nikes, die er immer trug, hatte er offensichtlich geputzt, denn sie sahen aus wie neu.

Mit einem verlegenen Lachen zupfte er am Kragen seines Shirts. „Das gehört meinem Dad." Offensichtlich fühlte er sich nicht allzu wohl darin, aber er hatte sich Mühe gegeben und sich herausgeputzt.

„Steht dir gut. Du solltest so was öfter tragen."

„Haha."

Lachend gab sie ihm einen Klaps auf die Schulter. „War nur Spaß. Du musst meinetwegen nichts anziehen, was dir nicht gefällt."

Cameron grinste. „Ehrlich gesagt hab ich es für deine Mom angezogen."

„Das weiß ich zu schätzen", warf Mom ein, die wohl schon länger im Flur stehen musste.

„Ich werde sie gut behandeln", versprach Cameron.

„Da bin ich mir ganz sicher. Und ich möchte, dass ihr um acht wieder zurück seid. Nur für den Fall, dass April es dir nicht sagt."

„Mom, ich bin kein kleines Kind."

„Deshalb hab ich ja meine Zweifel." Moms liebevolles Lächeln entschärfte ihre Worte.

April packte Cameron am Ellbogen. „Komm, lass uns gehen, bevor sie dich einem Verhör unterzieht."

„Viel Spaß ihr zwei und denkt an unsere Abmachung."

„Bis später, Mom."

Sie zog Cameron über die Türschwelle und stieß die Tür mit dem Fuß an, sodass sie ins Schloss fiel.

„Geschafft. Jetzt lass uns verschwinden."

Auf der Straße vor dem Haus stand ein riesiger schwarzer Pick-up, der ihr sehr bekannt vorkam.

„Wow, das ist …"

„Ja, es ist Colins Auto. Er hat es mir geliehen, damit ich dich abholen kann, wie es sich gehört."

April grinste. „Ich wusste gar nicht, dass du einen Führerschein hast. Ich hab dich noch nie fahren sehen."

„Sei nicht so frech. Natürlich hab ich einen Führerschein. Ich muss nur noch auf ein Auto sparen."

„Auf was für ein Auto sparst du?"

Verlegen zuckte Cameron mit den Schultern. „Irgendeins. Ich bin nicht unbedingt ein Experte, was Autos angeht."

Er hielt ihr die Beifahrertür auf und wartete, bis sie eingestiegen war. Dann setzte er sich hinters Lenkrad.

„Gibt es etwas, worin du ein Experte bist?"

Seine Hände umklammerten das Lenkrad. Die Schultern waren angespannt, als wäre ihm die Frage unangenehm.

„Ehrlich gesagt, weiß ich es nicht. Ich hatte bis jetzt keine Zeit, mich auszuprobieren."

„Wirklich nicht? Aber du machst doch bestimmt etwas, wenn du von der Schule nach Hause kommst."

Cameron startete den Motor und fuhr aus der Parklücke. „Du bist die Erste, die mich sowas fragt, aber ich hab keine Ahnung, was ich will. Ich kann sowieso nur aufs College gehen, wenn ich ein Stipendium bekomme."

Nach dem, was Cameron erzählt hatte, musste er aus einer ziemlich üblen Gegend stammen. Aber hatte er tatsächlich so wenig Hoffnung, dass er es nicht wagte, Träume zu haben? Seit sie Ramons Haus entkommen war, wusste sie, dass sie etwas aus ihrem

Leben machen wollte. Nie würde sie ihr Geld mit illegalen Geschäften verdienen oder sich von irgendwem abhängig machen.

„Weiß du, was du machen willst?" Er schaute kurz zu ihr, bevor er den Blick wieder auf die Straße richtete. Sie fuhren parallel zur Strandpromenade. Wo er sie wohl hinbrachte?

„Ich koche gerne. Und ich möchte etwas weitergeben. Ich hab mir mal überlegt, Kochkurse für Kinder und Jugendliche aus schwierigen Verhältnissen zu geben. Damit sie etwas haben, das sie tun können. Etwas Sinnvolles. Ich könnte die Kurse einmal pro Woche in meinem eigenen Restaurant anbieten."

Es war das erste Mal, dass sie es aussprach, und plötzlich fühlte es sich sehr real an. In diesem Moment war sie sicher, dass sie genau das tun wollte. Sie würde nicht nur ihre Leidenschaft zum Beruf machen, sondern auch etwas weitergeben.

„Wow, das klingt toll. Du hast dir richtig Gedanken gemacht. Kochst du schon immer gern?"

In ihrem Kopf blitzte das Bild eines verängstigten Mädchens auf, das in einer fremden Wohnung auf dem Sofa kauerte. Mom und Logan waren da. Und der Mann, dem die Wohnung gehörte. Logans bester Freund Matt. Ohne ihn hätte sie nie angefangen, zu kochen, und würde sich wahrscheinlich immer noch vor dem Leben verstecken.

„Seit ich elf bin. Ein Freund meines Onkels ist Koch. Ein ziemlich guter sogar. Wir treffen uns oft bei ihm zum Kochen. Mit Logans Frau. Manchmal ist auch Julian da. Mein anderer Onkel. Wenn es seiner Frau und der Kleinen gut geht. Seine Tochter ist oft krank. Nicht schlimm, aber …"

Sie verstummte. Warum plapperte sie so viel? Als ob Cameron sich für ihre Verwandtschaft interessierte.

„Ehrlich gesagt würde ich auch gern kochen lernen. Ich kann es nicht besonders gut. Du weißt schon, das gruselige Sandwich."

April stimmte in sein seltenes Lachen ein. „War es wirklich so schlimm?"

„Extrem widerlich. Ich musste es wegschmeißen. Aber eine Sache hab ich gelernt: Mayonnaise macht nicht alles besser." Wieder lachte er sein warmes Lachen, und April wünschte sich, er würde es öfter tun.

„Ich bin eine ziemlich gute Köchin. Wir sollten uns dringend mal zum Kochen treffen, bevor du dich mit deinen seltsamen Kombinationen noch vergiftest."

„Wenn du schon unser nächstes Date planst, gehst du wohl davon aus, dass es heute richtig gut wird."

„Daran hab ich keine Zweifel", sagte April und es stimmte. Mit keinem anderen Jungen hatte sie sich je so offen unterhalten. Es war immer seltsam gewesen, aber nicht mit Cameron. Für ihn musste sie sich nicht verstellen.

Auf der restlichen Fahrt versuchte sie aus Cameron herauszuquetschen, wo sie hinfuhren, doch er bestand darauf, dass es eine Überraschung sein sollte.

„Der Laden ist nicht gehypt unter Highschool-Kids, weil er zu weit weg von der Schule ist, aber das Essen da ist der Hammer. Du wirst es lieben."

„The Sweet Life?" Mit hoch gezogenen Brauen sah sie Cameron an. „Ein Süßigkeitenladen?"

„Nein, kein Süßigkeitenladen. Ein Café, in dem du alles bekommst, wovon du je geträumt hast."

„Woher weißt du, wovon ich träume?"

„Vielleicht von ausgefallenen Eissorten, Freak-Shakes und Waffeln mit einer Extraportion Schlagsahne und Zuckerstreuseln?"

„Wow, ich wusste gar nicht, dass du auf dieses Candyland-Ding stehst. Das ist ja echt kitschig." Kichernd schlug sie ihm gegen den Arm.

„Lach nur. Später wirst du dich bei mir bedanken, dass ich dich hergebracht hab."

Immer noch skeptisch folgte sie Cameron in den Laden. Die Inneneinrichtung war nicht so märchenhaft kitschig, wie sie befürchtet hatte. Die rechteckigen Tische waren weiß und auf Hochglanz poliert. Darum herum standen gepolsterte Stühle in weiß und hellrosa. An die Wände waren lebensgroße Zuckerstangen, Bonbons und bunte Lollis gemalt, aber April musste sich eingestehen, dass die Zeichnungen stilvoll waren. Nicht knallbunt, sondern in Pastellfarben. Der ganze Laden sah aus wie ein Mädchenparadies, und die meisten Gäste waren auch weiblich. Bis auf eine Mutter mit zwei kleinen Jungs, und ein Pärchen, das sich über zwei Eisbecher hinweg anstrahlte. Wahrscheinlich war der Besuch ihre Idee gewesen. April konnte nicht glauben, dass Cameron in dieses rosa Paradies hatte kommen wollen. Glaubte er etwa, sie wäre die Art Mädchen, die auf so etwas abfuhr?

Ein leises, hysterisches Lachen kam über ihre Lippen. „Bitte sag mir nicht, dass du schon mal allein hier warst. Das halte ich nicht aus. Der coole Cameron, den alle für einen Gangster halten, allein in einem rosa

Café zwischen lauter kleinen Mädchen." Ihre Augen tränten vor Lachen. Ein paar Leute sahen sie verstört an. „Bitte lass uns gehen. Das ist so peinlich."

„Nein." Cameron nahm sie am Handgelenk. „Ich will dir beweisen, wie gut das Essen hier ist."

„Das ist kein Essen, Cam. Das sind Süßigkeiten. O Mann, du brauchst ganz dringend einen Kochkurs." April wischte sich über die feuchten Augen.

„Wenn du mir jetzt vertraust, lass ich mich darauf ein."

Und Cameron hatte nicht übertrieben. Das Angebot war überwältigend. Es gab alles, was sich Süßigkeiten-fans auch nur vorstellen konnten. Sogar Sonderwün-sche wurden erfüllt. Sie bestellte einen Pfannkuchen mit geschmolzener weißer Schokolade, Marshmallows und Erdbeersoße. Cameron entschied sich für einen Schokomilkshake mit viel Sahne und Minibrownies, mit Schokobrezeln als Topping.

April biss in ihren Pfannkuchen und war über-rascht von der Kombination aus weißer Schokolade und Erdbeeren. „Also gut, ich nehme alles zurück, was ich über diesen Prinzessinnen-Albtraum gesagt hab. Das ist das beste Dessert, das ich je gegessen hab."

Cameron lächelte. Ein Schaumbart zierte seine Oberlippe, aber sie würde sich hüten, ihn darauf hinzuweisen. Es sah einfach zu süß aus.

„Das ist kein Dessert. Es ist die Hauptmahlzeit."

„O nein. Die Hauptmahlzeit gibt es nächste Woche bei mir."

„Du hast schon einen Termin für unser zweites Date festgelegt, obwohl ich dich heute so quäle?", neckte er sie. „Ich zwinge dich, einen superleckeren

Pfannkuchen zu essen, mit einem Kerl, der nur Augen für dich hat. Schlimmer geht es fast gar nicht."

„Du hältst dich wohl für unwiderstehlich." Sie warf einen Marshmallow auf ihn, doch er landete stattdessen auf dem Sahnehäubchen in seinem Milkshake.

„Du musst zugeben, dass die Idee toll war. Ich wette, du willst die anderen Pfannkuchen auch noch probieren."

Verstohlen schielte sie zu der Speisekarte, die an der Wand über dem Tresen hing. Die Bilder und Namen darauf waren verlockend. Cameron hatte sie tatsächlich von diesem kitschen Laden überzeugt. Katy würde das Design des Cafés lieben und Addy die Waffeln. Vielleicht konnte sie die beiden mal für einen Nachmittag vom Mr. Percy weglocken.

„Es gibt Themensonntage."

„Themensonntage?"

„Ja. Meerjungfrauen, Disney, Star Wars, Superhelden. Sachen, auf die Kinder und Erwachsene abfahren."

„Du Idiot." Halbherzig warf sie noch einen Marshmallow, der vor ihm auf dem Tisch liegen blieb. Cameron steckte ihn sich in den Mund und schlürfte den Rest seines Milkshakes.

„Jetzt zeig ich dir noch den schönsten Strandabschnitt von Blue Water. Ganz ohne Touristen."

***

Cameron hatte nicht zu viel versprochen. Der Strand lag fast leer vor ihnen. Außer ein paar Menschen, die in der Gegend wohnten, und den Besuchern der umliegenden Cafés war niemand hier. Es gab nicht mal eine Strandbar. Nur weichen Sand und das Meer, das heute fast so glatt war wie ein See. Aprils Hand lag in Camerons. Es fühlte sich so natürlich an und doch ungewohnt. Dass sie ihn früher gehasst hatte, kam ihr plötzlich so unwirklich vor. Aber das hatte sie ja nicht. Sie hatte ihn nur nicht richtig gekannt. Das war alles.

„Du hast mich vorhin Cam genannt. Hat das was zu bedeuten?"

April riss den Blick von den sanften Wellen und dem blauen Horizont los. „Was?" Sie schaute in Camerons lachendes Gesicht. Seine Augen strahlten. Daran würde sie sich schneller gewöhnen als an die Küsse und daran, seine Hand zu halten.

„Als du mir erklärt hast, dass Süßigkeiten kein richtiges Essen sind."

„Weil es so ist. Kein Mensch kann nur von Zucker leben."

„Aber es kann auch kein Mensch ohne Zucker leben. Außerdem lenkst du vom Thema ab."

Sie kicherte. Das wurde wohl langsam zur Gewohnheit. „Einen Versuch war´s wert."

Cameron zog sie in seine Arme. Sie spürte seine festen Muskeln an ihrem Rücken. Genau wie an dem Tag, an dem er sie zum ersten Mal nach Hause begleitet hatte, fühlte sie sich beschützt.

„Es ist mir gar nicht aufgefallen", gestand sie.

„Das ist gut. Wir sollten nicht so viel über uns nachdenken, sondern einfach …" Er drehte sie in seinen Armen um, sodass sie ihn ansehen konnte.

„… zusammen sein", hauchte er an ihren Lippen, bevor er seine auf ihre legte. Sie drückte sich noch enger an ihn, falls das überhaupt möglich war, und ließ die Fingerspitzen durch seine dunklen Haare gleiten. Camerons Hände wanderten an ihre Hüften und streichelten sie.

„Cam." Sie legte ihre Stirn an seine.

„Du hast es schon wieder gesagt."

„Ja." Sie lächelte an seinen Lippen.

„Nenn mich immer Cam. Bitte. Wenn du es nicht tust, weiß ich, dass irgendwas nicht stimmt."

„Das ist ein guter Deal."

In einem Diner in der gleichen Straße kauften sie sich zwei Waffelwraps mit Avocado und Spiegelei, die sie am Strand aßen. Die Zeit verging rasend schnell. Viel zu früh mussten sie sich auf den Heimweg machen.

April betrachtete die vorbeiziehenden Häuser und Geschäfte. Die Menschen, die die Straßen bevölkerten. Cameron machte einen kleinen Umweg und fuhr ein Stück an der Promenade entlang. Hier war es so voll wie immer. Eigentlich liebte April die Promenade, doch nach dem Tag mit Cameron konnte sie sich nicht mehr vorstellen, mit ihm hierherzukommen. Der Strand ganz am Rand von Blue Water war ihr Strand. Selbst das *Sweet Life* war nicht so schlimm, wie sie zuerst geglaubt hatte. Sie war kein Mädchen, das rosa und Glitzer liebte, und Cameron wusste das. Er hatte sie einfach nur überraschen wollen und er hatte verdammt recht gehabt. Das Essen dort war köstlich.

Um Punkt acht erreichten sie ihr Ziel. Als April sich abschnallte und die Tür öffnen wollte, langte Cameron über die Mittelkonsole und legte seine Hand auf ihre.

„Warte. Lass mich den Gentleman spielen."

Lachend schüttelte sie den Kopf. „Hast du das wirklich nötig?"

„Nur dieses eine Mal. Damit unser Date perfekt ist."

„Na gut. Für dein Ego."

„Hey. Pass auf. Sonst schließ ich dich mit mir hier ein." Er zog ihren Kopf an seine Brust. Spielerisch schlug sie nach ihm.

„Meine Mom könnte uns sehen." Widerwillig löste sie sich aus seinen Armen. „Los, du Gentleman. Mach mir die Tür auf, damit ich hochgehen kann."

„Jawohl, meine Lady."

„Übertreib es nicht."

Cameron stieg aus, ging um den Wagen herum und öffnete die Beifahrertür. Dabei grinste er bis über beide Ohren.

„Mylady."

„Ich bin keine Lady." April zeigte ihm den Stinkefinger, was Cameron in schallendes Gelächter ausbrechen ließ.

„Das seh ich. Deine Erziehung lässt zu wünschen übrig."

„Lass das nicht meine Mom hören."

„Ich glaube, sie sieht aus dem Fenster."

„Was?" Ihr Kopf ruckte nach oben zum Küchenfenster, das zur Straße rausging. Nichts regte sich.

„Du Idiot, da ist niemand."

„Ich wollte nur sehen, wie du reagierst."

Sie zerzauste ihm die Haare. „Sei lieb zu mir. Du willst doch, dass ich dir kochen beibringe, oder?"

„Nächsten Sonntag?"

„Nächsten Sonntag."

Er drückte ihr einen Kuss auf die Lippen. „Wir sehen uns am Montag in der Schule."

„Dann bis Montag."

Langsam löste sie sich von ihm und ging rückwärts zur Haustür. Cameron winkte ihr, bevor sie im Haus verschwand. In sechsunddreißig Stunden würde sie ihn wiedersehen und diese Zeitspanne kam ihr unendlich lang vor.

Mom fragte sie nicht aus, sondern wollte nur wissen, ob alles in Ordnung gewesen war.

„Es war toll. Er ist toll."

„Das freut mich. Ich hab immer gewusst, dass du irgendwann den Richtigen treffen würdest."

Cam sollte der Richtige sein? Konnte man das mit siebzehn überhaupt wissen? Darüber wollte sie sich keine Gedanken machen. Cameron war süß. Er war nett und zuvorkommend. Er brachte sie zum Lachen. Im Moment zählte weder die ungewisse Zukunft noch ihre Vergangenheit, die immer ein Teil von ihr sein würde. Solange sie mit Cameron zusammen war, zählte nur das Jetzt.

16. KAPITEL

Cameron

„Du datest die Kleine?" Lucas sah ihn über seinen Kaffeebecher hinweg aufmerksam an.

„Ich hab dir doch gesagt, dass sie dich mag", schaltete sich Colin ein, der ihn zuvor die ganze Zeit über mit einem verschmitzten Grinsen angesehen hatte.

„Natürlich ist sie scharf auf ihn. Das war doch von Anfang an klar."

„Sie ist ganz anders, wenn man sie richtig kennenlernt."

Lucas lachte. „Du meinst, man kann sie doch flachlegen?"

Colin gab ihm einen Klaps auf den Hinterkopf. „Lass den Scheiß."

„Ich werde sie nicht flachlegen", stellte Cameron klar. April war niemand, der Vertrauen einfach so verschenkte. Sie sah etwas in ihm. Etwas, das wahrscheinlich nicht mal er selbst sehen konnte. Aber es hatte sie dazu gebracht, sich ihm zu öffnen, und das würde er nicht kaputt machen, indem er sich wie ein Kerl benahm, der nur Sex im Kopf hatte.

„Du willst nicht mir ihr schlafen? Was ist los mit dir, Mann? Die Kleine ist heiß und du bist der Auserwählte." Vor lauter Empörung fuchtelte Lucas mit seinem Becher herum und verteilte Kaffeespritzer auf dem Tisch. Am Nebentisch lachte jemand leise. Die Mitarbeiterin hinter dem Tresen schaute kurz neugierig zu ihnen herüber, bevor sie den nächsten Kunden bediente.

„Halt die Schnauze. Im Leben geht's nicht immer nur um Sex. Außerdem ist April keine Trophäe."

„Aber wo soll das Ganze hinführen, wenn ihr nie Sex haben wollt?", fragte Lucas verständnislos. War er schon immer so primitiv gewesen?

„Sie wollen nicht nie Sex haben, du Idiot. Nur nicht beim zweiten Date."

Wenigstens Colin war auf seiner Seite. Er war schon immer der Sensibelste von ihnen gewesen. Wenn nicht die Gang sein Leben bestimmen würde, wäre er der perfekte Freund für jedes Mädchen, dass sich einen treuen, einfühlsamen Mann wünschte.

Lucas stürzte seinen restlichen Kaffee hinunter und sprang auf. „Ich muss los. Mich ein bisschen verausgaben. Bevor ich so prüde ende wie ihr." Im Gehen klopfte er Cameron auf die Schulter. „Viel Glück bei deinem Zölibat."

Kopfschüttelnd sah Colin ihm nach. „Wird das jetzt zur Gewohnheit?"

„Lass ihn. Er wird schon irgendwann merken, dass es ihn nicht glücklich macht." Natürlich würde er das nicht. Bis zur Einweisung in die Klinik war Camerons Dad ein Playboy gewesen, der wohl, hätte man ihn eine Stunde später gefunden, an einer Überdosis gestorben wäre. Wie Casey. Aber das brauchte er Colin nicht zu erzählen. Und Lucas erst recht nicht. Er musste seine eigenen Erfahrungen machen.

***

Die Zeit bis zum nächsten Wochenende erschien ihm endlos. April nur in der Schule zu sehen und sie im Flur oder auf dem Parkplatz kurz in die Arme zu ziehen, reichte nicht. Er fühlte sich leer, wenn er abends mit Colin und Lucas im Mr. Percy oder allein zu Hause saß. Doch er durfte April nicht zu mehr drängen. Wenn er ihren Freiraum nicht respektierte, würde sie sich vielleicht wieder zurückziehen.

Am Samstag suchte er zusammen mit Lucas ein Junkie-Pärchen auf, das nicht zahlen wollte. Lucas, der mal wieder voller aggressiver Energie war, machte bereitwillig die Hauptarbeit, während Cameron mit erhobener Waffe und düsterem Blick danebenstand. Nach unzähligen Schlägen und Tritten waren sie schließlich doch bereit, das Geld rauszurücken.

Obwohl Cameron sich diesmal nicht die Hände schmutzig gemacht hatte, fühlte er sich schäbig. Dieselben Hände, die Aprils perfekt geformte Hüften streichelten und ihre dicken Locken berührten, hielten eine Waffe umklammert, feuerten Schüsse ab und nahmen das Geld entgegen, das Derek mit seinen kriminellen Geschäften verdiente. Das Geld, mit dem Chase die Wohnung bezahlte.

Ob April etwas wusste? Die Gerüchte hielten sich hartnäckig. April musste davon wissen. Aber vielleicht glaubte sie den Gerüchten nicht oder sie waren ihr egal. Was auch immer sie glaubte oder wusste, er durfte nicht zulassen, dass ihr etwas passierte. Er musste seine Welt von ihr fernhalten.

„Gut, dass du heute Abend weggehst", sagte Chase. „Dann hab ich die Wohnung für mich.

„Vergnüg dich ruhig, aber denk daran, dass ich irgendwann wieder heimkomme."

Cameron schnappte sich die Tasche mit den Lebensmitteln und hängte sie sich über eine Schulter. Er hatte hartnäckig darauf bestanden, ein Gericht auszusuchen und die Zutaten mitzubringen. Auch diesmal würde April ihm vertrauen müssen. Wenn sie ihm schon das Kochen beibringen wollte, sollte es etwas geben, das er mochte.

„Kochst du ab jetzt auch für mich?" Hoffnungsvoll schielte Chase auf die Tüte.

Cameron grinste. „Frag doch eine von deinen Freundinnen. Eine kann bestimmt kochen."

„Meine Frauen haben andere Qualitäten.

„Dann musst du dich mit Tiefkühlpizza begnügen."

***

„Mal sehen, ob du was Vernünftiges mitgebracht hast." April stellte die Tüte auf die Arbeitsplatte und räumte sie aus.

„Salat, Tomaten, Schmelzkäse." Kritisch beäugte sie die Packung Toast und die Tube Mayonnaise. „Ist das dein Ernst? Du willst Sandwiches machen? Ich dachte, du willst kochen lernen."

Er zuckte mit den Schultern. „Wie du weißt, kann ich nicht mal ein essbares Sandwich machen. Wir sollten klein anfangen."

„Aber du weißt schon, dass das mit Kochen nichts zu tun hat."

Er hatte geahnt, dass sie von dem Teil mit den Sandwiches nicht allzu begeistert sein würde, doch Teil zwei seines Plans würde ihr gefallen.

„Du hast ja noch gar nicht alles gesehen."

Sie packte den Rest aus. Milch, Eier, Sahne. Ihre Miene hellte sich auf, als sie eine Tafel weiße Schokolade und eine Box mit Erdbeeren aus der Tüte fischte. Sie lächelte breit und schlag ihm die Arme um den Hals.

„Du bist unglaublich."

„Ich hab nicht vergessen, dass du diesen Pfannkuchen geliebt hast", murmelte er in ihr Haar und atmete ihren blumigen Duft ein.

„Selbst gemacht schmecken sie bestimmt noch viel besser. Vor allem, wenn du so eine begabte Köchin wie mich an deiner Seite hast."

Cameron hob sie hoch und setzte sie vor sich auf die Arbeitsplatte. „Vielleicht bin ich dann bald so weit, dass ich dich mit einem leckeren Frühstück überraschen kann."

Sie lachte amüsiert. „Aber das darfst du mir doch nicht sagen, wenn es eine Überraschung sein soll."

Er wickelte sich eine ihrer Locken um die Finger. „Du weißt ja nicht wann."

April griff nach der Toastpackung. „Lass uns erstmal hiermit anfangen. Weißt du, wie man Brot toastet?"

„Willst du mich provozieren?"

Sie strich ihm über die Wange. „Ich will, dass du was lernst?"

„Dann zeig mir was, was ich noch nicht kann."

Er hob sie von der Arbeitsplatte und wirbelte sie herum. „Jetzt geht's los, Meisterköchin."

„Du schneidest die Gurke", sagte sie und drückte ihm ein Messer und ein Schneidebrett in die Hand. „Du kannst doch mit Waffen umgehen."

Cameron ignorierte den Seitenhieb. Es gefiel ihm nicht, dass sie Witze darüber machte. Aber offensichtlich hatte sie ihm die Geschichte mit dem Typen, der ihn angeblich abzog, abgenommen. Er verdrängte das schlechte Gewissen. Nicht mal der Gedanke an Derek oder an das, was er tun musste, wenn er für ihn arbeitete, sollte diesen Tag bestimmen.

„Ich hab noch nie eine Gurke geschnitten", gestand er mit einem verlegenen Grinsen.

„Wie kann man achtzehn werden, ohne sich selbst ein Essen machen zu können?"

„Zählen fertige Sandwiches von der Tanke nicht als Essen?"

Sie verzog das Gesicht. „Nein, Fertigsandwiches sind ein Verbrechen an der Menschheit."

„Ok." Demonstrativ krempelte er sich die Ärmel hoch, legte die Gurke auf das Brett und schnitt eine erste krumme Scheibe ab. Aprils Atem kitzelte ihn im Nacken, während sie kichernd hinter ihm stand und das traurige Schauspiel beobachtete. Sie hatte recht. Er konnte sich kein Essen zubereiten, das über eine Tiefkühlpizza oder Chases widerliche Dosengerichte hinausging.

„Wie hast du nur so lange überlebt?" Sie legte ihre Hand über seine und führte ihn beim Schneiden. Bis auf ihren Atem war es still im Raum. Ihr Daumen strich über seinen Handrücken. Wie eine Marionette ließ er zu, dass April seinen Arm bewegte.

„Du machst ja gar nicht mit."

„Ich kann nicht. Ich bin …" Er betrachtete sie. Die großen dunklen Augen mit den langen schwarzen Wimpern, die kleine Nase, die perfekt in ihr hübsches Gesicht passte, die vollen Lippen. „Überwältigt."

Eine leichte Röte erschien auf ihren gebräunten Wangen. „Von der Gurke", stellte sie sich ahnungslos.

„Nein. Von dir."

April legte beide Hände in seinen Nacken, ihre Finger verharrten dort. Das Messer fiel ihm aus der Hand. Ihre Lippen fanden sich. Die Gurke und der Toast waren vergessen. Wenn er nur April für den Rest seines Lebens in den Armen halten durfte, würde er sogar bis ans Ende seiner Tage Pizza essen.

Eine Stunde später hatten sie es zwischen unzähligen Küssen und Umarmungen doch noch geschafft, zwei Sandwiches zuzubereiten. Mit viel Gemüse und Käse und wenig Mayonnaise. Erwartungsvoll biss Cameron hinein. Die Kombination aus frischem Gemüse und geschmolzenem Käse war perfekt. Wie konnte ein einfaches Sandwich so lecker sein? Ob es daran lag, dass er es zusammen mit April gemacht hatte?

„Gut, nicht wahr? Besser als Fertigsandwiches von der Tankstelle."

„Du hast recht. Die Dinger sind ein Verbrechen an der Menschheit. Ab sofort werde ich nur Selbstgemachtes essen."

Zum Nachtisch gab es Pfannkuchen mit viel Schlagsahne und Erdbeeren. Wieder führte April seine Hand, wenn sie eine Kelle voll Teig in die Pfanne gossen. Nie hätte er gedacht, dass Kochen ihm tatsächlich Spaß machen würde. Umso besser, dass er seine Hände dabei keine Sekunde von April lassen musste.

Sie gab sich unglaublich viel Mühe, die Pfannkuchen hübsch auf den Tellern zu arrangieren. Irgendwann musste sie unbemerkt noch zwei weiße Kerzen auf den Tisch gestellt haben, die dort vor sich hin flackerten.

„Wer hätte gedacht, dass du so romantisch bist." Allein heute hatte er so viel über sie gelernt und das Mädchen hinter der coolen, abweisenden Fassade gesehen. April war witzig und sensibel, und es war unübersehbar, wie sehr sie es liebte, zu kochen. Es ging dabei nicht nur um die Zubereitung von Essen.

„Wer hätte gedacht, dass du es bist. Wissen deine Freunde, dass du im rosa Candy-Paradies warst?"

Lachend zog er sie in seine Arme. „Wenn du es ihnen erzählst, kannst du was erleben."

„Oh, darauf freu ich mich schon." Sie wand sich in seinen Armen. „Komm, lass uns essen. Bevor die Pfannkuchen kalt werden."

„Wo ist eigentlich deine Mom?", fragte Cameron. Eng umschlungen saßen sie auf dem Sofa. Obwohl es nicht kalt war, hatte April ein paar Kerzen auf den Couchtisch gestellt und angezündet. Ja, sie war eindeutig eine Romantikerin, aber er hatte nichts dagegen. Diese April gehörte nur ihm. Er musste sie nicht teilen.

„Sie ist zu einer Freundin gegangen, damit wir ungestört sind." April legte den Kopf an seine Schulter. „Ich versteh nicht, warum ich dich immer so gehasst hab."

„Das hast du nicht. Du wusstest nur nicht, wie perfekt wir zusammenpassen, und das hat dich wütend gemacht."

Mit einem amüsierten Funkeln in den Augen schaute sie zu ihm auf. „Was? Hast du es gewusst?"

„Vielleicht." Zumindest hatte er geahnt, dass sie nicht so kalt und hart war, wie sie sich gab. Cameron hatte genug Menschen wie sie gesehen, um zu wissen, dass sie mit irgendetwas zu kämpfen hatte und um keinen Preis wollte, dass jemand davon erfuhr. So wie Casey nicht gewollt hatte, dass jemand von ihrem Drogenproblem erfuhr. Bis es zu spät war. Was auch immer April quälte, er würde ihr helfen, diese Last zu tragen.

Sein Handy vibrierte in der Hosentasche, doch er ignorierte es.

„Ich bin jedenfalls froh, dass ich dir eine Chance gegeben hab."

„Ich auch", bestätigte er und kämmte mit den Fingern durch ihre dicken Locken. Das Vibrieren wurde aufdringlicher. Welcher Idiot rief ihn jetzt an?

„Der gibt einfach nicht auf", knurrte er und zog umständlich das Handy aus der Hosentasche. Es war Chase. Na super. Er erhob sich vom Sofa und ging in den Flur.

„Was willst du?"

„Hallo Brüderchen. Stör ich dich?" Chase lachte.

„Ich bin schwer beschäftigt."

„Du liegst wahrscheinlich mit deinem Mädchen

im Bett. Dann kannst du wenigstens nicht umkippen, wenn ich dir jetzt etwas sage."

„Da bin ich aber gespannt." Hoffentlich machte er es kurz.

„Ich hab mich ein bisschen umgehört und dachte, es interessiert dich vielleicht, wen du da datest."

„Chase, was soll das? Gehört sie zur Mafia?"

„Viel schlimmer. Sie ist Ramons Tochter. Du hast den Feind in deinem Bett." Chase lachte freudlos. „Du dämlicher kleiner Scheißer. Weißt du, was das bedeutet?"

Wie erstarrt stand Cameron da. Das konnte nicht sein. Es durfte nicht sein. „Du verarscht mich."

„Diesmal nicht. Du hast ein riesengroßes Problem. Ramon ist hinter ihr her. Er kann die Demütigung seiner Ex nicht auf sich sitzen lassen. Weißt du, sie hat ihn damals hinterhältig niedergeschlagen und die Cops gerufen. Ein Mann wie Ramon lebt von der Rache."

Verdammte Scheiße! Der Stalker! Er musste einer von Ramons Leuten sein. Er wollte ihr etwas antun.

„Scheiße. Was soll ich machen? Weiß Derek davon?"

„Das wird nicht mehr lange dauern und dann will ich nicht in deiner Haut stecken. Am besten lässt du die Finger von ihr. Soll Ramon sich doch nehmen, was ihm gehört."

Heiße Wut stieg in Cameron auf. Niemand gehörte irgendwem und erst recht gehörten April und ihre Mom nicht diesem Monster. Sie waren nicht vor ihm entkommen, um jetzt wieder von ihm bedroht zu werden.

„Wie kannst du so was sagen? Du weißt, dass ich das nicht kann."

April warf ihm aus dem Wohnzimmer besorgte Blicke zu. Ihm war gar nicht aufgefallen, dass er Chase angeschrien hatte. Wenn sie als Kind mit diesem Monster unter einem Dach gelebt hatte, musste ihr sein Ausbruch einen Riesenschrecken eingejagt haben.

„Dir bleibt nichts anderes übrig. Früher oder später wird Ramon sie sich holen. Und er wird versuchen, sich unsere Straßen unter den Nagel zu reißen. Dann brauchen wir jeden Einzelnen, auch dich, mit vollem Einsatz. Das hier ist wichtig."

Wichtig. Ha! Chases Loyalität gegenüber den Street Fighters war unerschütterlich. Früher war er auch so gewesen. Zumindest hatte er das immer geglaubt. Doch das war jetzt endgültig vorbei. Nicht mehr Dereks beschissene Rivalität mit Brandon war wichtig, sondern April. Wen interessierten ein paar lächerliche Straßen, wenn er April an seiner Seite hatte? Ihr durfte nichts passieren. Er würde sie beschützen. Um jeden Preis. Und wenn es bedeutete, dass er sich gegen Derek stellen musste. Gegen seine Freunde. Gegen Chase. Und gegen Ramon.

„Ich komm nach Hause. Dann reden wir darüber."

„Ja, komm, und zwar schnell. Ich hoffe, du hast deine Waffe dabei. Du lebst gefährlich." Chase legte auf.

Natürlich hatte er keine Pistole dabei. Wegen April. Aber er war nicht so dumm, völlig wehrlos durch die Gegend zu laufen. Ein Klappmesser steckte immer in seiner Hosentasche.

„Was ist los?" wollte April wissen.

„Ich muss gehen." Er stand auf und umrundete den Couchtisch.

Im nächsten Moment stand April neben ihm und griff nach seiner Hand. „Cameron." Die Angst in ihren Augen bereitete ihm körperliche Schmerzen. Irgendwie musste er es schaffen, dieses Problem zu lösen, ohne sie in Gefahr zu bringen.

„Es tut mir leid. Mein Bruder hat Stress. Ich schreib dir später."

„Bring dich nicht in Gefahr." Ihr durchdringender Blick machte ihm Angst. Sie wusste es. Vielleicht nicht alles, aber April war nicht dumm. Er erinnerte sich, wie sie vorhin in der Küche über seinen Nacken gestrichen hatte. Dort, wo das Tattoo mit den Initialen der Street Fighters war.

„Mach dir keine Sorgen um mich."

„Das kannst du nicht von mir erwarten. Natürlich mach ich mir Sorgen." Ihr Griff um seine Finger wurde fester. „Versprich mir, dass wir uns morgen in der Schule sehen."

„Ich verspreche es." Was war er nur für ein Unmensch. Nichts konnte er versprechen. Er zog sie in eine enge Umarmung. Dann verließ er die Wohnung und das Haus. In dieser Situation ließ er April allein. Aber was blieb ihm anderes übrig? Um sie zu retten, musste er herausfinden, wie viel Derek wusste und was er plante.

Ein letztes Mal drehte er sich um, sah hinauf zum Küchenfenster, doch sie war nicht dort. Dann zog er das Messer aus der Hosentasche und klappte es auf. Sollte ihn heute Abend jemand angreifen, war er vorbereitet.

17. KAPITEL

April

Verwirrt sah April ihm hinterher. Cameron war aufgebracht gewesen, als er mit seinem Bruder telefoniert hatte. Sie musste wieder an die Pistole denken, die er unter seinem Pulli am Gürtel getragen hatte. Was auch immer passiert war, es musste etwas mit der Geschichte zu tun haben, die er ihr dazu erzählt hatte. Falls die überhaupt stimmte, was sie immer mehr bezweifelte. Nach dem, was sie in Ramons Haus erlebt hatte, war sie kein naives Mädchen. Sie war nicht wie Katy, die nur Jungs und Partys im Kopf hatte und keinen blassen Schimmer vom echten Leben hatte. Sie wollte nicht so dumm sein und sich einreden, dass Cameron nichts mit irgendwelchen Gangs zu tun hatte. Als sie sich zum ersten Mal getroffen hatten, hatte sie die Gerüchte gekannt. Es fiel ihr nur verdammt schwer, den einfühlsamen, humorvollen Cameron, den sie kennengelernt hatte, mit skrupellosen, brutalen Gangstern in Verbindung zu bringen. Egal, was Cameron sich zu Schulden kommen lassen hatte, er wäre nie in der Lage, jemanden zu töten. Selbst wenn er zu einer Gang gehörte, war er nicht freiwillig dabei. Sie hatte schon von vielen Menschen gehört, die keine andere Möglichkeit hatten, um ihre Familie zu ernähren und zu beschützen. Was auch immer Cameron tun musste, um am Leben zu bleiben, nie würde er zulassen, dass sie damit in Berührung kam.

Um sich von ihrem Gedankenkarussell abzulenken, spülte sie die Teller und Töpfe ab, die in der Küche standen. Es waren die Überreste eines normalen Abends.

Ihre Hände zitterten noch immer vor Aufregung, als sie den ersten Teller in das warme Spülwasser tauchte. Seit Camerons Verschwinden hatte sich eine Kälte in ihrem Körper ausgebreitet, und die Hände im Wasser waren das einzig Warme an ihr.

Sich jetzt Sorgen um Cameron zu machen, brachte sie nicht weiter. Sie konnte nichts anders tun, als auf eine Nachricht von ihm zu warten, oder darauf, dass sie ihn morgen in der Schule sah. Mit aller Kraft kämpfe sie gegen das schaurige Bild von Cameron an, der mit einer Schusswunde auf der dreckigen Straße lag. Das würde nicht passieren. Cameron konnte mit solchen Situationen umgehen. Er konnte sich verteidigen.

Der Ton der Türklingel schrillte durch die Wohnung. Mit einem Aufschrei ließ April ein Glas ins Spülbecken fallen. Wasser lief am Küchenschrank runter und tropfte auf den Boden. Ihr Herz raste. Mom konnte es nicht sein. War Cameron zurückgekommen? Sie wusste nicht, wie viel Zeit vergangen war, seit er gegangen war, doch er konnte unmöglich so schnell nach Hause gehen, das Problem mit seinem Bruder lösen und wieder hierherkommen.

Angst schnürte ihr die Kehle zu. Es gab nur noch eine Möglichkeit.

„April?"

Addy? Was wollte sie um diese Zeit hier?

„Mrs. Ramirez?"

Auch wenn sie sich nicht erklären konnte, warum Addy am Abend noch hierherkam, war April erleichtert, dass sie es war.

Es klingelte noch mal. April hetzte zur Tür. Addy stand im Flur, die Arme um den Körper geschlungen. Selbst im dämmrigen Licht konnte man ihre rot geweinten Augen erkennen.

„Was machst du hier? Ist was passiert?"

„Ich kann nicht mehr zu Hause bleiben." Ihre Stimme zitterte.

„Los, komm rein." April zog sie in die Wohnung und schloss die Tür hinter ihnen. „Was ist los?"

„Meine Mom … Sie … Ich geh nicht mehr zu ihr zurück."

Addy hatte schon öfter erzählt, dass sie sich mit ihrer Mutter und deren Freund nicht besonders gut verstand, aber bis jetzt hatte sie immer zu ihr gehalten. Diesmal musste etwas wirklich Schlimmes passiert sein.

„Setz dich ins Wohnzimmer. Ich mach dir einen Kaffee. Ich hab sogar Sahne da."

„Danke April. Und es tut mir leid. Du bist die Einzige, zu der ich gehen kann."

„Es muss dir nicht leidtun. Wir sind Freundinnen. Du kannst immer zu mir kommen."

Addy wischte sich mit dem Ärmel über die Augen und brachte ein zittriges Lächeln zustande. Dann trottete sie ins Wohnzimmer. April beobachtete, wie sie sich aufs Sofa fallen ließ und die Beine anzog, bevor sie in die Küche ging und Addy ihren heiß geliebten Kaffee mit Sahne zubereitete. So verzweifelt hatte sie ihre Freundin noch nie gesehen. Addy war immer stark geblieben, ihren Fragen immer ausgewichen.

Sie stellte die dampfende Tasse auf den Couchtisch und setzte sich neben Addy, die wie ein verängstigtes Kind auf dem Sofa kauerte.

„Weißt du, eigentlich ist gar nicht meine Mutter das Problem. Sie nutzt mich nur aus. Ich muss putzen und einkaufen, aber ihr Freund, Wayne … Er …"

April schloss sie in die Arme. „Du musst nichts erzählen. Bleib einfach nur über Nacht hier."

„Doch, das muss ich. Ich kann es nicht länger für mich behalten."

„Bist du dir sicher?"

„Ich kann so nicht mehr weitermachen. Ich will nicht mehr lügen. Es gibt nämlich einen Grund, warum ich oft nicht in der Schule bin. Wayne lässt mich nicht."

Ramons zornverzerrtes Gesicht schlich sich in ihre Gedanken. *„Du gehst nur in die Schule, wenn ich es so will."* Jedes seiner Worte war wie ein Peitschenhieb. April atmete tief durch. Sie musste jetzt stark sein. Für Addy. Sie erlebte das gerade jetzt.

„Er lässt dich nicht?"

„Wenn er auf Drogen ist, wird er paranoid und glaubt, ich würde zur Polizei gehen und ihn verraten. Deshalb sperrt er Mom und mich zu Hause ein. Er behandelt uns schlecht, aber Mom will ihn nicht verlassen. Wenn ich davon anfange, wird sie wütend und droht mir. Wayne ist alles, was sie hat."

„Aber sie hat doch dich", versuchte April sie zu trösten.

Addy schüttelte den Kopf. „Nein. Sie traut mir nicht. Sie hat Angst, dass ich ihr Wayne wegnehme."

Genau wie sie früher wollte Addy nur ihre Mutter beschützen, doch anders als Charlie wollte Addys Mom ihren tyrannischen Freund nicht verlassen. Wie konnte eine Frau freiwillig bei so einem Monster bleiben und zulassen, dass ihre Tochter darunter litt?

„Verstehst du? Sie sind beide gegen mich. Ich kann nichts machen. Ich kann nicht mal ausziehen. Und studieren kann ich erst recht nicht."

„Es gibt eine Lösung, ganz sicher." Es gab immer eine Lösung. Wenn sie es geschafft hatten, aus Ramons schwer bewachter Villa zu entkommen, würde Addy es auch schaffen, sich aus dieser Abhängigkeit zu befreien.

„Am liebsten würde ich von hier weggehen. Aber ich kann meine Mom nicht allein lassen."

„Natürlich nicht. Du bleibst jetzt erstmal hier. Dann überlegen wir uns was." Was auch immer das sein sollte, aber eins war sicher: Sie würde Addy nicht hängen lassen.

Addy bestand darauf, auf der Couch zu schlafen, anstatt in Aprils Bett. „Es reicht doch schon, dass du mich hier überhaupt schlafen lässt."

„Das ist doch logisch. Glaubst du, ich würde dich auf die Straße setzen?"

„Danke, April." Vorsichtig, als hätte sie Angst, ihn zu zerreißen, schlupfte Addy aus ihrem Pulli. Entsetzt schlug April eine Hand vor den Mund. Addys Oberarme und Schultern waren mit dunklen Blutergüssen übersät. Ein kalter Schauer lief ihr über den Rücken. Kein Wunder, dass Addy in den letzten Wochen nie etwas Kurzärmeliges getragen hatte, trotz der Hitze.

„Manchmal arbeiten sie zusammen, um mich daran zu hindern, das Haus zu verlassen", sagte Addy tonlos. „Bitte sag es niemandem."

„Kann ich dir irgendwie helfen?", fragte April, obwohl sie wusste, dass sie es nicht konnte. Erst ihre Angst um Cameron, dann die Konfrontation mit dieser rohen Gewalt. Das war einfach zu viel für einen Tag. Sie ballte die Hände zu Fäusten, um das Zittern zu verbergen.

„Nein. Ich komm zurecht. Du kannst schlafen gehen."

Als ob sie jetzt noch schlafen könnte.

„Ok. Gute Nacht." Sie flüchtete aus dem Wohnzimmer und schloss sich in ihrem Zimmer ein.

Hallo April. Ich bin wieder da. Hast du geglaubt, ihr könnt euch verstecken? Ramons Stimme in ihrem Kopf war so laut. Für einen Moment glaubte sie, er wäre hier im Zimmer. In dieser Wohnung, die seit sieben Jahren ihr Zufluchtsort war. Aber er war nicht da. Ramon würde das Gefängnis nie verlassen. Er würde dort sterben, bevor er seine Strafe absitzen konnte. Vielleicht musste sie sich eines Tages gegen ihren Stalker zur Wehr setzen, aber Ramon war nicht mehr ihr Problem. Er war kein Teil mehr ihres Lebens.

Sie schluckte die Tränen hinunter und stellte sich aufrecht hin. Bereit zu kämpfen. Für ihre und Moms Sicherheit. Für Addys Zukunft. Niemand würde ihr je wieder Gewalt antun oder ihr ihre Freiheit nehmen.

***

Addy ging heute nicht in die Schule. Zu groß war die Gefahr, dass ihre Mutter oder Wayne sie dort suchen würden. Mom wusste Bescheid und würde für Addy da sein.

Nervös stand April am Schultor und trat von einem Fuß auf den anderen, während sie auf Cameron wartete. Er hatte gestern nicht mehr geschrieben, aber er musste heute in die Schule kommen, und hier konnte sie ihn abfangen. Er würde kommen. Ihm war nichts passiert. Ihm durfte nichts passiert sein.

Es wurde viertel vor neun und zehn vor neun, doch Cameron kam nicht. Vielleicht verspätete er sich. Wer weiß, vielleicht stellte sich ihm einer der bösen Jungs in den Weg. April war fest entschlossen, hier stehen zu bleiben, bis Cameron auftauchte, doch als es um kurz vor neun zum Unterrichtsbeginn klingelte, leerte sich der Schulhof schlagartig. Ein paar Nachzügler eilten durch das Tor und ins Schulgebäude. Wenn sie jetzt nicht sofort loslief, kam sie zu spät zum Chemiekurs. Sollte Cameron auch in den nächsten paar Minuten nicht über den Parkplatz auf sie zu laufen, würde sie sich umsonst Ärger einhandeln.

Rückwärts entfernte sie sich vom Tor, den Blick stur auf den Parkplatz gerichtet. Bevor sie nach drinnen ging, drehte sie sich noch einmal um. Von Cameron keine Spur. April ließ die Tür los und sie fiel mit einem leisen Klicken ins Schloss. Dieses Geräusch fühlte sich so endgültig an. Cameron hatte sein Versprechen nicht gehalten. Er hatte ihr nicht geschrieben. Er war nicht in die Schule gekommen, doch sie konnte ihm nicht böse sein. Selbst nach dieser kurzen Zeit wusste sie, dass er sie nie einfach fallen lassen würde. Wenn er sich nicht meldete, musste ihm etwas passiert sein. Jemand hielt ihn fest. Oder die Probleme mit seinem Bruder waren größer als befürchtet. Sie wusste es nicht und sie konnte nichts tun, um es herauszufinden.

Cameron kam nicht. Auch im Englischkurs war er nicht da. Besorgt starrte sie abwechselnd auf den leeren Platz vor sich und zur Tür in der Hoffnung er würde doch noch hereinplatzen

In der Mittagspause versuchte sie den Lärm und das Gewusel in der Mensa auszublenden. Da Addy nicht da war, saß sie allein mit Katy am Tisch.

„Gott sei Dank bist du da. Ich dachte schon, ihr hättet mich beide hängen lassen." Katy stand auf und hauchte ihr zwei Luftküsse auf die Wangen.

„Addy ist krank", log April und stellte ihr Tablett mit der Kartoffelsuppe und dem halb verbrannten Toast auf den Tisch, bevor sie sich Katy gegenübersetzte.

„Krank? Schon wieder? Warum hat sie mir nicht geschrieben?" Katy checkte ihr Handy. „Sie hat mir tatsächlich nicht geschrieben." Sie setzte eine traurige Miene auf. „Warum vertraut sie sich mir nicht mehr an? Was mache ich falsch?"

Katys Gejammer war das Letzte, was sie jetzt brauchte. Es ging immer nur um sie.

„Hast du sie jemals gefragt, was los ist?"

„Wieso sollte ich? Es ist doch nichts Besonderes. Oder hat sie einen Freund, mit dem sie sich zu Hause einkuschelt?"

Am liebsten hätte sie Katy gebeten, mit den Spekulationen aufzuhören, doch dann müsste sie Addys

Geheimnis preisgeben. Das konnte sie nicht tun. Sie hatte Addy versprochen, niemandem etwas zu sagen. Nicht mal Katy.

„Wahrscheinlich ist sie wirklich einfach nur krank."

„Und trotzdem hat sie es dir gesagt und mir nicht", beharrte Katy weiter auf dieser angeblichen Ungerechtigkeit. April fühlte sich schäbig, so etwas zu denken, aber Katy war in den vergangenen Wochen keine gute Freundin gewesen. Anstatt zu fragen, was bei Addy nicht stimmte, bezog sie immer alles auf sich und spielte die Beleidigte.

„Schreib ihr doch einfach mal."

„Ich werde sie fragen, ob sie zu unserer Strandparty nächstes Wochenende kommen will." Wieder klebten Katys Augen am Display.

„Die Party?", fragte April überrascht. Schon wieder eine Party?

„Klar, ich hab euch doch erzählt, dass Dylans Eltern einen Privatstrand haben. Wir feiern von Samstag auf Sonntag. Das wird lustig. Bring doch Cameron mit."

Cameron! Fast hatte sie ihre Sorgen um ihn vergessen. Vielleicht war er inzwischen auf dem Schulgelände. Sie musste ihn finden.

„Ich muss dringend telefonieren." Ohne einen Bissen von dem Essen angerührt zu haben, sprang sie auf und rannte aus der Mensa über den leeren Flur. Zum gefühlt hundertsten Mal überprüfte sie, ob Cameron eine Nachricht hinterlassen hatte. Nichts. Es war, als würde er seit seinem überstürzten Aufbruch gestern Abend nicht mehr existieren.

Ihre Augen brannten von unzähligen Tränen, die sie seit Stunden zurückhielt. Aber heulen würde ihr jetzt auch nichts bringen. Wenn sie schwach wurde, konnte sie Cameron nicht helfen.

Gerade als sie seinen Namen in der Kontaktliste auswählte, klingelte ihr Handy. Cameron. Endlich.

„Wo bist du? Ich mach mir Sorgen."

„Es tut mir leid. Ich konnte dir gestern nicht mehr schreiben." Er klang aufrichtig. Und es ging ihm gut.

„Was ist passiert?"

„Ich hab mich mit meinem Bruder ziemlich heftig gestritten. Da hab ich die Nerven verloren, hab mir mein Fahrrad geschnappt und bin wie ein Irrer die halbe Nacht durch die Gegend gefahren."

Das Herz rutschte ihr in die Hose. „Bist du verrückt? Du könntest tot sein." Blue Water war nicht gerade für seine vielen Fahrradwege bekannt. Es gefiel ihr schon nicht, dass Cameron mit dem Fahrrad zur Schule kam. Aber in dem Zustand, in dem er gestern gewesen war, zu fahren, war lebensmüde.

„Ich weiß, dass es gefährlich ist."

„Kommst du noch zur Schule?"

„Heute nicht mehr. Aber ich möchte dich sehen. Ich brauche Ablenkung."

Die brauchte sie auch. Katys Party fiel ihr wieder ein. Egal wie sehr Katy ihr heute auf die Nerven gegangen war, sie war ihre Freundin und ein bisschen Normalität hatten sie und Cameron bitter nötig.

„Ein Freund von Katy schmeißt am Samstagabend eine Strandparty. An einem Privatstrand."

„An einem Privatstrand? Wow. Sind wir jetzt in Miami oder so was?" Cameron lachte leise.

„Seine Eltern sind stinkreich. Katy hat dich jedenfalls eingeladen. Sie will, dass viele Leute kommen.

Es soll kein trauriger Haufen sein."

„Ok. Dann gehen wir hin."

April lächelte. „Gut. Wir treffen uns da."

18. KAPITEL

Cameron

Er würde das hinkriegen. Einen Abend lang Spaß haben und so tun, als wüsste er nicht, was Chase ihm über April erzählt hatte. April. Ramons Tochter. Eigentlich musste er sofort aufhören, sich mit ihr zu treffen. Sich mit einer verfeindeten Gang einzulassen, war Hochverrat. Es spielte keine Rolle, dass April mit dem Ganzen nichts zu tun hatte. Er konnte von Glück reden, wenn Chase diese Sache für sich behielt. Aber würde er das auch tun, wenn er sich weiter mit April traf?

„Wo gehst du jetzt schon wieder hin?" Chase stellte sich mit verschränkten Armen vor die Wohnungstür. Seine kontrollierende Art ging Cameron langsam echt auf die Nerven. In letzter Zeit war es schlimmer geworden. Die Anspannung zwischen den Blue Killers und den Street Fighters ging an niemandem spurlos vorbei.

„Ich treff mich mit Lucas und Colin."

„Mit Lucas und Colin?" Chases prüfender Blick durchbohrte ihn.

Cameron ballte die Hände zu Fäusten. *Bleib ruhig. Er ist dein Bruder und meint es nur gut.* „Das hab ich gesagt, oder nicht?"

„Ja, schon klar. Ich will nur sichergehen, dass du die Finger von Ramons Tochter lässt."

Ramons Tochter. Bis vor Kurzem war sie einfach nur April gewesen. Warum musste immer alles so kompliziert sein?

„Wir hängen ein bisschen am Strand ab. Nur wir drei."

„Ich mein's doch nur gut. Bring dich nicht unnötig in Schwierigkeiten. Für Derek spielt es keine Rolle, dass sie nichts mit all dem zu tun haben will. Es ist ihm auch scheißegal, was du ihr über dich erzählt hast."

„Ich hab's kapiert. Jetzt lass mich gehen." Ihm war klar, dass er sich auf verdammt dünnem Eis bewegte. Nicht nur Chase wusste, wer April war. Auch Colin und Lucas wussten es. Aber sie waren seine Freunde. Sie würden ihn nicht verraten. Wenn es sein musste, würde er sich ab sofort heimlich mit April treffen.

Chase trat von der Tür weg. „Mach keinen Scheiß."

„Let's party!" Colin hielt am Straßenrand.

„Los, steig ein, Bro", grölte Lucas auf dem Beifahrersitz.

Cameron setzte sich auf die Rückbank. Es war unmöglich gewesen, seine Partypläne vor den beiden zu verheimlichen. In der Schule war die ganze Woche über Katys Strandparty getuschelt worden. Jeder wusste davon. Ein trauriger Haufen würde das ganz sicher nicht werden.

„Eine Strandparty, Leute. Lauter heiße Mädels im Bikini. Besser geht's gar nicht." Lucas trank aus einem Flachmann.

„Lucas", mahnte Cameron. „Steck die Flasche weg. Bevor dich noch jemand sieht."

„Bist du jetzt plötzlich gesetzestreu? Wir gehen auf eine Party. Glaubst du etwa, da gibt es keinen Alkohol?"

„Ach, das interessiert doch niemanden", behauptete Colin. „Es ist ein Privatgrundstück und da wird gefeiert. Mach dir keine Sorgen, Cam."

Fast hatte er vergessen, wie cool Colin sich geben konnte. Er war offensichtlich fest entschlossen, den heutigen Abend zu genießen. Wenn Colin das konnte, dann konnte er das auch. Heute Nacht gab es keinen Derek, keinen Ramon und auch sonst nichts, das zwischen ihm und April stand.

„Hi Cam." Mit einem übertrieben breiten Lächeln stürmte Katy auf ihn zu und drückte ihm einen feuchten Schmatzer auf die Wange. Bemüht, sich seine Abneigung nicht anmerken zu lassen, machte er einen Schritt rückwärts, doch Katy war schon damit beschäftigt, Colin und Lucas genauso stürmisch zu begrüßen. Wenn er nicht die Aussicht gehabt hätte, April hier zu treffen, wäre er nie auf Katys Party gegangen. Ihre aufdringliche Art ging ihm auf die Nerven. Wenigstens hatte sie inzwischen einen Freund und keinen Grund mehr, sich an ihn heranzumachen.

„Habt Spaß, Jungs. Trinkt, so viel ihr wollt. Meine Cousine Skylar ist als Aufsichtsperson da." Katy malte mit den Fingern Anführungszeichen in die Luft und kicherte schrill. „Sie ist zweiundzwanzig. Also alles total legal." Es war unübersehbar, dass Katy schon mehr als einen Cocktail getrunken hatte, aber Cameron war das alles egal. Warum sie plötzlich eine Aufsichtsperson brauchten, war ihm nicht klar. Er war schon auf vielen House Partys gewesen, und nie hatte es jemanden interessiert, was dort ablief.

Die Villa war gigantisch. Beeindruckender als alles, was Cameron je gesehen hatte. Modern, mit riesigen bodentiefen Fenstern. Selbst die Terrasse war größer als Chases Wohnung. Unter dem Dach gab es eine Bar mit einem weißen, auf Hochglanz polierten Tresen und ebenfalls weißen Hockern. Auf der Terrasse waren Polstersessel und Liegestühle mit niedrigen runden Tischen verteilt. Der Blick auf den Strand und das Meer war atemberaubend, laute Musik vermischte sich mit fröhlichem Gelächter und ein paar junge Menschen tanzten ausgelassen im Sand. Andere hatten es sich in den Liegestühlen bequem gemacht und schlürften Cocktails. Einige kannte Cameron aus der Schule.

Er suchte die Terrasse nach April ab und entdeckte sie zusammen mit Addy, auf einem Tisch sitzend. Sie trug die Haare offen, die warme Brise spielte mit ihren schwarzen Locken. Ihr helles Lachen wehte zu ihm herüber. Sie schien glücklich zu sein, und nur das zählte heute.

Kurzentschlossen schlenderte er zum Tresen und holte zwei alkoholfreie Cocktails und für sich eine Cola mit Eis.

Cameron war fast bei ihrem Tisch angelangt, als April den Kopf wandte und ihn bemerkte. Ihr Lächeln ließ ihr ganzes Gesicht strahlen. Er konnte sich nicht erinnern, wann sich zuletzt ein Mädchen so aufrichtig gefreut hatte, ihn zu sehen.

Sie lief auf ihn zu und nahm ihm die beiden Cocktails ab.

„Das ist Erdbeer Tonic. Ich weiß doch, dass du Erdbeeren liebst." Er zwinkerte ihr verschwörerisch zu.

„Woher weißt du das nur?", entgegnete sie mit einem schelmischen Grinsen und drückte ihm einen Kuss auf die Lippen.

„Vielleicht kenn ich dich ganz gut."

April stellte die Cocktails zwischen sich und Addy auf den Tisch. Cameron zog sich einen Stuhl heran und setzte sich auf die Lehne.

Unsicher wanderte Addys Blick zwischen ihnen hin und her. „Soll ich euch beide allein lassen?"

„Nein. Bleib nur, bis du jemanden gefunden hast." Fragend sah April ihn an. „Ist das ok für dich?" Ihr Blick schweifte zur Bar und wieder zu ihm, und für einen Moment tauchte so etwas wie Furcht in ihren Augen auf.

„Was ist los?", fragte Cameron.

April presste die Lippen zu einem schmalen Strich zusammen.

„April?"

„Es ist nichts. Ich dachte nur …"

Alarmiert schaute Cameron rüber zur Bar. Dort stand ein Typ im schwarzen Kapuzenpulli. „Shit", flüsterte er, „Ist er das?" Wenn dieser Kerl es wagte, sich April noch einmal zu nähern, würde er ihn hier vor allen grün und blau schlagen. Er sprang auf.

„Cam, nicht." April griff nach seinem Handgelenk. Irritiert sah er sie an. Sie schüttelte den Kopf. „Ich hab mich getäuscht. Er ist es nicht."

Cameron folgte ihrem Finger, der zur Bar zeigt.

Der Typ lehnte nun am Tresen und schaute in ihre Richtung, bevor er das Mädchen neben sich in ein Gespräch verwickelte. Es war jemand aus seinem Wirtschaftskurs.

Addy schaute von ihrem Glas auf. „Stimmt was nicht?" Offensichtlich war sie so sehr in Gedanken versunken gewesen, dass sie nichts mitbekommen hatte.

„Alles ok." Cameron hoffte, dass sein Lächeln nicht so verkrampft wirkte, doch Addy zog die falschen Schlüsse. Sie nahm ihren Cocktail in die Hand und stand auf.

„Da drüben ist Colin. Ich geh mal zu ihm rüber." Und schon war sie zwischen den Feiernden verschwunden.

Fragend hob April eine Braue. „Colin geht mit Addy aus?"

„Nicht, dass ich wüsste. Ich glaube, Colin geht mit niemandem aus."

April drehte ihr Glas in den Händen. „Sie würden gut zusammenpassen."

„Ja, das finde ich auch." Nur, dass Colin auch zu den Street Fighters gehörte und Addy womöglich in Gefahr bringen könnte. So wie er April in Gefahr brachte, wenn er sich weiter mit ihr traf. Chase hatte recht. Es wäre das Vernünftigste, den Kontakt zu ihr abzubrechen, aber das Vernünftigste war nicht immer das Richtige. Ramon war hinter ihr her. Wenn er bei ihr blieb, konnte er sie beschützen. Er würde nicht zulassen, dass sie sich dieser Gefahr, von der sie noch nichts wusste, allein stellte.

„Addy braucht jetzt jemanden, der sie aufbaut", sagte April. Sie sah sich noch einmal um, scannte die

Menge, als ob sie dem Frieden nicht trauen würde.

„Wieso? Stimmt was nicht?"

April fuhr mit dem Zeigefinger über den Rand ihres Glases. „Ich weiß nicht, ob ich dir das erzählen darf." Sie wandte sich ab. „Sorry, ich hätte nichts sagen sollen."

Cameron spürte, dass etwas Schlimmes vorgefallen sein musste. In all den Jahren hatte er ein Gespür für schwierige Situationen entwickelt. „Braucht sie Unterstützung?"

„Die bekommt sie. Sie ist in eine Wohngruppe gezogen, zusammen mit anderen, die von zu Hause wegmussten." Sie schaute in ihr Glas, während sie das sagte.

Er legte seine Hand auf ihre. „Schon gut. Du musst nichts mehr dazu sagen. Sie hat es dir erzählt, nicht mir."

April nickte und nippte an ihrem Cocktail. „Der ist richtig gut." Ihre Oberlippe glänzte feucht von den Überresten des Erdbeercocktails. Er legte eine Hand an ihre Wange und küsste sie, schmeckte das Erdbeeraroma und atmete den Duft ihres Parfüms ein. Bereitwillig öffnete sie die Lippen, als er mit seiner Zungenspitze dagegen stieß. Ihre Finger zogen sanft an seinen Haaren. Es war ihm völlig egal, dass alle sie sehen konnten. Sollte ruhig die ganze Welt erfahren, dass sie zusammengehörten. Was auch immer passierte, Cameron würde sich für sie entscheiden. Die Erkenntnis erschreckte ihn. Noch nie war ihm so klar gewesen wie jetzt, dass die Gang nicht seine Bestimmung war. Die Street Fighters mussten nicht sein Schicksal sein, so wie es ihm, seit er klein war, immer eingetrichtert worden war. Selbst für ihn gab es eine andere Zukunft. In diesem Moment mit April an seiner Seite kam ihm das alles so einfach vor.

„Warum kann nicht immer alles so einfach sein wie jetzt?", sprach April seine Gedanken aus. Sie schmiegte ihren Kopf an seine Schulter.

Cameron schlang eng die Arme um sie, fest entschlossen, sie niemals gehen zu lassen. „Es wird einfach. Irgendwann." Der härteste Kampf stand ihm noch bevor, sollte er es tatsächlich wagen, Derek und der Gang den Rücken zu kehren. Aber es war die einzige Möglichkeit. Er wollte dieses Leben nicht mehr. Um April zu beschützen, musste er das Verbrechen hinter sich lassen. April verdiente einen Mann, der sein Geld ehrlich verdiente und nicht ständig das Risiko einging, auf offener Straße erschossen zu werden.

Offensichtlich hatte Addy Colin gefunden, denn sie kam nicht mehr zu ihnen zurück. Inzwischen war es dunkel und die Stimmung wurde immer ausgelassener. Die ersten Partygäste waren so betrunken, dass sie auf den Tischen tanzten. Von Katy und Charlene, der sogenannten „Aufsichtsperson", war natürlich nichts zu sehen. Auch den Typen, dessen Eltern das Haus gehörte, hatte Cameron nicht zu Gesicht bekommen. Jedenfalls hatte er sich ihm nicht vorgestellt, und ehrlich gesagt legte Cameron keinen Wert darauf. Das Partytreiben nervte ihn nur noch. Er sehnte sich danach, mit April allein zu sein. An einem ruhigen Ort.

„Wir sollten gehen", schlug Cameron vor. „Mir wird es hier zu laut."

April nickte. Vor etwa einer halben Stunde hatte jemand die Musik richtig aufgedreht, sodass man kaum sein eigenes Wort verstehen konnte. Songs wie *Little Bad Girl* von Taio Cruz oder *Where them Girls at* von David Guetta verbreiteten eine Stimmung wie im Stripclub. Immer mehr Kleidungsstücke wurden fallen gelassen. Lucas fühlte sich hier sicher wohl und machte wahrscheinlich in diesem Moment mit irgendeinem betrunkenen Mädchen rum, doch Cameron war nie auf Mädchen abgefahren, die sich freizügig gaben und innerhalb von wenigen Sekunden aus ihrem Höschen stiegen.

„Ja, lass uns gehen." Ihr Körper versteifte sich. Es war unübersehbar, dass sie sich hier nicht wohlfühlte. „Ich hol noch schnell etwas zu essen, zum Mitnehmen. Warte vorne auf mich."

„Soll ich nicht mitkommen?" Der Drang, sie zu beschützen, war übermächtig, doch April wehrte ab.

„Ich schaff das schon", sagte sie mit erhobenem Kinn und erinnerte ihn für einen kurzen Moment an das Mädchen, das ihn vor drei Wochen noch mit diesem kalten, abwehrenden Blick angesehen hatte. Egal wie sehr er für sie da sein wollte, er musste April auch eingestehen, hin und wieder für sich selbst zu sorgen. Sonst würde sie ihre Schutzmauern wieder hochfahren.

„Ok, bis gleich." April ging zur Bar, und Cameron widerstand dem Drang, sie keine Sekunde aus den Augen zu lassen. Stattdessen schlenderte er über die Terrasse und hielt unauffällig Ausschau nach Colin und Addy.

„Hey Cam. Da bist du ja", kreischte ihm jemand ins Ohr. Katy stolperte und fiel ihm direkt vor die Füße.

Sie saß auf ihrem Hintern und schaute mit einem dümmlichen Grinsen zu ihm auf. So betrunken, wie sie war, würde sie es niemals schaffen, allein aufzustehen. Widerstrebend streckte Cameron ihr die Hand hin. Schwer wie ein nasser Sack hing sie an seinem Arm.

„Ach Cam, endlich hab ich dich gefunden", lallte sie. Katy war so was von hinüber.

„Geh nach Hause und schlaf dich aus." Er schüttelte sie ab, doch sie griff wieder nach seinen Händen, arbeitete sich hoch und klammerte sich an seinen Schultern fest.

„Mein süßer Cam. Du musst mich halten." Sie blies ihm ihren nach Alkohol stinkenden Atem ins Gesicht.

„Wo ist dein Freund? Er soll dich nach Hause bringen."

Dass er sich um Katy kümmern musste, fehlte ihm gerade noch. Er war mit April hier. Katy mochte sturzbetrunken sein und morgen nichts mehr von all dem wissen, doch es war offensichtlich, dass sie ihm aufgelauert hatte. Was sie hier tat, war das Allerletzte.

„Aber ich will dich. Du bist soooo süß." Schwitzige, klebrige Finger umklammerten seinen Nacken. In dem Versuch, ihn zu küssen, fuhr sie mit ihrer Zunge über seine Oberlippe. Angewidert stieß Cameron sie weg und starrte direkt in Aprils vor Entsetzten geweitete Augen. Die zwei Pappteller, die sie in den Händen hielt, fielen mit einem Klatschen auf den Boden. Wortlos drehte sie sich um und ging. Mit verständnislosem Blick sah Katy ihn an.

„Schau, was du angerichtet hast", zischte er wütend und rannte April hinterher, die über den Rasen in Richtung Strand stampfte.

„April!" Sie blieb nicht stehen. Seine Wangen wurden heiß vor Wut und Verzweiflung. Noch nie hatte er Katy so sehr gehasst wie jetzt.

19. KAPITEL

April

„April!"

Cameron war direkt hinter ihr. Der Sand dämpfte seine Schritte. April verfluchte ihre Sandalen, mit denen sie bei jedem Schritt Sand schaufelte, der unangenehm drückte. Der Schmerz über diesen scheußlichen Verrat trieb sie weg von der Party. Weg von Katy. Weg von Cameron. Wie konnte Katy ihr das antun? Und warum hatte Cameron es zugelassen? Sie hatte länger als einen kurzen Augenblick in seinen Armen gelegen. Lange genug, um ihn küssen zu können. Der Gedanke daran trieb ihr Tränen in die Augen, aber sie würde nicht weinen. Dieses Mädchen war sie nicht mehr. Sie würde es schon irgendwie überleben, so wie sie alles bisher überlebt hatte.

„April, warte." Er packte sie am Arm und drehte sie zu sich herum. „Es ist nicht so, wie du denkst."

Grob riss sie sich los. „Ach ja? Hast du sie etwa nicht geküsst?"

„Nein, das hab ich nicht. Sie wollte mich küssen und ich hab sie weggestoßen. Hast du das nicht gesehen?"

„Ich hab gesehen, wie ihr euch umarmt habt. Da hättest du sie schon wegstoßen müssen, aber anscheinend hat es dich nicht gestört."

April wandte ihm den Rücken zu. Sie konnte ihn nicht anschauen, ohne das Bild vor sich zu sehen, wie Katy sich an ihn geklammert hatte. Vielleicht stimmte es, was Cameron sagte, und das alles war von Katy ausgegangen. Aber was, wenn es ihm gefallen hatte? Trotz der Hitze lief ihr ein kalter Schauer über den Rücken.

„Bitte lauf nicht weg. Hör mir zu."

„Ich hör dir doch schon die ganze Zeit zu", entgegnete sie trotzig und kam sich albern vor. Es wäre so einfach gewesen, Cameron zu sagen, er könne sich seine Erklärungen sonst wohin schieben, aber unter all der Wut gab es einen kleinen Funken Hoffnung, dass Cameron ehrlich zu ihr war. Zumindest in dieser Sache.

Im nächsten Moment stand Cameron direkt vor ihr. „Sieh mich an, wenn ich dir die Wahrheit sage."

„Cam, bitte. Red einfach."

„Nein." Sanft hob er ihr Kinn an. „April." In seinen meerblauen Augen lag nichts als Ehrlichkeit und Zuneigung. „Katy ist gestürzt und ich hab ihr aufgeholfen. Ich wollte sie nicht küssen. Ich will nur dich. Glaubst du mir das?"

„Cam." Sie verlor sich in seinen Augen. Wie konnte sie ihm nicht glauben? Cameron war kein Aufreißer. „Ich vertrau dir."

Mit einem erleichterten Lächeln im Gesicht zog er sie an sich. „Komm, lass uns von hier verschwinden."

Geräuschlos schloss April die Wohnungstür. Mom war zu Hause, aber die Wohnung lag im Dunkeln. Sicher hätte sie nichts dagegen, dass Cameron da war, doch sie wollte sie nicht wecken.

„Du hast bestimmt Hunger." Nachdem sie die Pappteller mit dem Meeresfrüchtesalat hatte fallen lassen, knurrte ihr der Magen. Es tat ihr leid um das gute Essen, dass wahrscheinlich inzwischen von unachtsamen Partygästen zertrampelt worden war. Da sie mitten in der Nacht nicht die Möglichkeit hatten, in der Küche mit Töpfen herumzuklappern, musste es eben etwas Einfacheres sein.

„Wie wär's mit Sandwiches?", schlug Cameron vor, „Irgendwas zum Belegen habt ihr bestimmt da."

April grinste. „Der Sternekoch hat gesprochen."

Er boxte sie in die Schulter. „Hey, Sandwiches sind vielfältig. Vielleicht sollte ich dich mal in dieses neue Café ausführen, das in New Town eröffnet hat. Die sollen dort richtig abgefahrene Sorten haben."

„Noch ein neues Café? Du hast mich mit Candy Crush schon total überfordert."

„Sweet Life."

„Auch nicht viel origineller."

„Dort gibt es den Pfannkuchen mit Erdbeersirup. Schon vergessen?"

Er hob sie hoch und wirbelte sie herum, und sie unterdrückte einen überraschten Aufschrei. „Wir sollten nichts zu Bruch gehen lassen. Meine Mom schläft."

Cameron setzte sie auf die Arbeitsplatte neben den Herd. „Du hast recht. Lass uns lieber Sandwiches machen. Das ist sicherer."

April tapste zum Kühlschrank. Er war randvoll. Ihr

lief das Wasser im Mund zusammen, als sie über die vielen Möglichkeiten nachdachte, wie sie ihr Sandwich belegen konnte. Cameron hatte recht. Sandwiches waren vielfältig.

„Du willst bestimmt Käse." Sie legte eine Packung Schmelzkäse auf die Arbeitsplatte und stöberte weiter im Kühlschrank. Mom hatte sogar fertig abgepackte Truthahnstreifen gekauft. Normalerweise mochte April keine Fertiggerichte. Selbst gekochtes schmeckte immer besser, aber sie konnte von Cameron nicht verlangen, dass er wartete, bis sie selber Fleisch briet, wenn fertiges da war.

„Käse reicht völlig. Ich sterbe vor Hunger." Cameron riss die Käsepackung auf und legte mindestens drei Scheiben auf einen Toast. Er belegte noch ein Brot mit Käse und stellte beide auf einem Teller in den Ofen, während April Tomaten schnitt und zusammen mit Salat und ein paar Truthahnstreifen auf ihr Brot legte.

Ungeduldig hockte Cameron vor dem Ofen, ein Bein angewinkelt und beobachtete, wie der Käse schmolz. Der Anblick traf sie mitten ins Herz. Mit einem verträumten Anblick betrachtete sie ihn. Die Haare, die ihm am Hinterkopf abstanden, das weiße T-Shirt, das über den breiten Schultern spannte.

Sie setzte sich neben ihn und schlag die Arme um die Knie. „Früher hab ich an Weihnachten immer die Kekse bewacht, die meine Mom gebacken hat."

Cameron blinzelte verwirrt, als wäre er mit seinen Gedanken gerade ganz woanders gewesen. „Was?"

„Plätzchen. Ich hab früher immer zugesehen, wie sie braun geworden sind." Damals, mit elf, hatte sie zum ersten Mal allein mit ihrer Mom Weihnachten gefeiert. Bei Ramon war selbst die Weihnachtszeit angespannt und in ständiger Angst vor seinen Übergriffen verlaufen, aber das brauchte Cameron nicht zu wissen. Eines Tages würde sie ihm von Ramon erzählen. Wenn er selbst mit Gangmitglieder zu tun hatte, würde er es vielleicht verstehen, aber jetzt war noch nicht der richtige Moment dafür.

„Klingt schön." Sein Blick war seltsam leer.

„Habt ihr das nicht gemacht?", fragte sie vorsichtig. Womöglich hatte auch Cameron keine besonders schöne Kindheit gehabt.

„Ja, manchmal." Er drehte den Ofen aus und riss die Klappe auf. „Die Sandwiches sind fertig." Die Botschaft war unmissverständlich.

„Sorry", sagte sie, als sie wenig später mit ihren Sandwiches auf dem Sofa saßen.

„Wofür?"

„Wegen der Sache mit den Plätzchen. Das geht mich nichts an."

Cameron zuckte mit den Schultern. „Schon gut. Das ist eine ganz normale Frage. Wir haben so was nur nie gemacht."

Nachdenklich betrachtete er den Käsetoast in seiner Hand. Dann lächelte er. „Ich hab mein ganzes Leben lang Käsetoast beim Schmelzen beobachtet. Das ist doch auch was wert."

Er biss in seinen Toast und kaute. April lehnte sich an ihn. Sie würde keine Fragen stellen, sondern einfach nur da sein.

„So schlimm war meine Kindheit gar nicht. Meine Eltern waren meistens high, aber mein Bruder hat sich um mich gekümmert."

Seine Worte fühlten sich an wie ein Schlag in die Magengrube. Auch seine Kindheit war von Drogen beeinträchtigt gewesen. Ramon hatte sie verkauft. Camerons Eltern hatten sie konsumiert.

„Wo sind deine Eltern jetzt?"

„Auf Entzug. Seit zwei Jahren. Mein Bruder war damals gerade volljährig und hat das Sorgerecht bekommen." Cameron lachte bitter. „Als einzige erwachsene Bezugsperson in meinem Leben, die sich nicht regelmäßig abschießt."

Mit sechzehn hatte er seine Eltern verloren, die nach allem, was er erzählt hatte, wohl nie welche gewesen waren. Tröstend strich sie über seine Schulter und widerstand nur mühsam dem Drang, sein T-Shirt zur Seite zu schieben und sich sein Tattoo genauer anzusehen. Dass er mit Gangs und Drogen zu tun hatte, ließ sich nicht leugnen. Die Vergangenheit ließ sich nun mal nicht ganz abschütteln. Sie war allgegenwärtig. Genau wie ihre Albträume.

„Du hast keine Ahnung, was dieses Zeug mit Menschen macht. Sie sind nicht mehr sie selbst. Ich weiß gar nicht, wie sie früher waren. Seit ich denken kann, waren sie immer auf Drogen."

Und ob sie es wusste. Oft hatte Ramon beiläufig von Kunden erzählt, die dem jahrelangen Konsum von Kokain zum Opfer gefallen waren. Für ihn war es nichts weiter als Geld, das ihm durch die Lappen ging. Doch es fanden sich immer neue Junkies, die ihm den Stoff abkauften. Reiche, die Unmengen davon für Partys kauften, und arme Schlucker, die sich hoch verschuldeten, um ihre Sucht zu befriedigen.

„Ich bin froh, dass du nicht so bist", sagte sie, auch wenn ihr klar war, dass diese wenigen Worte ihm nicht seine gestohlene Kindheit zurückgeben konnten. Nichts konnte das. Man musste so gut wie möglich damit abschließen und weiterleben.

„Ich wusste schon früh, dass ich nicht so enden will wie meine Eltern."

„Wenigstens hast du deinen Bruder." Wie oft hatte sie sich einen großen Bruder gewünscht, der Ramon die Stirn bot? Am Ende hatte Mom die Sache selbst in die Hand genommen.

„Und du hast deine Mom." Die unausgesprochene Frage nach ihrem Vater hing in der Luft, doch er stellte sie nicht und April war noch lange nicht bereit, ihm zu erzählen, dass der Mann, der sich ihr Vater schimpfte, einer der mächtigsten Drogenbosse der USA war und Geschäfte mit den mächtigsten Drogenbaronen in Mittelamerika machte. Das war kein Erbe, auf das man stolz sein konnte.

„Die beste der Welt." April nahm ihm den Teller aus der Hand und stellte ihn auf den Couchtisch neben ihren. Das Truthahnsandwich war unberührt. „Lass uns nicht mehr über so ernste Dinge reden."

Sie legte die Beine quer über seinen Schoß, umfasste seine Wangen und küsste ihn. Cameron öffnete die Lippen und vertiefte den Kuss, während seine Hände in einem sanften, gleichmäßigen Rhythmus ihre Taille streichelten. Ihre Hände fuhren unter sein Shirt, ertasteten die harten, glatten Muskeln, die er sonst immer unter weiten Kapuzenpullis oder Oversized-Shirts versteckte. Wegen seiner Pistole, die er heute nicht trug. Sie verdrängte den Gedanken, dass seine Nähe in jeder Hinsicht gefährlich war, und erkundete weiter seinen Körper. Sie war begierig darauf, seinen nackten Oberkörper zu sehen und schob sein Shirt nach oben.

„April, nein", keuchte er atemlos und umschloss sanft ihre Finger. „Wir dürfen das nicht tun."

April fühlte sich, als hätte er ihr eine Ohrfeige verpasst. „Wegen meiner Mom? Sie hat einen guten Schlaf. Sie wird nichts merken."

Das erste und einzige Mal, dass sie mit einem Jungen Sex gehabt hatte, war sie mucksmäuschenstill gewesen. Es war auch ziemlich enttäuschend gewesen. Ob sie sich bei Cameron auch so gut beherrschen konnte? Fraglich. Wahrscheinlich hatte er recht.

„Nicht wegen deiner Mom." In seinen Augen lag ein Schmerz, der ihr Angst machte. „Du weißt nicht, wer ich bin."

Ein Kloß bildete sich in ihrem Hals. Würde er es ihr jetzt sagen? Das wollte sie nicht. Wenn er nichts sagte, konnte sie wenigstens so tun, als wäre sie ahnungslos.

„Ich will es nicht wissen. Bitte."

Er legte seine Hände auf ihre Schultern und sah sie eindringlich an. „Du solltest keinen Sex mit jemandem wie mir haben. Wir sollten nicht mal zusammen sein."

„Was soll das heißen, mit jemandem wie dir? Ich weiß, wer du bist. Ich kenne die Gerüchte, aber sie sind mir egal."

Cameron sprang auf und zog sich das T-Shirt herunter. Seine Haare waren zerzaust. „Es sind nicht nur Gerüchte. Ich bin nicht der Richtige für dich."

Er war in einer Gang. Unbewusst war es ihr von Anfang an klar gewesen, doch sie hatte ihre Bedenken ignoriert und später auch die leise Gewissheit. Trotz ihrer Vergangenheit und aller Warnsignale hatte sie sich auf einen Mann eingelassen, der Teil dieser düsteren Welt war, doch anders als erwartet, schockierte sie das nicht mal. Cameron war nicht wie Ramon oder seine skrupellosen Handlanger. Ihr hatte er den verletzlichen, fürsorglichen und liebevollen Cameron hinter der Fassade gezeigt. Sie hatte sich in ihn verliebt und alles andere spielte keine Rolle.

„Für mich fühlt es sich richtig an." April stand auf und griff nach seiner Hand. Wie blind Liebe doch machte. Blind und dumm.

Cameron wich vor ihr zurück. „Halt dich fern von mir. Ich bin gefährlich." Abwehrend hielt er die Hände hoch. „Es tut mir leid. Ich hätte dich in Ruhe lassen sollen. Wir hätten uns nie treffen dürfen."

Seine Worte klangen so endgültig, dass ihr Tränen in die Augen traten. „Du kannst aussteigen. Das kannst du bestimmt." Sie wusste es besser. Kaum jemand überlebte ein Ausstiegsritual. Egal wie sehr sie ihn liebte, die Gang würde immer ein Teil seines Lebens sein und damit auch ein Teil ihres Lebens. Wenn sie mit Cameron zusammen war, würde sie enden wie Mom. Cameron wäre gut zu ihr, doch er würde töten, er würde Drogen verkaufen. Die Drogen, die seine Eltern zerstört hatten. Weil er keine andere Wahl hatte. Moral spielte keine Rolle.

Kopfschüttelnd sah Cameron sie an. „Es tut mir leid."

Er ging. Er verschwand. Aus dem Wohnzimmer. Aus der Wohnung. Aus ihrem Leben. Verloren stand April mitten im Raum und starrte an die Stelle, an der

Cameron eben noch gestanden hatte. Diesmal hielt sie die Tränen nicht zurück. Sie hatte ihn verloren.

Es konnten nur wenige Minuten vergangen sein, doch April kam es so vor, als würde sie seit Stunden hier sitzen und vergeblich hoffen, dass Cameron wieder zurückkam. Dass er ihr sagte, es wäre alles gar nicht so schlimm, dass er aus der Gang austreten und mit ihr ans Ende der Welt fliehen würde. Aber das war Schwachsinn. Wenn sie mit diesem ganzen kriminellen Scheiß nichts zu tun haben wollte, musste sie Cameron vergessen.

Das Handy neben ihr vibrierte. Ein kleiner Funken Hoffnung kam in ihr auf, bis sie sah, dass Katy ihr geschrieben hatte.

Ich, tu mir leid. Is Cam bei dir

Schluchzend legte sie das Handy weg. In einer Nacht hatte sie nicht nur Cameron verloren, sondern auch eine Freundin. Ihr Verrat schmerzte fast noch mehr als die Tatsache, dass Cameron sie verlassen hatte. Für Katy empfand sie nichts als Wut. Es war so einfach, jemanden zu hassen. Es war so einfach gewesen, Cameron zu hassen. Ihn zu verurteilen und in eine Schublade zu stecken. Warum hatte sie damit aufgehört? Warum liebte sie ihn trotz der Verbrechen, die er zweifellos begangen hatte? Verdammt! Sie war wie Mom und hatte sich den gefährlichsten Mann weit und breit ausgesucht, und hätte Cameron nicht rechtzeitig die Notbremse gezogen, wäre sie in ihr Verderben gelaufen.

Ein schrilles Klingeln weckte sie. April fuhr hoch. Offensichtlich war sie auf dem Sofa eingeschlafen. Es klingelte noch mal. Schritte tapsten durch die Wohnung. War Cameron zurückgekommen? Aber warum sollte er das tun? Das war nicht Cameron. Addy vielleicht? Aber sie war mit Colin zusammen und würde später in ihre Wohngruppe gehen. Ein beklemmendes Gefühl beschlich sie.

Mom erschien im Türrahmen, auf dem Weg zur Wohnungstür.

„Mom!" April sprang vom Sofa. „Nicht aufmachen!"

Mom sah durch den Türspion. Mit einem Aufschrei wich sie zurück. Alle Farbe war aus ihrem Gesicht gewichen. Aprils Herz raste. Es krachte, als die Tür aus den Angeln gerissen wurde. Was April sah, ließ ihre schlimmsten Albträume wahr werden.

Mit einem raubtierhaften Grinsen sah Ramon sie beide an.

„Hallo Charlie, mein Engel. Hast du mich vermisst?"

20. KAPITEL

Cameron

Die Straße lag im Dunkeln. Nur noch eine einzige Straßenlaterne funktionierte. Niemand würde kommen und die anderen reparieren. Kein Mensch, der bei Verstand war, verirrte sich in diese miese Gegend. Wer nicht hier aufgewachsen war, gehörte nicht hierher. April gehörte nicht hierher. Was hatte er sich dabei gedacht, sie in seine Welt mit hineinzuziehen? Sie verdiente einen Mann, der sie wirklich beschützen konnte, keinen Gangster mit einer Knarre, die er nur trug, um sich mit anderen Gangstern Revierkämpfe zu liefern.

Der Schmerz in ihren Augen verfolgte ihn auf dem gesamten Heimweg. Als sie ihm so nah gekommen war, hatte er es für das Beste gehalten, sie von sich weg zu stoßen. Bei ihm war sie nicht sicher. Ihre Beziehung hatte keine Zukunft. Doch je näher er dem hässlichen Wohnblock kam, der sich sein Zuhause nannte, desto mehr zweifelte er an seinem übereilten Entschluss. Vielleicht hätte er ihr alles erklären und sie selbst entscheiden lassen sollen, ob sie trotzdem bei ihm bleiben wollte. Doch was, wenn sie sich für ihn entschieden hätte? Könnte er damit leben, sie an sich zu binden und sie jeden Tag der Gefahr auszusetzen, nicht zu wissen, ob er abends lebend nach Hause kam?

Chase stand im Flur, als Cameron die Wohnungstür aufstieß, als hätte er sich von dort nicht wegbewegt, seit er vor Stunden zu der Party aufgebrochen war.

„Da bist du ja endlich", schnauzte er.

„Hast du auf mich gewartet?", entgegnete Cameron ebenso kalt. Auf Chases blöde Fragen konnte er jetzt echt verzichten. Er drängte sich an ihm vorbei.

„Wo willst du hin?"

„Ins Bett. Es ist drei Uhr morgens."

„Du gehst nirgends hin. Derek braucht uns. Ich war kurz davor, dich anzurufen." Prüfend sah Chase ihn an. „Du hast doch nicht Ramons Tochter gevögelt, oder?"

„Sie heißt April und sie ist kein Mädchen, das man einfach vögelt, wie du es nennst." Was bildete Chase sich ein? Ausgerechnet er, der ständig verheiratete Frauen anschleppte, spielte sich als Moralapostel auf.

Chase schnaubte verächtlich. „Wusste ich´s doch. Da läuft was zwischen euch. Du lässt dich mit dem Feind ein."

„April ist nicht unser Feind. Sie hat mit der ganzen Sache nichts zu tun. Sie weiß nicht mal, dass ich weiß, wer sie ist."

„Das ist scheißegal. Sie ist Ramons Tochter. Daran lässt sich nichts ändern. Glaubst du, er wird sie in Ruhe lassen, nur weil sie keinen Bock auf ihn hat?"

Cameron wurde übel. Ein schrecklicher Verdacht kam ihm ihm auf. „Was soll das heißen?" Er kannte die Antwort. Die ganze Zeit hatte er es gewusst und verdrängt. Er selbst hatte den Mann gesehen, der sie beschattete. April war in Gefahr und er hatte sie allein gelassen. Nur weil er die Nerven verloren hatte.

„Wyatt beobachtet Ramon schon länger. Gerade eben ist er mit zwei seiner Handlanger in ein Auto gestiegen und weggefahren. Das ist unsere Chance, Brandon zur Strecke zu bringen. Ramon ist nicht da und mit den paar Blue Killers werden wir schon fertig."

In Cameron brodelte ein Vulkan, der jeden Moment zu explodieren drohte. Wie sehr er Derek und die Gang hasste. Chase erwartete von ihm, dass er sich um Brandon kümmerte, während April und ihre Mutter in Lebensgefahr schwebten.

„Brandon ist nicht mein Problem", knurrte er. „April schon."

„Du kannst sie nicht retten. Wenn du es versuchst, wird Ramon dich töten und wenn er es nicht tut, dann tut es Derek."

„Ich fahr zu ihr und wenn es sein muss, töte ich Ramon eigenhändig." Was er tat, war lebensmüde. Derek würde ihn töten und sein eigener Bruder würde dabei zusehen. Selbst wenn er es nicht wollte, aber ein Verräter war ein Verräter. Aber noch nie war ihm Derek so egal gewesen wie ihn diesem Moment. Sollten er und Brandon sich doch gegenseitig die Köpfe ein-schlagen. April brauchte ihn, und für nichts auf der Welt wollte er sie sich selbst überlassen. Casey war gestorben, weil er nicht da gewesen war. Bei April würde er diesen Fehler nicht machen.

„Das ist Hochverrat. Das weißt du." Chase packte ihn am Handgelenk. Ein Anflug von Angst flackerte in seinen Augen auf. „Derek interessiert es nicht warum du tust, was du tust. Er wird dich töten."

Chase mochte sein Bruder sein. Er machte sich Sorgen. Auf seine Art. Konnte er wirklich das Risiko eingehen von Derek getötet zu werden und Chase allein zurück zu lassen? Er musste, denn wenn April etwas passierte, würde er sich das nie verzeihen.

„Diese beschissene Gang hat uns unsere Eltern genommen. Sie hat Casey getötet. Ich werde nicht zulassen, dass sie April tötet."

Cameron stürmte zur Tür und riss sie auf.

„Wenn du jetzt gehst, kann ich nichts mehr für dich tun", sagte Chase. So etwas wie Traurigkeit huschte über sein Gesicht. Nur für den Bruchteil einer Sekunde, bevor sein Blick hart wurde. So sehr er seinen Bruder manchmal hasste, Chase war kein schlechter Mensch. Dennoch stand die Gang für ihn über allem. Sie war die Familie, die er fast vollständig verloren hatte. Wenn es hart auf hart kam, würde er sich auf Dereks Seite schlagen. Für Cameron gab es nur zwei Möglichkeiten. Entweder er starb oder er stieg aus.

„Mach´s gut Chase." Die Tür fiel hinter ihm ins Schloss. Jetzt gab es kein Zurück mehr. Er hatte sich entschieden. Für April.

„Colin, ich brauch dein Auto", bellte er in den Hörer, bevor Colin irgendetwas sagen konnte.

„Wozu? Die paar Straßen kannst du doch laufen."

Natürlich war Colin auch in Dereks schwachsinnigen Plan eingeweiht, Brandon zu überfallen. So sehr er das Gangleben hasste, für ihn gab es keinen Grund, den Street Fighters den Rücken zu kehren.

Keine Frau, die gerettet werden musste.

„Ich lass mir mein Leben nicht länger von Derek versauen. Wenn er nach mir fragt, sag ihm, ich komme nicht."

Stille am anderen Ende der Leitung.

„Colin, bitte. April wird entführt. Mit dem Fahrrad bin ich nicht rechtzeitig dort."

„Derek wird dich umbringen." In Colins Stimme schwang Sorge mit. Wenn jemand ihn nicht verurteilte, dann war es Colin. Chase verstand es nicht. Lucas würde es nicht verstehen. Wyatt würde es nicht verstehen. Niemand würde es verstehen, und Derek würde toben.

„Ich kann April nicht im Stich lassen. Zwing mich nicht dazu, ein Auto zu klauen."

Colin seufzte. „Ok. Der Autoschlüssel liegt im Briefkasten."

„Danke Mann. Solltest du dich entscheiden auszutreten, bin ich für dich da."

„Ich bin nicht so mutig wie du."

Cameron raste durch die nächtlichen Straßen von Blue Water. Kaum jemand war um diese Zeit noch unterwegs. Jedenfalls nicht in den Wohnsiedlungen. Er überfuhr rote Ampeln, missachtete Stoppschilder und Zebrastreifen, nahm die Kurven viel zu eng. Wen interessierte es schon?

Er parkte Colins Pick-up halb auf dem Gehweg und stürmte ins Haus. Die Haustür war nicht abgesperrt. Ihm kam das gelegen, doch auch sonst konnte jeder ins Haus. Aber er glaubte nicht, dass Ramons Männer sich von einer abgeschlossenen Haustür aufhalten lassen würden. Diese Menschen holten sich mit roher Gewalt alles, was sie haben wollten. Trotzdem ließ er den Riegel einrasten und schlug die Tür zu.

Ohne Rücksicht auf schlafende Nachbarn polterte er die Treppen hinauf. Er musste April und ihre Mutter von hier wegbringen, bevor Ramon auftauchte.

Im dritten Stock starrte ihm eine weit geöffnete Wohnungstür und ein verwüsteter Flur entgegen. Das Herz rutschte ihm in die Kniekehlen. Nein! Er war zu spät gekommen.

Cameron griff nach seiner Waffe und entsicherte sie. Sollten diese Bastarde noch hier sein, würde er sie einen nach dem anderen abknallen.

Die Kommode im Flur war umgeschmissen, Bilder lagen zerbrochen auf dem Boden. In der Küche war eine Schublade aufgerissen. Messer in verschiedenen Größen lagen darin. Erleichtert stellte Cameron fest, dass nirgends Blut war.

Am Ende des Flurs stand eine Tür offen. Bett, Schrank, zwei Regale. Das Schlafzimmer von Aprils Mom. Beinahe jeder Zentimeter des weißen Teppichs war mit Klamotten und zerrissenen Büchern bedeckt. Neben dem Nachtkästchen lag eine zerbrochene Vase. Die Bettdecke war zerfetzt, der Rollladen herunter gerissen. Alles deutete auf einen Kampf hin. Aber auch hier war nirgends Blut. Natürlich nicht. Ramon wollte sie lebend, um sie zu quälen für das, was sie ihm angeblich angetan hatten.

Sie hat ihn hinterhältig niedergeschlagen. Ramon wird das nicht auf sich sitzen lassen. Er will Rache.

Ein schauriges Bild drängte sich ihm auf. April, die gefesselt in einem dunklen, kalten Raum saß. Ramon, der mit einem bösartigen Grinsen über ihr stand. Das durfte er nicht zulassen. Er musste sie finden. Wenn er nur wüsste, wo er suchen sollte! Ramon brachte sie sicher nicht zu sich nach Hause. Irgendwo musste er ein Versteck haben. Aber wo? Gab es hier irgendwo einen Hinweis? Hektisch wühlte er in den Blättern, die verteilt am Boden lagen. Mit einem frustrierten Aufschrei warf er ein Buch an die Wand. Das führte zu nichts. Hier würde er nichts finden.

Denk nach. Hat April mal was erwähnt? Blödsinn! Sie hatte nie über ihre Vergangenheit geredet. April ahnte nicht mal, dass er von Ramon wusste. Aber sie hatte etwas gesagt. Über ihren Onkel. Seine Frau und seine Tochter. Sie hatte sogar einen Namen erwähnt. Verdammt, er hätte besser zuhören müssen.

Cameron stürmte in die Küche und riss den Kalender von der Wand. Auf jeder Seite waren Termine notiert. Er blätterte zum September.

Kaffee bei Amy und Julian.

Das war in einer Woche. Er blätterte zurück zum August.

Kochen mit Matt und Logan.

Das war er. Logan. Und Julian musste ihr anderer Onkel sein. Wie sollte er sie erreichen? Hier stand keine Nummer. Vielleicht gab es ein Adressbuch. Vielleicht gehörte Aprils Mom zu den Menschen, die so etwas noch besaßen. Im Wohnzimmer!

Offensichtlich war Ramon hier nicht gewesen.

Der Raum wirkte so friedlich und ordentlich, wie Cameron ihn vor einer Stunde verlassen hatte. Fast konnte man meinen, April und ihre Mom würden sanft schlummernd in ihren Betten liegen.

Cameron durchwühlte alle Schränke, fand aber nichts. Nicht mal ein Notizbuch. Scheiße! Mit jeder Sekunde, die er hier verschwendete, war April länger in der Gewalt dieses Monsters. Wen sollte er fragen? Er kannte niemanden, der ihn zu Logan oder Julian führen könnte. Niemanden, der wusste, wo Ramon sich versteckte.

Er kauerte auf dem Boden, den Kopf auf den Couchtisch gelegt. Es konnte doch nicht sein, dass er so schnell gescheitert war, dass er die Frau, die er liebte, nicht retten konnte.

Eine andere Erinnerung drängte sich ihm auf. Casey, die im zugemüllten Flur dieser stinkenden Wohnung lag. Die leeren blauen Augen zur Decke gerichtet. Eine Spritze und eine Dose mit Pillen lagen neben ihr. Als er sie gefunden hatte, war Casey eine halbe Stunde tot gewesen. Zu lange, um sie wieder zurückzuholen. Wäre er nur zehn Minuten früher gekommen, hätte sie eine Chance gehabt. Casey war gestorben. Sie war mit fünfzehn gestorben, weil er nicht da gewesen war. Und jetzt sollte April sterben, weil er nicht da war? Nein. Das durfte er nicht zulassen. Er hatte nicht gründlich genug gesucht. Nie wieder würde irgendjemand aufgrund seines Versagens zu Schaden kommen.

Cameron riss an der Schublade im Couchtisch. Sie klemmte. „Geh schon auf du Miststück!", schrie er und stemmte sich mit seinem ganzen Gewicht darauf.

Holz brach. Es krachte und im nächsten Moment hielt er die Schublade in der Hand, aus der unzählige Zettel segelten. Auf einer davon stand eine Nummer. Eine Telefonnummer. *J's neue Nummer* hatte jemand darüber geschrieben. J. Das musste Julian sein. Er musste es einfach sein. Am liebsten hätte Cameron vor Erleichterung geweint, aber jetzt war keine Zeit für einen Gefühlausbruch. April brauchte ihn.

Er rannte aus der Wohnung und beinahe in eine alte Frau hinein, die im Flur stand. Mit angsterfüllten Augen sah sie ihn an. Schnell steckte er die Pistole hinten in seinen Hosenbund und zog das T-Shirt darüber. Vielleicht hatte sie nichts bemerkt.

„Sind Sie ein Freund der Familie?", fragte sie leise mit zitternder Stimme.

„Äh ja, ich …"

„Es waren drei Männer. Sie waren bewaffnet. Niemand konnte etwas tun, aber die Polizei wird bald da sein."

„So lange kann ich nicht bleiben."

Er ließ sie stehen, verließ das Haus und sprang in Colins Wagen. Auf keinen Fall durfte die Polizei ihn hier sehen. Sie würden Fragen stellen, kostbare Zeit verschwenden, die April nicht hatte. Gerade als er um die Ecke fuhr, hörte er Sirenen. Nichts wie weg hier. Ein paar Straßen weiter hielt er auf dem leeren Parkplatz eines Supermarktes und tippte die Nummer in sein Handy ein. Hoffentlich gehörte Julian nicht zu den Leuten, die nachts ihr Handy ausschalteten.

Es tutete. Sein Herz raste. *Bitte geh ran.* Wenigstens landete er nicht gleich auf der Mailbox. Das war ein gutes Zeichen. Er ließ klingeln und klingeln. Dann klickte es in der Leitung.

„Hallo?", murmelte eine tiefe, verschlafene Stimme. „Wer ist da?"

Jackpot! Der erste Schritt war geschafft. Jetzt musste er Julian nur noch davon überzeugen, mitten in der Nacht aufzustehen und einen hochrangigen Verbrecher zu jagen.

„Julian?"

„Ja?" Es klang mehr wie eine Frage. Natürlich war Julian misstrauisch, wenn ein Fremder ihn mitten in der Nacht anrief.

„Ich bin ein Freund von April", sagte er und wartete auf eine Reaktion, die nicht kam.

„Ich meine, ich bin *ihr Freund*", schob er hinterher. Offensichtlich hatte April ihrem Onkel nichts von ihm erzählt. Die Enttäuschung verflog jedoch schnell. Ihre Beziehung war zu frisch, um sie an die große Glocke zu hängen. Aber warum war das überhaupt wichtig? Alles was jetzt zählte, war, April und ihre Mom so schnell wie möglich zu finden, bevor dieser Irre ihnen ernsthaft wehtun konnte.

„Was ist los?", fragte Julian alarmiert. „Stimmt mit April was nicht?"

„Ramon hat sie entführt." Es verursachte ihm Übelkeit, diese Worte auszusprechen. Ramon hatte April entführt und es war seine Schuld. Wäre er da gewesen, hätte er die Gangster fertiggemacht.

„Ramon ist wieder da? Wann war das?"

„Vor circa einer Stunde. Ich wollte zu ihr. Die Wohnung ist komplett verwüstet, aber es sieht nicht so aus, als hätte er sie verletzt. Ihre Mom ist auch weg. Er hat sie beide mitgenommen."

„Ich kenn einen Ort, an dem sie sein könnten."

„Wo ist dieser Ort?"

„Kann ich dir vertrauen?"

Cameron schluckte. Wie sollte er Julian beweisen, dass er wirklich mit April zusammen war und nicht irgendein Betrüger, der Julian in eine Falle locken wollte? Klar, er hatte Julians Nummer, aber die könnte er sonst woher haben. Die Nachbarin! Er beschrieb Julian die alte Frau in allen Details, die ihm einfielen. „Sie wohnt nebenan. Kennst du sie?"

„Miss Hanson. Also gut. Ich sag dir, wo wir uns treffen. Dann fahren wir zusammen dorthin und hoffen, dass sie da sind." Julian nannte ihm einen bekannten Nachtclub in der Nähe. Zwei Typen, die sich auf dem Parkplatz trafen, würden da nicht weiter auffallen.

Er legte auf. Die Hand, die das Telefon hielt, zitterte. Cameron atmete tief durch und versuchte, das Zittern unter Kontrolle zu bringen. Er musste stark bleiben für April.

Der Parkplatz vor dem Club war vollgestellt mit Motorrädern, gepimpten Sportwagen und riesigen Pick-ups. Vor dem Eingang des unscheinbaren Gebäudes standen Menschen Schlange, die darauf warteten, hineingelassen zu werden. Im Auto neben ihm knutschte ein Pärchen so wild rum, dass der Wagen wackelte. Das hätte er mit April auch haben können. Wenn er nicht so ein verdammter Feigling gewesen wäre.

Cameron verriegelte die Türen und setzte sich auf die Motorhaube. Zwei blondierte aufgetakelte Frauen stolzierten auf hohen Absätzen an ihm vorbei und lächelten ihn aufreizend an. Kopfschüttelnd bedeutete er ihnen, weiterzugehen.

Je länger er da saß und die Feierlustigen beobachtete, desto nervöser wurde er. Es war bald halb fünf und Julian tauchte nicht auf. Am Ende traute Julian ihm doch nicht und hatte ihn nur vertröstet, um ihn loszuwerden. Aber würde Julian den Verdacht, April könnte in Gefahr sein, einfach ignorieren? Würde er wie Cameron damals einfach zusehen, wie ein Mensch, den er liebte, sich zugrunde richtete?

Das Handy klingelte in seiner Hosentasche. „Julian?"

„Ich seh dich", sagte Julian nur und legte dann auf.

Cameron beobachtete, wie ein Mann in ein paar Metern Entfernung sein Handy in der Tasche seiner Jeansjacke verschwinden ließ und auf ihn zukam.

„Cameron?"

„Ja."

Julian musterte ihn prüfend. Er hatte die gleichen schwarzen Locken wie April, die gleichen ebenmäßigen Gesichtszüge. Seine Haut war heller. Eine Laterne erhellte sein Gesicht und Cameron bemerkte sofort die unterschiedlichen Augen. Eins war braun, das andere grün.

„Wir müssen sofort los. Wenn Ramon sie hat, haben wir nicht viel Zeit."

„Klar, steig ein." Er entriegelte die Türen und Julian nahm auf dem Beifahrersitz Platz. Cameron parkte aus und brauste vom Parkplatz.

„Wir müssen Richtung Osten, raus aus der Stadt." Die miese Gegend, die Derek sein Revier nannte, musste er dann wohl umfahren. Die Straßen, in denen wahrscheinlich in diesem Moment ein erbitterter Kampf stattfand, um Brandon zur Strecke zu bringen.

Sie hatten keine Chance. Die Blue Killers waren deutlich in der Überzahl. Derek stand schon lange auf verlorenem Posten. Es wurde nur noch unnötig Blut vergossen. Aber das war Dereks Kampf, nicht seiner. Wenn das hier alles vorbei war, würde er keinen Fuß mehr in sein altes Viertel setzen.

„Danke Mann. Ohne dich wüsste ich nicht, wo ich suchen soll."

„Mir ist das Gleiche vor sieben Jahren passiert. Ein paar Gangster haben meine Frau entführt, um mich zu erpressen. Charlie hat uns damals gerettet."

Julian war also auch in einer Gang gewesen. Aus irgendeinem Grund überraschte ihn das nicht. Julian war kaum erstaunt gewesen, als Cameron ihm von der Entführung erzählte. Er hatte nicht tausend Fragen gestellt, war nicht in Panik ausgebrochen. Seine trockene Reaktion war fast unheimlich gewesen. Als wüsste er genau, wie man mit solchen Situationen umging.

„Ich wollte April nie absichtlich in Gefahr bringen. Ich …"

„Schon gut. Du musst mir nichts erklären. Ich hab den ganzen Mist erst viel später durchschaut als du. Da hatte ich Amy schon fast verloren."

Und jetzt setzte er wieder sein Leben aufs Spiel. Wie musste es für Julian sein, nach all den Jahren wieder in diese Scheiße verwickelt zu werden? Wie musste sich seine Frau fühlen, die ihren Mann damals beinahe verloren hatte?

„Es tut mir leid. Du solltest bei ihr sein. Nicht bei mir. Wer weiß, was passiert."

„Amy und unsere Tochter sind meine Familie, aber April und Charlie sind auch Familie. Ich kann sie nicht sich selbst überlassen." Er klang so furchtlos, doch Cameron wusste, dass er das nicht war. So etwas konnte niemanden kalt lassen.

„Aber es ist meine …"

„Ist es nicht. Ramon hätte sie so oder so gefunden. Das hat nichts mit dir zu tun."

„Vielleicht weiß Ramon, wie viel sie mir bedeutet."

Julian schnaubte verächtlich. „Ramon interessiert sich nicht für die Gefühle seiner Mitmenschen. Er nimmt sich, was er haben will."

Wie Derek. Er ging über Leichen, zerstörte Leben, ließ Menschen töten, die vielleicht Kinder zurückließen. Aber wie konnte er jemanden dafür verurteilen? Bis vor zwei Stunden war er Teil dieser Welt gewesen. Im Grunde waren sie alle Verbrecher. Er selbst war sogar schlimmer. Er hatte all das getan und gewusst, dass es falsch war. Er hatte die Drogen verkauft, die Casey getötet hatten. Es fühlte sich an, als würde er auf ihrem Grab herumtrampeln.

Sie fuhren über eine dunkle Landstraße bis zu einem Parkplatz mitten im Wald. Kein anderes Auto war zu sehen. Ob Ramon in den Wald gefahren war? War er überhaupt hier? Vielleicht täuschte Julian sich.

„Verdammt. Was machen wir jetzt?"

„Vertrau mir. Sie sind hier", sagte Julian. „Schau, da drüben." Er deutete auf die riesigen Bäume, die sich leicht im warmen Wind bewegten. Am Waldrand stand ein einsamer schwarzer Wagen. Das Licht der einzigen Laterne reichte nicht bis dorthin. Nur im Mondlicht waren die Umrisse ganz leicht zu erkennen.

Cameron nickte Julian zu und zog seine Waffe, hielt sie aber gesenkt. Julian griff unter seine Jacke.

Bei dieser schwülen Luft musste es unerträglich sein, in einer Jeansjacke herumzulaufen, aber es war besser, eine Pistole dort zu verstecken als im Hosenbund, wo sie jederzeit auffallen konnte.

Camerons Puls raste. Er hasste es, eine Bedrohung nicht sehen zu können. In einem Straßenkampf musste er ständig damit rechnen, dass jemand auf ihn schoss, aber sich an einen vermeintlich leeren Wagen heranzuschleichen, war nervenzerreißend. Was, wenn ihnen jemand auflauerte?

„Du von links, ich von rechts", flüsterte Julian.

Die Nervosität verflog. Mit jedem Schritt wurde Cameron ruhiger. Alles, woran er denken konnte, war, dass er überleben musste, um April zu retten.

Julian stellte sich mit erhobener Waffe neben die Fahrertür, Cameron gegenüber. Nichts regte sich. Ruckartig riss Cameron die Tür auf und leuchtete mit der Handytaschenlampe das Fahrzeug aus. Leer. Entweder war das eine Falle oder Ramon fühlte sich verdammt sicher.

„Wir sollten trotzdem vorsichtig sein", warnte Julian. „Wir wissen nicht, ob wir beobachtet werden."

Cameron folgte Julian zu dem schmalen Waldweg. Zweige hingen dicht über dem Boden. Irgendwo in diesem dunklen Nichts kreischten Tiere. Vielleicht Vögel? Oder Raubtiere? Gab es in Florida Raubtiere? Sein ganzes Leben hatte er hier verbracht und nie einen Gedanken daran verschwendet.

Auf einmal raschelte es, und er sah gerade noch, wie Julian sich in die Büsche schlug. Ein sehr schmaler Trampelpfad verriet, dass hier gelegentlich jemand lang ging, aber wer es nicht wusste, würde den Pfad nicht bemerken. Er war fast vollständig von Sträuchern überwuchert. Überhaupt gab es hier nichts, woran man sich orientieren konnte. Ohne Julian hätte Cameron sich hier hoffnungslos verirrt. In der Dunkelheit konnte er nur Julians Silhouette ausmachen und folgte fast blind dem Geräusch seiner Schritte im trockenen Laub. Die Handytaschenlampe richtete er auf den Boden, um nicht über Wurzeln zu stolpern.

Auf einer kleinen Lichtung, die auf allen Seiten von Kiefern umgeben war, stand ein verfallenes Haus. Es war nicht besonders groß, doch es strahlte etwas Bedrohliches aus und schien mit seiner Präsenz die gesamte Fläche der Lichtung einzunehmen. Das Holz war verwittert und fast schwarz, die Fenster mit Brettern zugenagelt. Beim Näherkommen bemerkte Cameron ein paar zerbrochene Ziegeln auf dem Boden. Wer baute eine Holzhütte im Wald mit Ziegeln? Anscheinend hatte sich hier jemand mal ein stabiles, sicheres Zuhause errichtet. Jetzt war es ein Gefängnis. April war hier. Er spürte es.

Er folgte Julian auf die Rückseite des Hauses. Bis auf das leise Rauschen des Windes und einem kaum hörbaren Knacken im Unterholz war es still. Ein ahnungsloser Spaziergänger hätte diesen Ort für harmlos halten können, das Haus vielleicht sogar erkundet. Doch Cameron konnte die Kälte, die von ihm Besitz ergriff, nicht ignorieren. Dieses Haus stank förmlich nach Gewalt und Tod. Die rostfarbenen Flecken an der Wand neben der Tür waren ein unmissverständliches Zeichen dafür, sich fernzuhalten.

Julian neben ihm versteifte sich und starrte auf die Flecken. „Hier ist jemand gestorben, den ich kannte", sagte er tonlos, „Aber das ist schon ewig her."

Cameron lief es kalt den Rücken runter. Die Blue Killers hatten nicht nur ein Hauptquartier, sondern auch ein Versteck im Wald, in dem sie Menschen einsperrten und Verräter hinrichteten. Erst jetzt wurde ihm so richtig klar, wie mächtig diese Gang war. Schon bald würde sie das ganze Viertel beherrschen. Derek hatte keine Chance. Er schickte seine Männer in seinem Größenwahn direkt ins Verderben. Alles in ihm schrie danach, zurückzufahren, und Chase, Colin und Lucas zu warnen, dass sie sich gefälligst in Sicherheit bringen sollten. Doch sie würden nicht hören, ihn wieder als Feigling und Verräter beschimpfen. Abgesehen von Colin. Er wollte das alles nicht.

Verdammt noch mal! Konzentrier dich auf das hier!

Er ignorierte das nervöse Kribbeln in seinen Fingern. Die Jungs würden schon zurechtkommen. April war es, die ihn brauchte.

„Wie hast du es geschafft, auszusteigen?"

„Ich bin offiziell nie ausgestiegen. Die miesen Typen wurden alle verhaftet, und später hatte niemand mehr Interesse an mir. Nicht direkt jedenfalls." Ob Julian auch irgendwo an seinem Körper bis in alle Ewigkeit das Zeichen seiner Gang trug? So wie sein Tattoo, das ihn immer an den Menschen erinnern würde, der er vor April gewesen war.

Julian drehte am Türgriff. Die Tür klemmte, ließ sich aber öffnen. Mit einem Knarzen schwang sie auf. Keine Wachen am Parkplatz, ein Versteck, in das jeder einfach reinspazieren konnte. Das lief alles zu glatt. Ramon war gerade erst aus einem streng bewachten Gefängnis geflohen. So einer war nicht dumm. Jemand wartete hier auf sie. Vielleicht war April gar nicht hier. Und falls doch, würde Ramon sie ihnen niemals übergeben. Nicht ohne Blutvergießen.

„Du solltest draußen bleiben und Wache halten."

Julian schüttelte den Kopf. „Glaubst du, ich lass dich alleine da rein gehen? Es sind drei Typen. Mindestens."

„Was ist mit deiner Familie? Du darfst nicht draufgehen."

„Das werde ich nicht."

„Ramon will uns umbringen."

„Vertrau mir. Geh rein. Ich bin hinter dir."

Die Holzdielen knarzten unter ihren Füßen. Hinter sich hörte er Julians unruhigen Atem. Für ihn musste es der reinste Albtraum sein, seine Frau und seine Tochter zurückzulassen und nicht zu wissen, ob er wieder nach Hause kam. Wie hielt Julians Frau das aus? Jahrelang hatten sie ein normales Leben in Sicherheit geführt und jetzt zog er sie in diese Scheiße mit rein.

Bis auf ein bisschen Bauschutt war der Raum leer. In der Mitte führte eine Leiter, der ein paar Sprossen fehlten, auf den Dachboden. Fragend sah er Julian an.

Der schüttelte den Kopf. „Weiter" flüsterte er.

Am anderen Ende des großen Raumes befand sich eine Tür. Dahinter führte eine Treppe in den Keller. Es roch modrig. Die Stufen und Wände waren aus Beton wie in einem Bunker. Ein stabiler, schalldichter Bunker, in dem man etwas oder jemanden verstecken konnte. Cameron fühlte sich, als würde eine kalte Faust sein Herz zusammendrücken. Dieses Haus war nie als Heim gedacht gewesen. Es diente nur als Tarnung für Ramons Kerker.

„Geh schon." Julian stieß ihn an.

Zögernd setzte Cameron einen Fuß auf die erste Stufe. Er machte noch einen Schritt und noch einen, und kam sich dabei wie ein Schaf auf dem Weg zur Schlachtbank vor. Was würde ihn dort unten erwarten? Eine dunkle, nasse Zelle, in der April und ihre Mutter kauerten?

Die Treppe führte in einen Flur, an dessen Ende eine massive Stahltür war. Dahinter war ein Wimmern zu hören. April! Verzweifelt zerrte er an dem riesigen Türschloss. Es glänzte im Licht der Taschenlampe, musste also neu sein. Ramon musste das alles seit Wochen geplant haben. Auch, dass er und Julian hierherkommen würden. Hinter ihm polterte es. Sie saßen in der Falle.

Jemand packte ihn grob an der Schulter, drückte ihn gegen die Tür und drehte ihm die Hände auf den Rücken. Die Pistole fiel ihm aus der Hand und landete mit einem Scheppern auf dem Boden.

„Nein! Scheiße!", stöhnte Cameron.

„Du dämlicher Idiot. Hast du wirklich gedacht wir würden es dir so einfach machen?" Ein kaltes, hartes Lachen drang an sein Ohr. „Den Verräter und den Feind auf einmal geschnappt. So viel Glück kann man doch gar nicht haben."

„Lass April gehen."

„Willst du ihr Gesellschaft leisten oder willst du lieber zusehen, was wir mit deinem Freund hier anstellen?"

Ramon riss ihn herum. Vor ihm stand ein Mann, dessen helle Augen mordlüstern aufblitzen. Er hielt Julian ein Messer an die Kehle. Brandon. Brandon war hier. Er hatte gewusst, was Derek plante. Wahrscheinlich liefen seine Leute geradewegs in eine Falle. Verdammte Scheiße! Hoffentlich verlor Colin nicht die Nerven. Oder Lucas. Er würde alles ruinieren.

„Du kannst dir gar nicht vorstellen, wie froh ich bin, dass ich dich doch noch erwischt hab, du kleines Verräterschwein. Jetzt wirst du endlich bekommen, was du verdienst."

Julian bewegte sich nicht in Brandons Griff. Er sah Cameron an. In seinen Augen lag keine Angst, nur Wut. Vielleicht auch Gewissheit. Dass er sterben würde? Gab es keinen Ausweg? Das konnte er doch nicht einfach akzeptieren.

„Lass ihn gehen. Das war alles meine Idee."

Brandon lachte. Es klang wie das Knurren eines Raubtieres. „Du bist ein Verräter. Wie Julian. Eigentlich sollte ich gnädigerweise Derek das Vergnügen überlassen, dich zu bestrafen, aber Derek ist tot. Deshalb werden wir das übernehmen."

„Los, geht hoch", befahl Ramon, „Und du kommst mit." Er zerrte Cameron hinter sich her.

„Lass April frei. Töte mich, wenn du willst, aber lass sie gehen." Im Augenwinkel sah er seine Waffe am Boden liegen. Er hatte keine Chance, an sie ranzukommen.

„Keine Sorge. Wir werden dich töten, aber es wird nicht so schön sein, wie du es dir vorstellst. Vielleicht willst du im Moment gar nicht wirklich sterben, aber bald wirst du es dir wünschen."

„Töte mich. Wie du willst. Aber erst lässt du April gehen."

Ramon stieß ihn in den Rücken. Cameron stürzte

und schlug mit den Knien auf einer Stufenkante auf. Ein scharfer Schmerz schoss durch seinen Körper. Er schnappte nach Luft, was Ramon zum Lachen brachte. Es hallte im Keller wider. Unten hämmerte jemand gegen die Stahltür. Das Geräusch war nur dumpf zu hören.

„April! Lass sie gefälligst gehen. Sie ist deine Tochter."

„Sie ist die Tochter dieser Schlampe", grollte Ramon. „Und jetzt hör auf, mich zu nerven." Rücksichtslos zog er Cameron hinter sich her. Seine geschwollenen Knie schleiften über die Stufen, aber trotz des pochenden Schmerzes schaffte er es oben, aufzustehen und auf seinen eigenen Beinen zu laufen. Jeder Schritt war eine Qual, doch er biss die Zähne zusammen. Vor Ramon durfte er keine Schwäche zeigen.

Julian war an einen Stuhl gefesselt, der plötzlich mitten im Raum stand. Ramon band Camerons Hände auf dem Rücken zusammen und stieß ihn auf den Boden. Zwei Hände gruben sich in seine Schultern und drückten ihn nach unten. Einer von Ramons Handlangern. Wahrscheinlich hatte er sie die ganze Zeit verfolgt und dabei mit Ramon kommuniziert. Was waren sie nur für Idioten? Sie waren Ramon nicht gewachsen. Niemand war das. Außer Brandon vielleicht. In ihm schien nichts Menschliches zu stecken. Nur Hass und Mordlust.

Als Cameron aufschaute, war Ramon verschwunden. Kurz darauf drangen Schreie aus dem Keller, die immer näher kamen.

„April!" Er versuchte sich aufzusetzen, wurde aber sofort wieder auf den Boden gedrückt.

Mit einem bösen Funkeln in den Augen kam Ramon auf sie zu. Vor ihm stolperte April her. Sie trug dieselben Klamotten wie auf der Party, nur dass sie verdreckt und zerrissen waren. Die Locken hingen ihr wirr ins Gesicht. In ihren Augen stand blanke Panik.

„Cam", schluchzte sie.

21. KAPITEL

April

Zusammengekauert hockte April an der Wand, starrte die Stahltür an und fragte sich, ob sie sich je wieder öffnen würde. Alles Schreien und um sich schlagen hatte nichts genützt. Sie waren Gefangene. Schon wieder.

Unruhig lief Mom in der Zelle auf und ab. „Irgendwann wird er zurückkommen. Dann werden wir einen Weg finden, um hier rauszukommen."

„Wie denn? Sie sind zu dritt." Als Ramon und seine Männer in die Wohnung eingedrungen waren, hatten sie es nicht geschafft, zu entkommen. Im Wald hatten sie es nicht geschafft. Es gab sowieso keinen Ausweg. Selbst wenn es ihnen irgendwie gelänge, das Haus zu verlassen, würden sie nie bis nach Blue Water kommen, ohne von Ramons Männern überwältigt und zurück in ihr Gefängnis gebracht zu werden.

Während der Fahrt hierher hatte sie jedes Zeitgefühl verloren, was kein Wunder war, wenn man gefesselt auf der Rückbank lag. Alles, was sie wusste, war, dass sie sich in einem Wald befanden, in einem Haus, das ein ganzes Stück abseits des großen Wanderweges lag. Niemand würde sie hier finden.

„Jemand wird uns vermissen. Julian und Logan werden nach uns suchen."

„Das Treffen mit Julian ist in einer Woche. Davor hat er keinen Grund zu glauben, dass irgendwas nicht stimmt. Und Cameron …" April schluckte die aufkommenden Tränen hinunter. Cameron war es nicht wert, dass sie auch nur eine Träne vergoss. Er hatte sie ohne eine vernünftige Erklärung sitzen lassen. Sie wusste nun sicher, dass er Mitglied einer Gang war. Seine Heimlichtuerei, die Waffe, die er immer bei sich trug. Es war offensichtlich, doch sie hatte es von ihm hören wollen. Selbst wenn sie nicht zusammen sein konnten, wollte sie nicht im Streit auseinandergehen. Sie hatte geglaubt, er wäre etwas Besonderes, nicht so wie die Typen, die abhauten, sobald es ernst wurde, doch er hatte sie feige sitzenlassen. Wie lange es wohl dauerte, bis er kapierte, dass sie weg war? Ob es ihn überhaupt interessierte?

Mom kniete sich neben sie und strich ihr die Haare aus dem Gesicht. „Möchtest du mir erzählen, was passiert ist?"

„Das kann ich nicht." Es würde Mom das Herz brechen, wenn sie erfuhr, dass sie sich mit einem Kriminellen eingelassen hatte. Mom hatte sich für sie immer einen aufrichtigen Mann gewünscht, der ihr ein normales, geregeltes Leben bieten konnte. Aber die Worte drängten aus ihrem Mund.

„Mom, es ist meine Schuld. Ich hätte mich nie auf ihn einlassen sollen."

„Wir können uns nicht aussuchen, in wen wir uns verlieben." Ihre Augen glänzten feucht. „Ich weiß das am besten."

„Genau das ist das Problem. Cameron ist … er ist … wie Ramon." Mom versteifte sich. Sie hätte nichts sagen dürfen, aber jetzt war es sowieso zu spät. „Nicht so, wie du denkst. Er würde mir nie wehtun, aber … er ist in einer Gang. Er hat es mir nie gesagt, aber ich weiß es. Jeder weiß es."

Erschrocken wich Mom zurück. „April."

„Es tut mir leid. Ich wollte das nicht."

Stöhnend schlug Mom die Hände vor das Gesicht. „Du weißt, was mit Amy passiert ist. Du wusstest es und hast dich trotzdem in Gefahr begeben."

April streckte die Hand aus, zog sie aber gleich wieder zurück. „Ich dachte, da wäre was in ihm. Etwas Gutes." Und sie glaubte es immer noch. Cameron war kein schlechter Mensch. Nur ein Feigling, der es nicht fertig gebracht hatte, ihr die Wahrheit zu sagen. Aus Angst, sie zu verlieren? War ihm nicht klar gewesen, dass er sie sowieso früher oder später verlieren würde, solange er zu dieser kriminellen Bande gehörte? Vielleicht war es das Beste, dass er sie weggestoßen hatte.

„Es ist nicht seine Schuld, dass wir hier sind."

„Die Sache mit Amy und Julian ist gut ausgegangen, aber das ist nicht immer so. Er hat dich wissentlich in Gefahr gebracht. Das hätte er nicht tun dürfen."

„Aber Julian hat es auch getan und ihm hast du verziehen. Er ist trotz allem kein schlechter Mensch. Er war bereit, sein Leben für sie zu geben."

„Würde Cameron das auch tun?" Tränen glitzerten in Moms Augen. „Du weißt, dass ich alles tun würde, um dich in Sicherheit zu wissen. Du bist meine Tochter, alles, was ich hab. Ich will, dass du glücklich bist, aber ich werde dich keinem Mann anvertrauen, der

dir schaden kann. Nicht nach allem, was wir durchgemacht haben."

Cameron hatte sie vor dem Stalker beschützt, aber
reichte seine Liebe, um sein Leben zu riskieren, nur
um sie zu retten? Nachdem er sich nicht mal getraut
hatte, ihr die Wahrheit zu sagen, bezweifelte sie das.
Sie war ihm nicht wichtig genug.

„Ach, April …", seufzte Mom. „Ich befürchtet,
dieses Mal haben wir verloren."

Niedergeschlagen schüttelte April den Kopf, aber
dann schluckte sie die aufsteigenden Tränen hinunter
und straffte die Schultern.

„Nein, Mom. Wir haben es schon mal geschafft,
ihm zu entkommen. Wir schaffen es auch ein zweites
Mal. Jetzt hast du mich, ich bin kein kleines, schwaches,
verängstigtes Kind mehr!"

Sie wusste nicht, wie viel Zeit vergangen war, als
sie von einem Geräusch aufgeschreckt wurde. Ein
Poltern, als würde etwas auf den Boden fallen. Es war
ganz nah. Das Blut gefror ihr in den Adern. Ramon
war wieder da. Würde er sie töten? Oder sie wieder
in seiner Villa einsperren?

Reglos stand Mom da und sah sie an.

April holte tief Luft, um die Panik in Schach zu
halten. „Wir werden entkommen, Mom", murmelte sie
immer wieder. Wir werden nicht kampflos aufgeben."

Etwas Großes wurde gegen die Tür gestoßen,
erschrocken sprang ihre Mutter zurück.

„April!", schrie jemand. „Lass sie gehen!"

Cameron. Er war gekommen. Trotz allem, was
zwischen ihnen stand, war sie ihm nicht egal.

„Mom, Cam ist da! Es wird alles gut, Mom! Er holt uns hier raus!" April hastete zur Tür und schlug mit aller Kraft dagegen, doch die Stimmen entfernten sich. „Cameron! Bleib da! Hilfe!" Ihre Hände schmerzten. Tränen liefen ihr über die Wangen. „Cameron. Was machen sie mit ihm?"

Mom schlang von hinten die Arme um sie. „Du kannst nichts tun, April. Wir sitzen hier fest. Es tut mir so leid."

„Nein. Sie töten ihn. Ich muss zu ihm. Cam!"

Es polterte im Flur. Dann wurde die Tür aufgerissen und Ramon stand vor ihnen. In seinen Augen lag eine unbeschreibliche Kälte. Dieser Mann war kein Mensch. Er war ein Monster. Und er hatte Cameron in seiner Gewalt.

„Was hast du mit ihm gemacht?"

Grob riss er sie aus Moms Armen. „Das willst du dir bestimmt nicht entgehen lassen. Los komm, er wartet auf dich."

„Ich lass nicht zu, dass du ihm weh tust."

„Stell meine Geduld nicht auf die Probe!" Ramon zog sie aus der Zelle. Sie stolperte und stürzte. Vor ihr auf dem Boden lag etwas. Das konnte nur Zufall sein. Niemals würde Ramon so etwas absichtlich hier liegen lassen.

„Nimm die Finger von meiner Tochter!", schrie Mom.

Ramon lachte kalt. „Sie gehört mir. Genau wie du." Er schlug die Tür zu.

Blitzschnell griff April nach der Pistole, schob sie sich hinten in den Hosenbund und versteckte sie unter dem Pulli, den sie sich umgebunden hatte. Sie würden es schaffen, zu entkommen. Irgendwie.

Vor Ramon stolperte sie die Betonstufen hinauf. Er hielt sie fest umklammert. Der Schweiß brach ihr aus. Wenn er die Waffe entdeckte, war das ihr Ende. Und nicht nur ihres. Ramon würde es als Verrat sehen und sie alle töten.

Durch die Kellertür stolperte sie in den großen Hauptraum. Die Sonne war inzwischen aufgegangen; schmale Lichtstrahlen zwängten sich durch die Ritzen der Bretter, mit denen die Fenster vernagelt waren. Bei dem Anblick, der sich ihr bot, wurde ihr schlecht. Julian saß mitten im Raum an einen Stuhl gefesselt. Cameron kniete mit schmerzverzerrtem Gesicht daneben. Einer von Ramons Handlangern stand hinter ihm und drückte ihn unnachgiebig auf den Boden. Camerons Augen weiteten sich, als er sie sah. Ramon hatte ihm weh getan. Er wollte ihn töten. Und das alles nur ihretwegen. Wie hatte sie sich je wünschen können, dass er sein Leben für sie riskierte? Das konnte sie nicht zulassen. Schluchzer schüttelten ihre Körper.

„Cam."

„Es tut mir so leid, April. Ich hätte da sein sollen."

„Sie wären sowieso gekommen." Es machte keinen Sinn, weiter wütend auf Cameron zu sein. Wenn sie überlebten, würde sie ihm alles verzeihen.

„Jetzt ist Schluss mit dem Geturtel", fauchte Ramon. „Jemand kann es kaum erwarten, dass die Show beginnt. Keine Sorge, Prinzesschen. Dein Liebling darf noch eine Weile leben. Wir kümmern uns erstmal um deine Familie."

Julian sah sie an. Keine Angst lag in seinem Blick. Er war völlig ruhig, als hätte er sich in sein Schicksal

ergeben. Oder hatte er einen Plan, wie sie hier raus-
kamen?

„Das darfst du nicht tun", wimmerte April.

„Sag du mir nicht, was ich darf." Sein Griff wurde
fester. Wie Schraubstöcke bohrten sich seine Finger in
ihre Handgelenke. „Schau zu, was mit einem Verräter
passiert. Vielleicht wird dir das in Zukunft nützlich
sein."

Ein kalter Schauer lief ihr über den Rücken. In
Zukunft. Ramon plante gar nicht, sie zu töten. Nein, er
wollte sie für seine Zwecke nutzen. Sie sollte zusehen,
wie er die Menschen tötete, die ihr am meisten bedeu-
teten, und dann würde sie ihm gehören.

Jemand trat aus dem Schatten. Hellblaue Augen
blitzten auf. Brandon. Als Kind hatte sie ihn nur selten
gesehen, doch diese eiskalten Augen konnte man
nicht vergessen.

Ein raubtierhaftes Grinsen huschte über sein sch-
males Gesicht, als er den Stuhl umrundete und sich
vor Julian stellte. Die Wangenknochen stachen hervor,
was ihm ein noch unheimlicheres Aussehen verlieh.

„Endlich bekommst du das, was du verdienst."

„Das wird dir nichts nützen. Du glaubst, wenn
du mich tötest, wird alles besser, aber das wird es
nicht. Dass ich hier bin, ist dein Untergang." Ja, Julian
plante etwas. Es musste so sein. Er wusste, wie man
mit Typen wie Brandon fertig wurde.

Brandon zog ein riesiges Jagdmesser unter seiner
Jacke hervor.

Erschrocken keuchte April auf. Nein! „Das darfst
du nicht tun!", schrie sie. Sie spürte Ramons Atem im
Nacken, als er leise lachte. Natürlich interessierte es

weder ihn noch Brandon, was man durfte und was nicht. Was erwartete sie eigentlich von diesen beiden Psychopathen? Dass sie sich von ihrem Betteln und ihren Tränen beeindrucken ließen?

Tief sog sie die stickige Luft in die Lunge und unterdrückte ein Husten. Nie wieder würde sie sich von irgendwem einsperren lassen. Wenn das hier vorbei war, würden sie leben und sie würden alle frei sein. Der Lauf der Waffe drückte gegen ihr Steißbein. Irgendwie musste sie es schaffen, da ranzukommen. Sie ließ ihre Schultern sacken und die Arme schlaff herunterhängen. Ramon durfte keinen Verdacht schöpfen.

„Lass sie gehen!" Cameron versuchte vergeblich, sich aus dem Griff von Ramons Mann zu befreien. „Wenn du sie beide gehen lässt, mach ich alles, was du verlangst. Ich werde einer von euch."

„Du willst einer von uns werden?", spottete Brandon. „Einer von der Gegenseite, der gemeinsame Sache mit einem Verräter macht. Für wie blöd hältst du mich?"

„Dir gehört jetzt das Viertel. Dereks Männer brauchen einen Anführer. Sie sind gut und du kannst sie besser machen."

Fassungslos blickte April ihn an. Hatte er den Verstand verloren. *Was soll das?* formte sie mit den Lippen. Doch Cameron nickte ihr nur kaum merklich zu. Was auch immer er da tat, es musste einen Sinn haben.

„Von Dereks Männern ist nur noch ein kläglicher Rest übrig. Wir beseitigen sie. Niemand braucht Verlierer."

Ramons Griff lockerte sich kaum merklich, während er der Unterhaltung zuhörte. Sehr gut, Cameron. Die

Waffe in ihrem Hosenbund schien zu glühen, als wollte sie sie auffordern, sie endlich zu benutzen. Sie hatte nur eine Chance. Die durfte sie nicht verspielen.

„Ich bin der beste Schütze, den es gibt", prahlte Cameron. Wahrscheinlich stimmte es sogar.

„So, bist du das?", fragte Ramon. „Dann beweise es."

Ohne Vorwarnung warf er sie auf den Boden und schleifte sie vor Camerons Füße. April schrie vor Schreck.

„Töte sie!", befahl Ramon. „Ziel auf ihr Herz. Das dürfte doch für den besten Schützen weit und breit kein Problem sein."

Jede Farbe wich aus Camerons Gesicht. „Nein! Du Monster! Das mach ich nicht."

„Du willst doch einer von uns werden. Also beweis mir, was du kannst. Zeig mir, dass du bereit bist, loyal zu sein und zu tun, was immer ich von dir verlange."

Sie schaute zu Cameron auf, sah die Zuneigung in seinen blauen Augen. Er würde ihr nicht wehtun. Und Ramon wusste das verdammt gut.

„Du kannst sie retten. Vor einem Leben, das sie nicht führen will. Beweise mir deine Loyalität und ihr deine Liebe."

„Nein. Töte mich, wenn es sein muss, aber ich mach das nicht. Niemals."

„Gut. Wie du willst. Brandon. Wir kümmern uns erst um den da."

Kurz schien Brandon zu bedauern, dass er Julian nicht zuerst töten durfte, dann gehorchte er und kam mit einem finsteren Blick auf sie zu.

„Halt sie fest und achte darauf, dass sie zusieht."

Er stellte sie auf die Füße. Das war ihre Chance. Jetzt bloß nicht die Nerven verlieren. Kurz bevor Ramon sie Brandon übergeben konnte, zog sie die Waffe, richtete sie auf Brandons Oberkörper und drückte ab. Von der Wucht wurde sie zurückgerissen. Sie fiel auf den Hintern, die Waffe flog ihr aus der Hand. Mit einem wütenden Aufschrei stürzte Brandon sich auf sie. Blut tropfte aus einer Wunde an seiner Schulter, aber es war nur ein Streifschuss. April schluchzte auf. Sie hatte versagt.

„Du verdammtes Miststück." Brandon drückte sie auf den Boden, das Gesicht in den Staub. Sie spürte Holzsplitter an ihren Lippen. Es war vorbei. Aus dem Augenwinkel nahm sie eine Bewegung wahr. Jemand stand auf. War Ramon am Boden gewesen?

„Verletz sie nicht zu schwer. Ich brauch sie lebend, aber sie soll nie vergessen, was heute passiert ist." Ramons tiefe Stimme dröhnte in ihren Ohren.

Mit einem Ruck zerriss Brandon ihr den Pulli. „Du gehörst uns", flüsterte er und setzte das Messer an. Die Spitze drückte sich kalt an ihre nackte Haut. Es war vorbei. Cameron und Julian würden sterben und sie würde den Rest ihres kläglichen Lebens damit zurechtkommen müssen. Es war ihre Schuld. Ihretwegen waren sie hierhergekommen. Nicht Cameron hatte sie in Gefahr gebracht, sondern sie ihn.

Ein Schuss ertönte und das Messer fiel polternd auf den Boden. Noch ein Schuss. Zögernd öffnete April die Augen.

Brandon lag mit dem Gesicht auf dem Boden da. Er rührte sich nicht. Ein Blutfleck auf seinem Rücken wurde rasend schnell größer. War er tot?

Erst jetzt nahm sie Schreie wahr. Ramon wand sich vor ihr auf dem Boden und hielt sich das rechte Knie. Als er sie sah, robbte er zu ihr.

„Stopp! Versuch es und du bist tot." Camerons Beine schoben sich in ihr Sichtfeld. „Hab ich dir jetzt bewiesen, dass ich ein guter Schütze bin?"

„Das wirst du bereuen", presste Ramon hervor. „Ihr alle werdet es bereuen."

„Wie denn? Brandon ist tot und du gehst zurück ins Gefängnis. Wenn du Glück hast, verheilt dein Knie wieder."

April starrte Ramon an, der blutend auf dem Boden kauerte. Ein ähnliches Bild hatte sie schon mal gesehen. Vor sieben Jahren, aber es kam ihr vor, als wäre es gestern gewesen.

Der Flur lag leer vor ihr. Es war verdächtig still. April schlich in Richtung Schlafzimmer und legte das Ohr an die verschlossene Tür. Nichts. Hier waren sie also nicht. Aber wo hatte Ramon Mom hingebracht? Tränen stiegen ihr in die Augen. Hatte er Mom entführt, damit sie April nicht mehr beschützen konnte?

„Mummy", flüsterte sie und lehnte den Kopf an die Tür, in der Hoffnung, doch noch ein Lebenszeichen zu hören. Sie wusste nicht, wie lange sie dort gesessen hatte, als eine Stimme an ihr Ohr drang. Mom. Sie sprach mit jemandem, doch April konnte keine zweite Stimme ausmachen. Wenigstens schien Ramon nicht in der Nähe zu sein.

Auf Zehenspitzen schlich sie weiter durch den Flur, vorbei am Wohnzimmer, in dem niemand war, zur Küche. Dort stand Mom mit dem Telefon in der Hand.

„Sie müssen uns helfen", flehte sie. „Er hält mich und meine Tochter hier fest."

Mit wem sprach sie? Und warum ließ Ramon das zu? Er wurde immer wütend, wenn Mom nur zum Telefon hinüberschaute. Vorsichtig lugte sie um die Ecke und zuckte erschrocken zurück. Zu Moms Füßen lag Ramon. Durch die halb geschlossene Tür konnte sie nur seine Beine sehen. Seine üblichen dunklen Jeans und die groben geschnürten Lederstiefel. Er rührte sich nicht. Das Blut rauschte ihr in den Ohren. Ihr Herz schlug schneller vor Aufregung. Mom hatte Ramon überwältigt!

„Und schicken Sie einen Wagen zu meinem Bruder. Schnell. Sonst werden sie ihm was antun … Das werde ich machen … Aber bitte beeilen Sie sich … Er könnte jeden Moment aufwachen … Er könnte die Tür einschlagen …"

Dann verstummte sie. Mom kam aus der Küche, zog die Tür hinter sich zu und drehte den Schlüssel herum. Ihr Blick fiel auf April.

„Mom? Was ist mit Ramon? Kommt er jetzt ins Gefängnis?", fragte sie hoffnungsvoll.

Mom ging vor ihr auf die Knie und schloss sie fest in die Arme. „Er kann uns nichts mehr tun. Jetzt sind wir bald frei." Sie hielt etwas in der Hand. Einen Schlüsselbund. Etwa den mit Ramons Autoschlüssel? Konnten sie wirklich bald frei sein?

Frei. Noch nie in ihrem Leben war sie frei gewesen. Nie war sie ins Sportzentrum oder an den Strand oder ins Eiscafé gegangen wie die Mädchen aus der Schule. Nie hatte sie einen Hund gehabt, den sie ausführen konnte. Nie war sie ins Spielzeuggeschäft gefahren, um sich selbst eine Puppe auszusuchen. Konnte sie all das jetzt endlich tun? Wie ging das überhaupt? Plötzlich fühlte sie sich verloren. Ein vollkommen fremdes Leben lag vor ihr. Ob Mom wusste, wie dieses Leben funktionierte?

„Wo sollen wir denn jetzt wohnen? Ramon muss das Haus doch bestimmt verkaufen, wenn er ins Gefängnis geht."

Mom schaute sie an, Tränen standen in ihren Augen. „Alles wird gut. Es gibt liebe Menschen, die uns helfen werden." Sie lächelte. „Du wirst deinen Onkel Julian kennenlernen."

April blickte besorgt drein. „Aber ich dachte, sie werden ihm was antun. Wer eigentlich?"

Jetzt stand Mom auf. „Geh in dein Zimmer und schließ dich ein. Komm erst raus, wenn die Polizei da ist. Ich werde zu Julian fahren."

Erschrocken riss April die Augen auf. „Nein, Mummy! Sie werden dir auch weh tun."

„Das werden sie nicht." Wieder hielt sie den Schlüsselbund hoch. „In Ramons Arbeitszimmer gibt es eine Schublade. Dort ist eine Waffe drin. Ich werde sie mitnehmen. Mir wird nichts passieren."

April umklammerte ihre Hand. „Was ist mit Esteban?" Mit Grauen dachte sie an den riesigen furchteinflößenden Mann, der das Tor des Anwesens bewachte. „Wirst du ihn erschießen?"

„Geh in dein Zimmer. Mir wird nichts passieren. Das verspreche ich dir."

„Nein", schluchzte April. „Du darfst nicht gehen."

Sirenengeheul ertönte und kam immer näher. Es wurde so laut, dass April die Ohren schmerzten. „Jetzt bist du nicht mehr allein. Diese Männer werden dir helfen. Alles wird gut."

Zögerlich ließ sie Moms Hand los und schaute ihr nach, als sie zur Garderobe ging und das Haus verließ. Als

Polizisten das Haus stürmten, stand sie verloren im Flur vor der Küche und weinte.

„April." Cameron kniete sich vor sie und sah sie besorgt an. „Bist du verletzt?" Sie schüttelte den Kopf und warf sich schluchzend in seine Arme. Er hatte sie gerettet. Wie hatte sie jemals an ihm zweifeln können?

Sanft strich er ihr über den Rücken. „Jetzt wird alles gut. Wir können zusammen sein."

„Es tut mir leid. Ich hätte dich nicht verurteilen dürfen."

„Das hast du nicht. Du warst die Einzige, die an mich geglaubt hat. Ich hätte dich nie im Stich lassen dürfen. Dann wären wir jetzt nicht hier."

„Aber du bist zurückgekommen."

Er sah sie an und die Liebe in seinen Augen überwältigte sie. „Bin ich, und ich werde nie wieder weggehen."

Polizisten stürmten das Gebäude. Hand in Hand traten April und Cameron durch die Tür auf die Lichtung. Helles Sonnenlicht flutete die hohe Wiese mit den struppigen Sträuchern. Auch hier standen Polizisten. Und dazwischen eine Frau mit langen braunen Locken. Amy.

Sie kaum auf sie zu. „April." Ihre Augen schimmerten feucht. „Ich kann nicht glauben, dass sie dir das Gleiche antun wollten."

„Hast du sie gerufen?"

Amy nickte. „Julian hat mich darum gebeten." Besorgt schaute sie sich um. „Wo ist er? Geht es ihm gut?"

„Er hat Brandon getötet." Sie erschauderte bei dem Gedanken, dass Julian ein Leben ausgelöscht hatte, doch noch viel unerträglicher war die Vorstellung, für immer das Zeichen der Blue Killers auf der Haut zu tragen. Ohne ihn und Cameron wären sie und Mom für den Rest ihres Lebens Gefangene gewesen. Mom! Sie war noch im Keller.

„Amy, geh zu Julian", sagte sie. „Er ist noch im Haus." Dann ergriff sie Camerons Hand. „Los, wir müssen meine Mom holen."

Sein Blick flackerte unsicher. „Ich weiß nicht, ob deine Mom … Du weißt schon. Es ist meine Schuld. Sicher hasst sie mich."

April dachte daran, was Mom vorhin im Kerker zu ihr gesagt hatte. *„Ich werde dich keinem Mann anvertrauen, der dir schaden kann."* Doch das war gewesen, bevor Cameron gekommen war, um sie hier rauszuholen. Außerdem war es nicht Camerons Schuld, dass Ramon sie entführt hatte. Das hätte er sowieso getan. Viel mehr hatte er sein Leben aufs Spiel gesetzt, um sie zu retten. Von Anfang an war es ihm nur darum gegangen, sie zu beschützen. Selbst als sie ihm gegenüber noch abweisend gewesen war.

„Sie hasst dich nicht. Du bist zurückgekommen, obwohl du das nicht hättest tun müssen."

Cameron umfasste ihr Gesicht mit beiden Händen. „Ich hab es getan, weil ich dich liebe. Ich will dich bei mir haben. Immer."

Die Liebe und Zuneigung in seinen blauen Augen war überwältigend. Er liebte sie. Dieser unglaubliche Mann liebte sie.

„Ich liebe dich, Cam, und Mom wird dich auch

lieben."

Cameron lächelte verlegen. „Da kommt sie."

Mom stapfte durch die hohe Wiese. April ging ihr entgegen, Camerons Hand fest umklammert.

„Mom, es geht dir gut", stellte sie erleichtert fest.

„Ja, mein Schatz. Jetzt sind wir frei. Endgültig." Ihr Blick fiel auf Aprils und Camerons ineinander verschränkte Hände. Sie sah Cameron an. „Liebst du meine Tochter wirklich?"

„Ja, sehr, und es tut mir so leid, was passiert ist. Ich wollte sie nie in Gefahr bringen. Ich würde alles für sie tun."

„Und das hat er", bekräftigte April, um alle Restzweifel auszuräumen. Wenn sie Cameron so sehr liebte, wie konnte Mom dann nicht sehen, was für ein wundervoller Mensch er war?

„Wirst du ab jetzt immer offen und ehrlich sein?"

„Immer. Die Gang ist Geschichte." Er drückte April Hand fester. „Ab jetzt gibt es keine Geheimnisse mehr."

„Dann werde ich euch nicht im Weg stehen." Mom lächelte und drückte Cameron kurz an sich. „Du bist bei uns immer willkommen."

Eine Liege wurde an ihnen vorbei getragen. Darauf saß Ramon, das Knie dick eingebunden, und starrte sie finster an. Mom erwiderte seinen Blick ebenso kalt. Als Ramon in einen Krankenwagen verfrachtet und die Türen zugeschlagen wurden, fiel alle Anspannung von ihr ab.

April legte die freie Hand auf ihre Schulter. „Er wird nie wieder zurückkommen. Diesmal nicht."

22. KAPITEL

Cameron

Die Sorgen um Chase, Colin und Lucas machte ihn fast wahnsinnig. Zum dritten Mal rief er Chase an. Es klingelte und klingelte. Dann ging die Mailbox ran. Entweder wollte Chase nicht mit ihm reden oder er war tot. Tot. Ihm schnürte sich die Kehle zu. Nein. Nicht Chase auch noch. Er kniff die Augen zu und versuchte mit aller Macht, diese Vorstellung loszuwerden. Als er sie wieder öffnete, stand Colin vor ihm. Ungläubig blinzelte Cameron. Colin war hier. Er lebte.

„Was machst du hier?"

Der Schmerz in Colins Augen machte ihm Angst. Die Wahrheit musste schrecklicher sein, als er es sich je hatte vorstellen können.

„Was ist los? Wie hast du uns gefunden?"

„Ich hab jemanden …" Er stockte. „… gefragt."

„Gefragt? Du meinst du hast es aus jemandem rausgeprügelt?"

„Vielleicht." Beschämt schaute Colin auf den Boden. Was auch immer er getan hatte, er schien nicht stolz darauf zu sein.

Colin war sein bester Freund. Fast so etwas wie ein Bruder. Ohne seine Hilfe wäre er nie rechtzeitig hier gewesen. „Danke für alles. Du hast so viel für mich getan, aber ich war nicht für dich da."

Er hasste sich dafür, dass ihn das schlechte Gewissen auffraß. Schließlich war er bei der Frau gewesen, die er liebte, hatte dazu beigetragen, dass der Mann, der sie und ihre Mutter terrorisierte, für immer hinter Gittern verschwand.

„Du hast das Richtige getan. Es war die Hölle. Sie haben uns in einen Hinterhalt gelockt. Alle sind tot. Nur Chase, Wyatt und ich nicht."

Erleichterung durchflutete ihn. Chase lebte.

„Was ist mit Lucas?" Er kannte die Antwort. Lucas war leichtsinnig gewesen, voller Hass und hatte sich in etwas verrannt.

„Er hat das Gemetzel überlebt."

„Was?" Erstaunt riss Cameron die Augen auf. „Aber …"

Colin wandte den Blick ab.

„Colin. Was ist passiert?"

„Die Gang war alles für ihn."

Ein saurer Geschmack stieg ihm in den Hals. Die Erkenntnis traf ihn, noch bevor Colin die nächsten Worte aussprach.

„Er hat sich das Leben genommen." Tränen traten in Colins Augen. „Ich konnte ihn nicht davon abhalten. Er hat gedroht, mich zu erschießen, sollte ich ihm zu nah kommen."

„Verdammte Scheiße." Erst hatte er Casey verloren, dann beinahe April und jetzt Lucas. „Wo ist Chase?" Wenigstens sein Bruder war ihm noch geblieben, doch Colins traurige Augen nahmen ihm jede Hoffnung.

„Ich weiß es nicht. Er hat nur gesagt, es würde

keinen Sinn machen, weiter in Blue Water zu bleiben. Du würdest ihn sowieso hassen und sonst würde ihn nichts hier halten."

Dieser Idiot. Wie konnte er das glauben? Im letzten Versuch, den Rest seiner Familie zu retten, rief er Chase an. Mit demselben deprimierenden Ergebnis wie vorhin. Das war es dann also. Chase lebte, aber er wollte nichts mehr mit ihm zu tun haben.

„Na schön, ich kann ihn nicht zwingen, mit mir zu sprechen."

„Er wird sich schon wieder einkriegen", versuchte Colin, ihn zu entmutigen.

„Ja, vielleicht." Vorerst verdrängte er den Gedanken an Chase. Er würde zurechtkommen. Sie alle waren jetzt frei. „Was wirst du tun? Du kannst jetzt machen, was du willst."

Ein Lächeln schlich sich auf Colins Gesicht. „Ich gehe nach New York und studiere Kunst."

Colin interessierte sich für Kunst? Das war also sein Geheimnis?

„Ich weiß, dass es überraschend kommt. Ich hab euch nie erzählt, dass ich male, weil ich dachte, ihr würdet es lächerlich finden." Dass er damit hauptsächlich Lucas meinte, brauchte er nicht zu sagen. Hundertprozentig hätte Lucas sich darüber lustig gemacht, und Colin war nun mal sensibel.

„Du hast das die ganze Zeit schon geplant, oder?"

„Das hab ich tatsächlich. Ich hab mich für Stipendien an verschiedenen Kunsthochschulen überall in den Staaten beworben. Ich wollte mich durch nichts davon abhalten lassen. Im Notfall wär ich einfach abgehauen." Das Lächeln auf seinem Gesicht wurde breiter.

„Wow, du bist einfach unglaublich."

„Du bist doch nicht sauer, oder?"

„Nein, kein bisschen." Zugegeben war er ein wenig enttäuscht, dass auch Colin weggehen würde, aber er würde seinen Traum leben. Endlich das tun, was er immer hatte tun wollen. Es war beeindruckend. Colin, den alle immer für einen Angsthasen gehalten hatten, war der Mutigste von ihnen.

Er umarmte Colin und klopfte ihm auf den Rücken. „Ich freu mich für dich. Ich hoffe, wenn wir uns wiedersehen, bist du ein großer Künstler."

„Und ich hoffe, du bist dann immer noch mit April zusammen. Sie ist das Beste, was dir passieren konnte."

„Das ist sie." Cameron sah hinüber zu April, die mit ihrer Mutter, Amy und Julian zusammenstand. Sie waren alle unverletzt. Und sie waren frei. Vor ihnen lag eine Zukunft voller Möglichkeiten. Er verabschiedete sich von Colin und ging mit großen Schritten auf die Frau zu, die ihm alles bedeutete.

23. KAPITEL

Ein halbes Jahr später

Cameron

Vorsichtig schob Cameron Aprils Arm von seiner Brust. Mit einem Lächeln auf den Lippen schlief sie weiter. Fast kam es ihm vor, als wäre sie noch schöner geworden. Das Leuchten war endlich in ihre Augen zurückgekehrt. Auch sechs Monate später fühlte es sich noch immer unreal an, dass jetzt wirklich alles vorbei sein sollte. Keine Gang mehr, der er verpflichtet war. Kein Ramon, der sie bedrohte. So langsam schien sie es zu glauben. Auch er selbst war zum ersten Mal in seinem Leben wirklich entspannt. Seine Waffe nahm er nur noch selten mit. Die restliche Zeit lag sie in einer abgesperrten Schublade im Schlafzimmer des Apartments, das ihm Julians Frau Amy besorgt hatte. Als Immobilienmaklerin hatte sie gute Verbindungen.

Und nicht nur das. Er hatte eine Zusage für das College in Blue Water erhalten. Ein Stipendium. Er würde tatsächlich studieren können, zusammen mit April.

Lächelnd streichelte er über Aprils weiche Wange und schlich in die Küche. Eigentlich war es nur eine Kochnische, in der man gerade so zu zweit nebeneinanderstehen konnte. Das Schlafzimmer war ein Wohnzimmer, in dem ein Bett stand. Die Wohnung war winzig, aber sie war sein Zuhause. Sein Rückzugsort. Wenn April nicht bei ihm sein konnte, musste er sie mit niemandem teilen.

So leise wie möglich zog er eine Pfanne aus dem Schrank und suchte die Zutaten für Pfannkuchen zusammen. Durch das kleine Fenster zwischen Küche und Wohnzimmer sah er, dass April immer noch schlief. Er liebte es, sie zu überraschen. In den Wochen nach Ramons erneuter Festnahme hatte er ein paar Rezepte ausprobiert und festgestellt, dass er es liebte, zu backen. Es fühlte sich schön an, etwas Normales zu tun. Etwas, das Spaß machte. Das war genau das, was er auch in Zukunft tun wollte. Er freute sich auf die Koch- und Backkurse, die sie gemeinsam machen würden.

Die Deals und Schießereien lagen endgültig hinter ihm. Die Street Fighters waren Geschichte. Nachdem Brandon tot und Ramon in einem Gefängnis war, das noch besser bewacht wurde, hatten sich auch die Blue Killers zerschlagen. Natürlich gab es immer noch macht- und geldgierige Menschen, die sich am Leid anderer bereichern wollten. Sie würden neue Gangs gründen und weiter Mitglieder rekrutieren, doch das kümmerte ihn nicht mehr.

Abgesehen von Colin wollten seine alten Freunde nichts mehr von ihm wissen. Zumindest die, die den Hinterhalt der Blue Killers überlebt hatten. Besonders Lucas Schicksal bedrückte ihn.

Noch mehr schmerzte aber der Gedanke an Chase. Seit dem schrecklichen Abend, an dem sie im Streit auseinandergegangen waren, hatte er nichts mehr von ihm gehört. Chase war gegangen. Der Einzige, der von seiner Familie noch da gewesen war. Die Gang war Chases Leben gewesen. Wahrscheinlich ertrug er es nicht, dass es sie nicht mehr gab. Doch vielleicht war es besser so. Chase hätte ihm seinen angeblichen Verrat immer wieder vorgeworfen. Einen Verrat, den er begangen hatte, um die Frau zu retten, die er liebte. Die Frau, mit der er sein ganzes Leben verbringen wollte. Die Frau, die er nie wieder wegstoßen durfte. Sie war wichtiger als alles andere auf der Welt.

April

Ein köstlicher Duft weckte sie. Ihr Magen knurrte. Sie setzte sich auf und sah sich im Wohnzimmer um. Hinter dem schmalen Fenster, das die Küche vom Rest der Wohnung trennte, stand Cameron und hantierte mit einer Pfanne.

„Guten Morgen, Meisterkoch", rief sie ihm zu. „Was gibt's denn zum Frühstück?"

Cameron lächelte sein strahlendes Lächeln, das ihr Herz immer höherschlagen ließ. Bevor sie zusammen gewesen waren, hatte sie sich nie vorstellen können, dass dieser Junge, der immer so ernst dreinschaute, richtig lächeln oder gar lachen konnte, doch er tat es. Oft sogar. Nach Brandons und Dereks Tod und Ramons erneuter Festnahme schien eine große Last von ihm abgefallen zu sein. Er war wie ausgewechselt.

Manchmal fiel es ihr noch schwer zu glauben, dass die Bedrohung ein für alle Mal aus der Welt geschafft war. sieben Jahre lange hatten sie und Mon geglaubt, in Sicherheit zu sein, nur um dann auf die denkbar schlimmste Weise festzustellen, dass es nicht so war. Aber dieses ständige Gefühl, irgendetwas übersehen zu haben, würde vorbeigehen. Irgendwann.

„Bleib da sitzen und warte ab. Ich bring dir dein Frühstück ans Bett."

In der Küche klapperten Teller. „Einen Moment noch", rief Cameron, und schließlich: „Mach die Augen zu."

Sie tat, was er verlangte. Wie sehr sie seine romantische Seite liebte. In den vergangenen Monaten hatte sie so viel über ihn erfahren. Zum Beispiel, dass er ein unglaubliches Talent zum Backen besaß. Oder dass er Himbeereis liebte.

Mit einem leisen Klackern wurde ein Teller auf dem Couchtisch abgestellt. Der unverkennbare Geruch nach Pfannkuchen und Erdbeersoße stieg ihr in die Nase.

„Du weißt einfach, was ich liebe."

Camerons warme Hände legten sich um ihre. „Mach die Augen auf. Die hier sind besonders."

Sie öffnete die Augen. Auf dem Teller vor ihr lagen herzförmige Pancakes. Zarte Linien aus Erdbeersoße zogen sich darüber.

„Die sind wunderschön. Vielen Dank."

„Mal sehen, ob sie auch schmecken."

„Alles, was du backst, schmeckt."

Cameron lachte. „Da kommen deine Kochkünste nicht ran."

In gespieltem Entsetzen riss April die Augen auf,

nahm einen Herz-Pancake und steckte ihn in den Mund. Er war köstlich. Süß und weich.

„Sie sind gut, aber über meine Kochkünste solltest du dich nicht lustig machen."

Seine Lippen verzogen sich zu einem Grinsen. „Das mach ich nicht, aber ich muss dich noch öfter als Testperson für meine Rezepte verwenden. Schließlich soll es die Sachen in unserem Café geben."

„In was für einem Café?", fragte April ungläubig und kicherte. Sie hatten darüber gesprochen, dass sie am College dieselben Kurse besuchen würden, um sich später zu zweit etwas aufzubauen. Trotzdem kam es ihr immer noch unwirklich vor, dass sie und Cameron eine gemeinsame Zukunft haben würden.

„Was hältst du von einem Restaurant, in dem du die Nachspeisen zubereitest?"

Spielerisch stieß er sie in die Seite. „Du weißt genau, dass meine Gerichte mehr als nur Nachspeisen sind. Es sind Hauptspeisen."

„Das Thema hatten wir doch schon."

„Aber wir sind noch lange nicht fertig damit."

„Jetzt lass uns erstmal frühstücken. Danach besorgen wir was fürs Mittagessen." April steckte sich das restliche Herz in den Mund.

„Hast du gerade mein Herz gegessen?"

„Na ja, du hast meins gestohlen. Da dachte ich mir, ich hol es mir zurück."

Mit einem Ruck hob Cameron sie hoch und wirbelte sie durchs Zimmer. „Das bekommst du nie wieder. Es gehört mir. Und mein Herz gehört dir."

Seine wunderschönen Augen leuchteten. Sie lächelte. „Das ist ein guter Tausch." Ihre Lippen fanden sich zu einem langen innigen Kuss. April hielt sich an Cameron fest. Nie wieder würde sie ihn loslassen.

EPILOG

Fünf Jahre später

April

„Sind wir so weit?", fragte April. Ihr Herz raste.
Heute war der große Tag. Sie und Cameron würden
ihr eigenes Café eröffnen. Das A & C. Nach endlosen
Streitereien hatten sie sich darauf geeinigt, Burger,
einfache mexikanische Gerichte und Süßspeisen wie
Waffeln und Pancakes anzubieten. Vor vier Monaten
war der Mietvertrag für das alte, heruntergewirt-
schaftete Restaurant unterschrieben worden, und
seitdem hatten sie zusammen mit Freunden und
Familie beinahe Tag und Nacht an der Renovierung
gearbeitet, sich kaum ein Wochenende gegönnt.

Seit dem Highschool-Abschluss vor fünf Jahren
fieberte sie auf diesen Moment hin. Der Traum vom
eigenen Restaurant oder Café hatte sie und Cameron
durchs College begleitet und endlich war er wahr
geworden. Alles war bereit. Die brandneue Einrich-
tung wartete darauf, benutzt zu werden. Köstliches
Essen wartete darauf, probiert zu werden.

Cameron begutachtete den Tisch mit den

Gratishäppchen zum Probieren. Dann hob er einen Daumen. „Wir können öffnen. Die können es kaum erwarten."

Vor der Glastür standen Julian und Amy mit ihren Familien. Die siebenjährige Riley und ihr zwei Jahre jüngerer Cousin Milow drückten sich die Nase an der Scheibe platt. Auch Mom war mit einer Freundin da. Wie versprochen waren sie zur Eröffnung gekommen. Eine bessere Familie konnte sie sich nicht vorstellen.

April trat auf ihn zu. „Einen Moment noch." Sie spielte mit einer Haarsträhne, die sich aus seiner gegelten Frisur gelöst hatte, und küsste ihn. „Ich bin so glücklich, dass es geklappt hat."

„Das bin ich auch. Du wirst sehen, es wird super laufen."

Dann holte April mit einem breiten Lächeln den Schlüssel aus ihrer Hosentasche und öffnete die Tür.

„April." Riley legte ihren Kopf an Aprils Brust. „Gibt es Kuchen für uns?"

„Ich hab Hunger", verkündete Milow.

Dakota strich ihrem Sohn liebevoll über die dunkelbraunen Haare. „Es gibt genug für alle."

„Ich will am Montag was in die Schule mitnehmen."

„April und Cameron geben dir sicher gerne was", sagte Logan. Es war unübersehbar, wie sehr sie Milow liebten. Die Schwangerschaft damals und seine Geburt waren ein harter Kampf für beide gewesen. Da sie keine weiteren Kinder haben konnten, gaben sie Milow all ihre Liebe und Aufmerksamkeit, was er sichtlich genoss.

April zog Dakota in eine Umarmung, während die Männer sich auf die Schulter klopften. Julian unterhielt sich mit Charlie, und Amy wiegte den kleinen Jacob, der auf ihrer Hüfte saß und quengelte.

„Hat er Hunger?", fragte April besorgt.

„Ich hab Babykekse dabei. Aber vielleicht ist es auch die Aufregung."

Wenig später drängten sich alle vor den Auslagen und bestaunten das Gebäck oder studierten die große Tafel, auf der die warmen Gerichte und die Getränke aufgelistet waren.

Cameron legte Kuchen, Cupcakes und Waffeln auf Teller. April zog sich in die Küche zurück und bereitete zwei Lachswraps für Amy und Julian zu. Es war ein unbeschreibliches Gefühl, im eigenen Café zu kochen und Gäste zu bedienen, auch wenn es erstmal nur die Familie war. Aber bald würden Fremde kommen. Sie würden hier essen und es weiterempfehlen.

Gerade als sie Amy und Julian ihre Teller brachte, kamen zwei weitere Gäste herein. Es war Addy zusammen mit einem blond gelockten jungen Mann, der ihr von irgendwoher bekannt vorkam. Aber woher? Waren sie zusammen auf der Schule gewesen?

„Colin?" Cameron war sichtlich überrascht. Er schaute zwischen Addy und Colin hin und her. Dann grinste er. „Ihr beide?" Die ganze Zeit über, bei der schwierigen Suche nach den richtigen Räumen und der Renovierung des Cafés, war Addy da gewesen, aber nie war ein Wort über Colin gefallen.

Addys Wangen röteten sich. „Ich hätte nie gedacht, dass wir uns wiederfinden, aber vor einem halben Jahr sind wir uns zufällig über den Weg gelaufen."

Liebevoll lächelte Colin sie an. „Und dann hab ich sie davon überzeugt, dass es mit uns doch noch was werden kann."

„So wie ich April überzeugt hab."

„Darin bist du eben gut", konnte sie sich nicht verkneifen, zu sagen.

„Das wollen wir gar nicht so genau wissen", sagte Addy und lachte.

„Du hast recht", entgegnete Cameron. „Ihr solltet euch was zu essen aussuchen."

Von der ausgelassenen Stimmung angelockt, trauten sich noch ein paar Menschen aus der Nachbarschaft herein und versicherten. sie würden das Café ihren Freunden empfehlen. Wenn es weiterhin so lief wie heute, würde das Café ein voller Erfolg werden.

Schließlich machten sich alle auf den Heimweg. April überreichte Amy eine Box mit Cupcakes. „Für die Kinder."

„Danke. Sie werden sie lieben." Amy legte ihr die Hand auf den Arm. „Ihr freu mich so für euch. Ihr habt so hart gearbeitet."

„Ohne euch hätten wir das nicht geschafft. Julian hat so viel Zeit geopfert."

„Das ist doch selbstverständlich."

Einen kurzen Moment dachte sie wehmütig an Chase, der seit fünf Jahren spurlos verschwunden war. Anfangs hatte Cameron noch geglaubt, sein Bruder würde ihm den Verrat von damals irgendwann verzeihen, doch er tauchte nicht mehr auf. Sie konnten nur hoffen, dass es ihm gut ging und er sich irgendwo ein neues Leben aufgebaut hatte.

„Wir sind froh, dass wir euch haben."

„Mach´s gut. Wir kommen auf jeden Fall nächste Woche noch mal vorbei. Jetzt muss ich los. Julian wartet mit den Kindern beim Auto."

April umarmte ihre Tante und verabschiedete sich auch von Dakota und Logan.

Mom kam auf sie zu, ein warmes Lächeln im Gesicht. „Ich bin wahnsinnig stolz auf dich, mein Liebling. Das Café ist wunderschön."

„Danke Mom. Du hast uns immer ermutigt, wenn wir dachten, dass es vorbei ist."

Die letzten Jahre waren ein ständiges Auf und Ab gewesen. Die Suche nach einem vernünftigen Konzept und geeigneten Räumen hatten sie oft an den Rand der Verzweiflung getrieben. Der viele Stress und die ständigen Streitereien hatten ihre und Camerons Beziehung stark belastet, doch mit jeder Versöhnung waren sie sich nähergekommen, und immer mehr hatte April gespürt, dass Cameron derjenige war, mit dem sie alle Schwierigkeiten überwinden konnte.

„Wir haben uns und ihr habt euch. Du und Cameron. Ich bin glücklich, dass du ihn gefunden hast."

„Ich auch. Er ist der Beste."

Den restlichen Abend bediente sie Seite an Seite mit Cameron die Gäste. Es waren nicht viele, aber leer war das Café nie. Wenn sie weiter so erfolgreich waren, würden sie in naher Zukunft ein oder zwei Leute einstellen müssen.

Zum ersten Mal im Leben blickte April ohne Angst in die Zukunft. Sie hatte alles, was sie zum glücklich sein brauchte. Einen attraktiven Mann an ihrer Seite, mit dem sie die Welt erobern konnte, eine wundervolle Familie, die immer hinter ihr stand, und einen Beruf, den sie liebte. Endlich war alles so, wie es sein sollte.

Erleichtert warf er den Schlüssel auf die Kommode im Flur. Besser hätte der Tag gar nicht laufen können. Die Eröffnung des Cafés war ein voller Erfolg gewesen.

„Bin ich froh, dass wir es nicht weit bis nach Hause haben." April stellte ihre Schuhe in das Schuhregal neben der Tür. Darauf hatte sie bestanden, als sie die Wohnung über dem Café eingerichtet hatten. Es war ein glücklicher Zufall gewesen, dass im selben Haus zum passenden Zeitpunkt etwas frei geworden war.

Er zog sie in eine enge Umarmung. „Wir sind echte Glückspilze."

„Ja, das sind wir."

„Aber eine Sache fehlt noch."

April wand sich aus seiner Umarmung und für einen kurzen Moment fühlte er sich leer. Was, wenn sie nicht so reagierte, wie er es sich wünschte?

„Ja, was zum Essen."

„Komm mit, ich hab schon was vorbereitet." Cameron nahm sie an der Hand und führte sie ins Esszimmer. Als es am Nachmittag eine Zeit lang sehr ruhig gewesen war, hatte er sich für eine Stunde nach oben geschlichen, schnell Pasta und eine Soße aus frischen Zutaten gekocht und den Tisch gedeckt. Mit Kerzen und Rosenblättern. Fast wie damals, als sie zum allerersten Mal zusammen gekocht und gegessen hatten. April würde begeistert sein. Er war sich so sicher. Alles würde gutgehen.

„Du hast für uns gekocht?" Ihre dunklen Augen strahlten.

„Nicht nur das. Schau es dir an."

Hinter ihm betrat sie das Wohnzimmer. „Wow, Cam. Das ist wunderschön."

„Setz dich schon mal. Ich wärm nur schnell die Pasta auf."

Erwartungsvoll sah sie ihn, an als er den dampfenden Topf auf den Tisch stellte. Sie hob den Deckel an und schnupperte. „Es sieht toll aus und riecht lecker", lobte sie.

„Ich hol noch schnell die Teller", sagte er. Sein Herz raste, als er zwei Teller aus dem Schrank holte und auf einen davon die kleine blaue Schachtel stellte, die er schon den ganzen Tag in der Hosentasche mit sich herumtrug. Seit Monaten dachte er darüber nach, ob er sie fragen sollte, und hatte mit niemandem darüber gesprochen, in der lächerlichen Angst, dass es peinlich werden könnte, sollte sie Nein sagen. Aber das würde sie nicht. April liebte ihn so, wie er sie liebte. Sie war die Richtige. Zusammen waren sie durch die Hölle gegangen, hatten tausend Mal gestritten und sich genauso oft versöhnt. Gemeinsam hatten sie sich ihren Traum erfüllt. Mit keinem anderen Menschen hatte er so viel durchgemacht wie mit ihr. Im Gegensatz zu seiner Familie hatte sie ihn nicht verlassen.

Langsam ging er mit den beiden Tellern ins Esszimmer, stellte den leeren Teller auf seinem Platz ab, den mit dem Kästchen vor April. Das war er. Der Moment der Wahrheit. Angespannt beobachtete er sie. Ihre Augen weiteten sich vor Überraschung.

„Cam, nein." Ungläubig schlug sie sich die Hand vor den Mund. Tränen traten ihr in die Augen. „O mein Gott, Cam."

Cameron kniete sich vor sie hin, nahm ihre Hände und sah der Frau in die Augen, die ihm mehr bedeutete als alles andere. „Ich liebe dich so sehr April. Ohne dich wäre ich nicht der Mensch, der ich jetzt bin. Ich will dich nie wieder verlieren. Möchtest du meine Frau werden?"

Sie stand auf und zog ihn mit sich nach oben. Sie lachte und weinte gleichzeitig. „Natürlich, was denkst du denn?" April warf sich mit voller Wucht in seine Arme. Er wirbelte sie herum, überglücklich, dass sie genauso empfand wie er. „Ich liebe dich. Natürlich will ich dich heiraten."

Cameron setzte sie wieder auf den Stuhl und streifte ihr den silbernen Ring mit dem Glitzerstein in der Mitte über. Er passte perfekt.

„Perfekt. So wie du und das Leben, das vor uns liegt."

Ihre Lippen legten sich auf seine, weich und warm. Womit hatte er dieses Glück verdient? Vor fünf Jahren auf der Highschool war er ein unglücklicher, verschlossener Junge gewesen, der sich aufgegeben hatte. Jetzt hatte er alles, was er sich je gewünscht hatte. All die Kämpfe waren nicht umsonst gewesen. Und was auch immer die Zukunft bringen würde, mit April konnte er alles schaffen. Sie und er gehörten zusammen. Für immer.

ENDE

ÜBER DEN ROMAN

April will nur eins: Das Trauma ihrer Kindheit überwinden und endlich ohne Ängste durchs Leben gehen.
An die Liebe glaubt sie nicht. Deshalb wehrt sie die
Annäherungsversuche von Cameron, dem ein Ruf als
Bad Boy und Gangster vorauseilt, zunächst ab. Bis
sie einen Blick hinter die Fassade wirft und erkennt
wer Cameron wirklich ist. Zum ersten Mal im Leben
schlägt April alle Vorsicht und alle Zweifel in den
Wind und gibt ihren Gefühlen für Cameron nach. Doch
die Vergangenheit lässt sich nicht so leicht abschütteln.

ÜBER MICH

Ich bin Janina und hab Bücher schon geliebt, bevor ich selber lesen konnte. Seit der zweiten Klasse schreibe ich eigene Geschichten. Das Schreiben ist für mich in den letzten Jahren mehr und mehr zu einer Leidenschaft geworden, die ich neben meinem Beruf als Gärtnerin ausübe.

Falls ihr euch mit mir über Bücher und das Schreiben austauschen möchtet, findet ihr mich auf Instagram unter dem Namen @Janina.wortverliebt.

Triggerwarnung

Das Buch enthält Themen, die triggern können:
Drogen, Gewalt, Sexuelle Belästigung